没有牧歌的自我

程　华　著

黄河出版传媒集团
宁夏人民出版社

图书在版编目（CIP）数据

没有牧歌的自我 / 程华著. —银川：宁夏人民出版社，2015.8

ISBN 978-7-227-06087-1

Ⅰ. ①没… Ⅱ. ①程… Ⅲ. ①散文集—中国—当代 Ⅳ. ①I267

中国版本图书馆CIP数据核字（2015）第212495号

没有牧歌的自我 程 华 著

责任编辑 姚小云
封面设计 婳 婳
责任印制 肖 艳

黄河出版传媒集团
宁夏人民出版社 出版发行

地 址 银川市北京东路139号出版大厦（750001）
网 址 http://www.yrpubm.com
网上书店 http://www.hh-book.com
电子信箱 renminshe@yrpubm.com
邮购电话 0951-5052104
经 销 全国新华书店
印刷装订 宁夏精捷彩色印务有限公司
印刷委托书号 (宁) 0017724

开 本 880mm × 1230mm 1/32
印 张 8.25
字 数 210千字
印 数 1000册
版 次 2015年9月第 1 版
印 次 2015年9月第 1 次印刷
书 号 ISBN 978-7-227-06087-1/I · 1536

定 价 29.00 元

敢于面对没有牧歌的自我的人，
我觉得，是这世界上勇敢的人。

目　录

没有牧歌的自我

凡是文学写作者，都有一种情调，一种从现实逃离的情调。逃离现实，回归自我。

可自我是什么呢？米兰·昆德拉认为，自我是痛苦和充满污浊的。自我的痛苦是因为内心不能与世俗融合，自我的污浊是因为有时候不得不与世俗妥协，自我也就沾上了尘世的污秽，人的自我于是充满了痛苦与污秽。忘掉自我，沉入冥想，其实就是忘掉这充满痛苦与污秽的自我。自然以及与自然融为一体的诗意存在是人能够忘掉自我的唯一地方。米兰·昆德拉的主人公阿涅丝“躺在草丛中，小溪单调的潺潺流水穿过她的身体，带走她的自我和自我的污秽”。阿涅丝的存在之美就“弥漫在时间流逝的声音里，弥漫在蔚蓝色的天空中”，没有比这更美的东西了。忘掉自我，摆脱自我，就像大自然中的一个物或一朵云，就这样在自然中，人获得了她最终的存在。

米兰·昆德拉比所有的作家都看得明白，以往的牧歌情调，是把人投入自然，让人的自我拥有自然的本色和自然的情感。自然的情感是自我的本质特征。可是，当人成为一种形象的代言，也就是说，人变成了自我的影子的时候，自我也充满了痛苦和污秽，单纯的牧歌还能存在吗？牧歌也就成为一种假象，成为现代人装饰自我的一种方式。这个时候，就不是用牧歌能拯救自我的时候，而是需要忘掉自我，摆脱自我，就像阿涅丝一样，脱去人生所有的装饰，让人生以一种减法的姿态生活，让溪流和时间带走所有的一切，自我真正成为自然的一部分。

阿涅丝最后死了，没有牧歌的自我最后也只能成为一种想象。现实中人有太多欲望和需要，有太多要装饰，所以让自我沉醉在自然中本身就是一种空想。

鲁迅先生比米兰·昆德拉更彻底。米兰·昆德拉认为生命中不可承受的是轻，所以他让阿涅丝的生命在轻中飞升。鲁迅先生则是不可逃离生命中的重。鲁迅先生写过一篇《影的告别》，写的是自我和自我的影子的巨大矛盾和隔阂。影子跑过来对他的主人告别：朋友，我不想跟随你了。“有我所不乐意的在天堂里，我不愿去；有我所不乐意的在地狱里，我不愿去；有我所不乐意的在你们将来的黄金世界里，我不愿去。……我要别你而沉没在黑暗里了。然而黑暗又会吞并我，然而光明又会使我消失。然而我不愿彷徨于明暗之间，我不如在黑暗里沉没。”在鲁迅先生这里，自我如同人的世俗的一面，自我的影子则如同人的内心世界。人常说，如影随形，可是在这里，形并不是影的合适的归宿，形与影之间有着巨大的隔阂，这就是矛盾的自我。形要上升，要追逐现世的光彩与美丽，影则要下沉，沉入到自己的内心之中。不过不同于米兰·昆德拉创造的阿涅丝，阿涅丝是飞升的是清逸的，脱去了尘世的烦扰，也没有了希望的装饰，只剩下单纯的自我，最后迎着自然的召唤而飞升；鲁迅先生的影是沉重的，是下沉的，影子自身虽无重量，可是却无法飞升，他不喜欢清逸，所以“他不愿在光明中消失”，他也不喜欢暧昧，所以“不愿彷徨于明暗之间”，他选择在“黑暗里沉没”，这是一种最大限度的承受，一种战斗的姿态，彻底牺牲自我的战斗姿态，而且是一种明知毫无希望也要战斗的姿态。我们也可以这样理解，如同米兰·昆德拉的阿涅丝的清逸一样，鲁迅先生的影是沉入到黑暗的自我，这也是没有牧歌的自我。

敢于面对没有牧歌的自我的人，我觉得，是这世界上勇敢的人。

“绿色的阳光”及其他

北岛曾写过一句诗，“绿色的阳光在缝隙中流窜”，这句诗让他的父亲胆战心惊。“绿色的阳光”，是陌生化的语言，给人以新意。俄罗斯形式主义大师什克洛夫斯基认为诗语要具有陌生化的特点，这样人们停留在诗句上的时间就会加长，强化了人们的感觉意识。好的诗歌，恰是通过陌生化的语言传达独特的感觉。对于阳光形象，普通的意象是金色的或是火红的，在闻一多的诗歌和艾青的诗歌中多有表现，诸如：“太阳啊……神速的金乌……太阳！让我骑着你每日绕地球一周，也便能天天望见一次家乡”“你的光芒刺痛我的瞳孔，太阳啊，你这不朽的哲人。你把快乐带给人间”，太阳原本给人们的就是光明、热情，喻体与所比之物的一一对应是普通常见的修辞手段，借此传达的情绪也普遍和单纯。陌生化的语句，诸如“绿色的阳光”，违背通常的感受，恰符合诗语的要求，诗人说，诗语是对日常语言的扭曲和变形，和“绿色的阳光”有异曲同工之妙的还有《静静的顿河》中格里高利眼中的太阳，他战争归来，抱着情人阿克西妮亚的尸体时，眼中的太阳是“黑色的太阳”，这被文学评论者们视为语言陌生化中的经典语句。

诗语的陌生化是诗人独特感觉和丰富想象的表现，不论“绿色的阳光”还是“黑色的太阳”，其意象所指向的情绪都迥异于日常普通的感受。“红色的太阳”，将其意义分开来看，红色，表示颜色；太阳这个物体，在大众的意识里本就是红的，用代表物体本色的颜色形容物体，其意义空间是单一的，诸如热情、力量等；绿色，形容小草，就不足为奇，但形容太阳，就过于反常，色彩与物体本身的冲突，造成了相对模糊的意义空间。“黑色的太阳”，一个词语中包含着黑白相反的两种色彩，其意义指向矛盾张力强烈的冲突。诗语是表达情绪和思想的语言，其意义指向的单纯或复杂，在于反于常理的习惯用语的搭配和组合，这恰是诗语陌生化的表现。

至于北岛的一句诗为何会让其父惧怕，则是当时严酷的政治环境使然。在如米兰·昆德拉所述的极权化背景下，在“文革”时期文学政治一体化的背景下，词语在现实的政治环境中也具有政治的背景，比如，“太阳”“东方红”在当时的背景下有具体的指称，“太阳”并不是普通的单纯的词语，带有强烈的政治色彩，如刘再复所说，意识形态作为一种权力话语，控制了文学的每一个细微要素：故事、情节、人物、冲突、意象。不仅文学创作的结构、人物形象的塑造必须按照当时的政治模式来构思，而且政治意识形态的专制也会干涉到每一个词汇的运用。在“文革”环境下，用“绿色的阳光”就是对伟人的不敬。由此可见政治对文学的禁锢。

可是，还是有很多的文人，遵从他们自己内心的感受，喊出了自我内心的声音，那些能够在严酷的社会环境下发出自己声音的人，恰与这个现实世界有着强烈的矛盾和冲突，这种冲突可在北岛的诗语中体现出来。北岛认为，80年代是“连接两个夜晚的白色走廊”，黑白冲突分明，白色走廊，明朗自由，黑夜，黑暗深沉，个人追求自由的内心与压制个人自由的世界是黑白对立的，因此才有北岛后来在诗句《回答》中凝练成的诗语“卑鄙是卑鄙者的通行证，高尚是高尚者的墓志铭”，“告诉你吧，世界，我不相信”。与北岛有同样感受的是同时代的顾城，“黑夜给了我黑色的眼睛，我却用它来寻找光明”，诗句中也有黑白分明的意象。正因为文学作者和现实世界强大的张力和冲突，才会有正视自我，倾听内心最真实的声音，也才会面对现实，不炒作也不媚俗，呈现本真的现实世界。

回味

回味是一种境界！不论是欣赏美食，还是阅读美文，都很难产生回味。不知是期待阅读的难度，还是阅读感觉麻木，我身边的书大多不能使我产生回味。大凡文字平缓顺流，读者阅读文字，如同蹚过溪流一般，虽有美好的感受，却不能产生回味。

有的文章文字不多，但很耐读，耐读的文章容易产生阅读的余味。内涵丰富、富有哲理的文章会比抒发作者单纯情感的文章或再现现实的文章耐读。米兰·昆德拉的小说从篇幅来看并不很长，却比我们当代那些以追求数量和长度的作品耐读，这源于米兰·昆德拉在小说中探讨的是我们没有意识到，但确实是每个人生活或生命中值得思考的、带有哲思的命题，比如生命中孰轻孰重的问题、媚俗问题，比如眩晕的感觉、对笑的理解，等等。这些命题，一般人看来，距离现实较远，在人的思维隐秘处，不必急迫地解决。很少有作者剥去人的外衣，人的客观环境的依附，仅从人的生命本身去思考和发现人性的秘密，米兰·昆德拉设置人物，创造情境，通过凸显生命本身的困境，传达对这些形而上问题的思考，米兰·昆德拉让小说本身成为一种思考类的小说。通过创设小说情境，对人的生命存在困境进行探索比对现实生活的演绎更具有回味。

比起窥探人性深处的黑暗面，当代作家更注重探索社会外在事件对人的影响，诸如文化转型期农民的处境，农耕文化衰落背景下人性的异化。中国作家关注人性的发展变迁与社会历史发展变迁的关联，着重把人放在特定的时代背景下分析解读，这说明中国的很多作家，其小说观念还没有发生变化，小说的写作仍以对现实世界的观察和思考为着重点，小说情节和小说人物基本无法脱离极具真实的历史事件或现实背景，也就是说，作者在构思人物和设置情节时，依据的是现实的历史背景，人物也都有比较鲜明的现实原型，带有一定的写实性。比如《浮躁》与80年代初的历史现实，《废都》与90年代的文化背景，《秦腔》与20世纪末的中国农村现实，金狗、庄之蝶和夏家四兄弟都是在这种历史背景下出现的现实感很强的人物，批评者在评价这些人物时，也是依据他们是否与现实一致，是否是当下社会背景下的典型人物，当小说情节在解释或演绎历史的或现实的真实的同时，小说人物又怎么能脱离历史或现实，成为一个创造性的角色呢？不外乎小说和历史一样，都是在现实中打滚。正是小说和现实的似曾相识，让读者没办法在阅读中产生回味。

中国当代作家在创作上难以摆脱现实和史实，喜欢把小说写成史诗，这或许是受中国“史传传统”的影响，“史传传统”是民族文学精神的延续，强调写文学就是记叙现实和历史。但文学毕竟不同于历史，文学一旦与现实贴得很近，就会削弱作品的文学性。雅各布斯强调文学的基本特征是文学性，文学性是使文学这门学科称其为文学的东西，在形式主义看来，文学要使用文学的手法和形式，使文学作品成为审美的作品。审美价值判断要求超越现实的功利目的，与现实保持一定的距离，是对现实的想象与变形，也就是说，把现实的情景通过文学的手段，变成内心或想象或思考的情境或处境。

真正有文学性的作品，往往都是与现实有一定距离的作品。老舍先生的作品《微神》，是想告诉读者，暗娼的生活是很悲惨的，她们原本美丽可享受到真情，可是现实却很残酷。如果作者一味写实的话，就没有现在这样高的艺术品位了。小说从梦境开始，梦到美丽的拖鞋，梦到美丽的草地，梦到草地上的美人和房子，虚幻的情景一下子把读者带到远离现实的虚境之中，然后叙事者回顾自己和这个女孩的几次相见，产生情愫，这是一种刻骨的情感，但同时也是一出社会悲剧。如若贴着社会写，就易成控诉性很强的现实主义之作。但这个作品很唯美，女孩对男孩的情感超越了生死，让读者体会的是独特的情感，而情感越真实，其控诉的力度越大，他不是直面批判社会，他将社会背景由前台移到背后，而让永恒的人性凸现出来，这是超越现实的想象和艺术手段产生的审美，给读者带来了审美的余味。

美的情境会产生余味，美的文学作品要与现实保持一定距离，这就关乎作者如何去处理现实这个背景了。所有作家的写作都离不开现实，关键是如何去处理现实与情节以及人物的关系，米兰·昆德拉的一些做法可能会有一些借鉴。米兰·昆德拉认为，对历史本身的描写，诸如党的作用、恐怖的政治根源、社会机构和组织等等并不使他感兴趣，所有的历史背景都以最大限度的简约和虚化来处理，读者很难把他的作品和某一时代某一历史人物的原型联系起来。“在历史背景中，我只采用那些为我的人物营造出一个能显示出他们的存在处境的背景”，这样，小说故事中的历史事件往往是被官方的历史记录所遗忘了的，被历史学家和政治学家忘却了的，但又具有极高的人类学意义，这样的处理，使现实的历史和小说的历史产生了很大的距离，人们在阅读作品中，不会产生对号入座的观念。

米兰·昆德拉在处理历史背景最成功的地方在于，历史背景是为小说的人物创造出的存在处境，历史本身是作为存在处境来理解，历史不是以它的政治的历史的社会的范畴存在于小说中，而是作为生命的人性的存在处境来描绘，当历史成为一种情境或处境存在于小说中时，历史本身的真实性是否存在就没有多大意义。与传统现实主义相比，人物不再在这样的真实性下演变行走，不是历史决定人物，而是作者塑造的人物选择历史，历史变成了一个作者所选择的情境或处境，这个情境是为说明人物的存在状态的。米兰·昆德拉在《玩笑》中，有这样一个情境，路德维克看到他所有的朋友和同学都举手投赞同票，将他从学校驱逐出去，从而彻底改变了他的人生。这一情境，是特定历史背景下的情境，但作者在这里选择它，是为了说明，一个人可以在任何情况下将他的邻人推向死亡。对历史的记忆自然地成为他对人性的理解。

中国作家中，张爱玲也是这样处理历史背景的，在《倾城之恋》中，她没有对香港沦陷进行具体描绘，而是把这一事实当作背景，来反衬正是一个城市的倾轧成就了一对平凡儿女的婚姻，从而深刻地表现出，人在面对巨大外力的冲击下，自我的无助与渺小。我始终觉得，张爱玲和米兰·昆德拉有很多文学上的相似性。人物不是历史的螺丝钉或棋子，由历史摆布；而是，人物选择他需要的历史，通过对这样的历史处境的想象来完成对人性的各种解释和发现。

人性的完整与人格的完美

“我有我自己的风景，但是要表现这个风景，必须让它成为第二位的东西，人物和故事更重要”，这是卡尔维诺1964年在他的第一部长篇小说（第二版）《通往蜘蛛巢的小径》（1947年）《序言》中的一句话。《通往蜘蛛巢的小径》的风景是以二战时的意大利游击战争为背景，关于战争的风景，卡尔维诺的记忆并不比其他人少，但与其他描写战争小说作者不一样的是，卡尔维诺将其写作的注意力并没有放在去叙述真实的战争场面以及透过战争所传达的战争人格的诸种特征，而是更注重表现战争背后的人物和故事。将战争作为背景，去发现别的作者所没有发现的风景——战争中的人性空间，而非人格空间，是卡尔维诺的文学风景。

卡尔维诺曾经是意大利加里波第小队的队员，亲眼目睹了战争背景下人、事、物的变迁，也亲身感受到战争中所迸发出的英雄主义和牺牲精神。作为一个伟大历史时代的见证人和当事人，去正面叙述这个时代下发生的各式各样可歌可泣的故事，传达在战争的影响和感染下人们的悲剧命运，英雄人物慷慨激昂的性格，人物面对信仰抉择时充满冲突的戏剧心理，从历史的正义的一面去表现这个时代，塑造具有时代精神和革命战斗精神的有教育意义的文学形象，这是战争文学叙事的普遍风景。在中国20世纪五六十年代的革命历史题材小说中，众多的知识分子和卡尔维诺一样参与了战争，在战争结束后，将其可贵的战争经验和关于战争的记忆诉诸笔端，于是出现了众多以战争为题材的小说，诸如《保卫延安》《铁道游击队》《林海雪原》《红岩》等，这些小说因其关于战争的史实的描绘、关于战争中英雄人物可贵的精神品质的塑造、关于宏大而血腥的战争场面的描述以及表现在战争中产生的纯真的爱情故事等等激励了一代读者，复原了一个时代历史。其实，即便是在意大利，这样的战争题材也是被极力倡导的，在其他国家，表现战争中的英雄也是数不胜数的。

卡尔维诺选择了战争的风景，却没有选择去表现战争英雄。卡尔维诺说："我的风景就是我自己的东西，别人从未写过的风景。"卡尔维诺的战争题材开启了不一样的个人叙事的视野，提供了完全纯属个人经验的关于战争的叙事，而越是个人的，就越是文学的。

20世纪五六十年代的中国革命历史题材小说，塑造了江姐、许云峰、少建波、杨子荣、梁波、周大勇等一系列完美的正面英雄形象，在他们身上，充满绝对的信仰，对党无比忠诚，个人品格毫无瑕疵，有钢铁般的意志，有高尚的无私奉献的精神，这是一群人格完美的艺术形象。但在这些人物身上，人格完美的同时，人物性格却无一例外地呈现单面性，人物的精神世界是单一的，只有高大上的一面，而缺少除此之外的其他的人性内涵，诸如自私、丑恶、残忍、邪恶等，只剩下单面人物的文学创作是不完整的，不能够反映人性的完整和丰富，同时也缺失了表现多面人物的多样的表现手段，如此而言，就缺失了对一个时代的多面性和丰富性的理解。

卡尔维诺避免塑造完美的人格，他看重的是在故事中呈现人性。他的《通往蜘蛛巢的小径》写的是游击队员的故事，但在书中，谁也不是英雄，人物身上没有所谓的阶级觉悟，作者不是从正面，而是从侧面表现游击战争中边缘人物的世界，这也是战争，可能反而是更真实的战争。这个侧面的叙事视角，主要通过叙事者皮恩呈现的，皮恩是一个在战争环境下的小流氓无产者，父母离异，姐姐靠身体赚钱，看惯了大人世界里的利己和欺骗，没有同龄的朋友，为了生存，自己也像成人一样，学会了耍赖和欺骗，其心智过早成熟。在这样一个叙事的视角下，其故事的展开自然而然偏离了所有与战争相关的英雄和正义，而是一群凡人的世俗生活。在这近乎流氓无产者的行列中，充斥着侵略、战争暴力与民间的反抗，同时也充满着性、女人与欲望，所有的一切混合在一起，隐秘的、混乱的、渴望的、悲哀的等等生活状态，通过一个“不正常”小孩子的眼睛呈现在大家面前。

在《通往蜘蛛巢的小径》中，每一个人物的出场都不是所谓的现实主义的，带着如卡尔维诺所说的用表现主义的手段，“将这些人物特征转化为鬼脸面具，变为怪诞的角色”，在一个本就被想象的叙事者皮恩的视角下，所有的人物都偏离了正常的思维和轨道，“夸张诡诞的表情，晦涩的鬼脸，幽暗的深层心理伤痕”，作品的主题以至表现形式都带上了作者个人充分想象的痕迹，这样的战争小说不是如实的在记录战争，而是表现作者的感受、经验和想象。卡尔维诺用他自己的文学叙事抵抗着那个时代政治对文学的压力，用崭新的文学想象和个人经验呈现他曾经历过的历史。由此我想到了徐克的电影，夸张的色彩，扭曲的人物，非同一般的速度，充分感觉化的武打场面，这一切都是对传统武侠精神的背叛，但每个人身上，都无一而外包含有现代人的影子。

不论是不正常的叙事者，还是荒诞的叙事形式，卡尔维诺都在寻找文学创作的个人经验，正是这样的个人经验使他摆脱了大众化的战争文学叙事模式，当战争成为故事和人物的背景而非中心时，那么战争状态下的战争人格自然就不是他所要表现的重心，他通过故事和人物找寻的是真实人性的演绎，而非完美人格的呈现。卡尔维诺在战争结束之初即对战争和文学有自己清醒而理智的认识，而中国的作家们在战争结束后，用三十年的时间写作战争文学，表现道德意义上的战争人格，以此来激励和教育读者，将战争作为文学创作的主战场，将文学作为宣传和教化政治教义的工具。直到80年代，才真正在文学创作中重谈完整人性，从人格到人性的改变，在文学创作的道路上，是多么的漫长！

不一样的卡尔维诺

读卡尔维诺的作品与读其他作家的作品是不一样的，不一定要从作品那里寻找所谓的主题、思想和手法，也不一定要有曲折连环的故事情节，也没有必要在作品中去寻找与现实对号入座的事实。读卡尔维诺的小说，就是去发现，发现一个与现实完全迥异的小说世界，发现一个建立在现实基础上的童话世界，发现作者奇谲而充满智慧的想象力在作品的字里行间绽放，发现形式多样的叙事实验，发现一个不一样的小说世界，然后沉迷于这样的小说世界中。

《我们的祖先》包括卡尔维诺的三部曲，《分成两半的子爵》写于 1952 年，一个原本单纯的年轻人梅达尔多，在战争中被炮火劈成两半，两半各自成活。用完整人的视角去观察半个人的存在，是卡尔维诺的本意。其实，这样的构思有点类似于用小说的形式探讨关于人的存在的哲学问题，人性的完整与分裂，如同物理实验一般，将物体切分，观察其原子组成成分，然后为物质定性。如何去发现人的完整性，卡尔维诺也是用类似的物理分析，从被分成的局部中查看其完整性，这样或许更科学。卡尔维诺的父母都是学科学出身，在他的小说作品中，有潜在的科学结构。其实，卡尔维诺就是利用他相当缜密的科学思维，构筑了一个具有深刻哲学思想的小说结构。

《树上的男爵》叙述一个从十二岁开始因一次偶然的饭桌上的冲突，爬到树上，从此，开始了树上的人生，卡尔维诺探讨的是人在树上存在的可能性。从十二岁开始树上人生的柯西莫，从最初挑战树上的生活，到适应树上的生活，到向文明人一样，在树上交友、读书、谈恋爱。柯西莫认为，在树上，在比人类高一层的地方，看待世人的生活，可能看得更清楚。柯西莫与当时鼎鼎有名的哲学家伏尔泰通信时，有一句令伏尔泰赞赏的话："谁想看清尘世就应当同它保持必要的距离。"树上生活的柯西莫是一种与现存世界有距离的存在方式，但正是这种距离，让他不仅观察树下的人的世界，和树下的不同的人交朋友，通过书信和当时世界有名的比如狄尔泰等哲学家保持密切的联系；同时，他也观察树上的世界，和树上的生物们交朋友，想要建立一个树的世界与其周围的人类世界相和谐的环境。柯西莫的视觉其实就是作者的视觉，是一个相对完整的视觉。人类往往从自我的单纯的片面去看待生活其上的世界，而柯西莫树上的人生经历，让他不仅兼顾了人的世界，也兼顾了树的世界，人的完整的人性的养成，有待于建立一个人与自然相对和谐完整的环境。这样，《树上的男爵》的主题一方面暗合当时的时代环境，科学工业的迅速发展，破坏了自然环境，造成了人与环境的紧张关系，另一方面则延续了其在《分成两半的子爵》中的思路，如何更好地实现和发现人的完整性，前者是建立在人的内部分析等科学实验的基础上，后者则是通过人与外部世界的关系和距离来传达的，其思维结构都有科学的哲学的理性来支撑。

《不存在的骑士》是《我们的祖先》中的第三部，成书于1959年，"不存在的骑士"其实是无形的骑士，阿季卢尔福没有人们看得见的身躯，其存在靠的是强大的意志力，是一个没有躯壳但却具有强大精神力量的骑士。阿季卢尔福坚强的精神意志令其行走在军队队伍中，其言语和行为客观公正，其思想富有逻辑和条理，这是一个遵守规则、信守承诺、不会出丝毫差错的完美骑士。与阿季卢尔福相对的，是一个没有精神意志，只有躯壳的古尔杜鲁，其实古尔杜鲁只是他众多姓名中的一个。古尔杜鲁因为没有意志支配其言语行为，所以其身上更多地表现出的是人的动物性，其言语行为因而混乱鲁莽。阿季卢尔福和古尔杜鲁就像完整的人的两面，没有躯壳，只凭借意志的骑士阿季卢尔福是没有错误的纯粹客观的人的绝对理性一面，古尔杜鲁则是没有意志，只有躯壳的人的动物性的一面。卡尔维诺在《不存在的骑士》中又一次运用其科学的分解思维，从人的肉体和灵魂两方面探讨人的完整性的问题。这样，卡尔维诺将他对人的认识，对人的存在的认识，对人的完整性的思考，通过富有科学分析基础的小说形式表达出来。如若没有这样的科学和哲学做基础，也就没有如同《我们的祖先》那样肆意丰富的想象力。

但在卡尔维诺的小说那里，科学因素，仅仅是其想象赖以存在的骨架，是纯粹客观的观念，在其之上，有着血肉丰富的想象的现实和事实存在其中。我觉得，小说作者和常人相比，有一种非常的能力，那就是能将头脑中的想象，变成一种栩栩如生的可视性现实，这样展现在读者眼前的就是一种贴近真实的现实，不论作品中的人物在行动、在对话等等，就如真的发生在眼前一样。卡尔维诺的《我们的祖先》三部曲，都不是在记叙现实，可是读者却觉得书中的人物以及作者为人物构筑的一切行动和语言都是真实存在过一样，都是那么的合乎常理，好像在每一个作品主人公身上，都或多或少有我们每一个读者的影子，这得益于作者强大的感性想象的能力以及将这种能力转换成文字的能力。

《分成两半的子爵》最先回到泰拉尔巴城堡的我的舅舅的一半是没有善良人性的那一半，他将眼见的花、草以及动物全都劈为两半，而且对城堡中佃农的生命毫不珍惜，最初这种恶的表现是将其父亲珍爱的鸟儿残忍地撕成两半，后来纵火烧虐，将自己的奶妈送到了麻风病院，等等，这是一个身体里装满了坏细胞的半个子爵。如要追究其根源，可以说，每半个子爵都是一个重新生成的生命。子爵的身体被战争中的炮火击中分成两半，分成两半后的子爵各自成长，一个是在军队医院中被粗暴对待后苟活，一个是在修士的善举之下成长，两个躯体不一样的生成成就了各自不同的性格。恶的一半，其恶的行为令人发指，善的一半，因其一味行善而绝对宽容，其善行也面目可憎。作者在叙述过程中，以一个客观的视角来叙述，不论是对战争的描述，还是对我舅舅的不论恶的行为的陈述，还是善的行为的叙述，都不是纯粹真实的叙写，而是适当加入了夸张的因素，戏谑的因素，过分夸张的残酷的描述就化解了叙述的真实性，想象遍地生长。真实、戏谑、哲理，所有童话的因素都被作者进行了巧妙地处理。这样，被模糊的叙事时间和背景，故事中被充分想象了的人物，人物远离现实生活的事件，等等，这些因素强化了小说的童话因素，所以，严格意义上，卡尔维诺的小说，其叙事的实质不是现实主义的，而是以想象见长的童话结构。

《树上的子爵》故事迁延生长，所以卡尔维诺说其最具有“小说”的特征。首先，情节完整统一的小说因素显著。这里有一个围绕一个人的一生成长而叙述的中心情节，小说中所有人物和事件都围绕柯西莫而生长，这样，随着主人公的成长，围绕在主人公柯西莫周围的人物和事件不断增多，由中心人物的线性成长所构成的不断繁衍生长的叙事因素是一般长篇小说的模式。其次，柯西莫的成长中所涉及的关于个人的独立性、人的意识、爱情、感性和理性等等成长中最主要的问题在文本的叙述中都可以找到，只不过，卡尔维诺是用远离现实的想象来探讨的，把一些哲学性的本质问题揉进感性的故事当中，通过形象的对话表现出来。其中，《树上的男爵》中的对话尤其意味深长，关于男爵与其父亲的对话，男爵与强盗的对话，男爵与恋人薇莪拉的对话，男爵与圣西门的对话，男爵与拿破仑的对话，这些对话本身充满机智的思辨，又传达了树上的男爵对自身的理解及对独立的自我的坚守。

《不存在的骑士》中的叙事因素中增添了叙述者的主观臆造的成分。在《我们的祖先》前两部小说中，叙述者虽以第三者作为旁观者在叙述，但还属于限知叙事，叙述的是他自己所看到的、听到的和部分想象到的。在《不存在的骑士》中，作为旁观者的叙事者从隐形的视角跳出来，像作者一样，参与到故事的编程中来，不仅加大了叙事者同作者的对话，也加大了叙事者和读者的亲密度，而且到最后，叙事者本人透露他其实就是作品中的主人公。这样的叙事，可以增强作者和读者以及叙述者之间的交流，使原本充满想象的童话叙事结构变成一个开放式的叙事文本。在卡尔维诺《如果在冬夜，一个旅人》中，作者就完全打破了作者、叙事者和读者的界限，试图将读者带入到故事中，成为故事的主角。其实，从《我们的祖先》中的《不存在的骑士》始，作者就已经将叙事者和读者打成一片，试图让读者也参与到文本的故事进程中，这可能是卡尔维诺对创造性文学叙事的贡献吧。

苟且的活着与单纯的死亡

人终有一死，现实生活如此，文学作品是对现实的想象，作品中的人物也会有不同的死亡表现。人们认为，在作品中追求真与美的作家，一般不会轻易让其主人公猝死，会为人物安排一个较美好的结局。其实不然，张爱玲和沈从文是两个风格不同的作家，沈从文的作品中充满了对人性的赞美，沈从文本人也对现实世界抱有美好的希望，张爱玲的作品中则传达人生的无奈与现实的荒诞，张爱玲本人认为现实是残酷的，对现实不抱希望。依照思维的惯性，我们认为，在残酷而荒诞的现实世界中，死亡是必不可免的，作者或许会放大人物的死亡以揭示现实的荒诞。但是，通读作品，我们会发现，张爱玲对人物的死亡结局是很小心的，主人公最后的结局都是苟且地活着；而沈从文则不然，沈作品中的好多人物都是猝死的，死亡成为作品的主要情节线索。究其原因，在文学作品中去呈现死亡，和现实的死亡现象是不一样的，“死亡”会成为一种象征性意象，传达作者对生死的理解和生命的态度。死亡是表现人生的一种文学表现形式。

张爱玲不轻易让其人物死亡，总是让其人物在诸种不同的现实处境中活着。曹七巧活着、葛薇龙活着、白流苏活着、王娇蕊活着，作者重在呈现这些人物活着的方式，或卑琐、或委曲求全、或人格分裂、或挣扎变异，各种不同的活着的方式恰恰表现了张对人性以及人生和现实的理解。人性是复杂的，在现实的重压下是可扭曲的，不受自我控制的。人类往往为了活着，可悲地牺牲了人所应具有的生命本身的价值和尊严，伏低伏小，成为与现实妥协的物类之一种。另一方面，现实的力量是强大的，人类相比较现实而言，则是渺小的。现实和人类生命永远的拉锯战中，人永远是知足的妥协着，求安稳而放弃了更高贵的东西，这是现实的本质，也是大部分人的本性。张爱玲在作品中清晰地表现了绝大多数人可卑的一面，张爱玲正视生活，所以写出的是生活里的芸芸众生。

沈从文有自己的理想，他所表现的大多是他对理想人性的认识。理想的人生样式首先追求的是生命的质量而非生活的优劣。生命是指一个人的内心世界单纯与否、纯粹与否，而不是所谓的吃喝拉撒。生命超越于物质之上，也超越于权力和道德之上，只追求真与美。真的品行，美的人格，这种理想的生命形式是和市侩、懒散、庸俗、势力、利己、阉痣等世俗性人性是相对立的，因而他往往借助人物的死亡来反抗这强大而残酷的现实，人物的猝死看似是人物本身的性格所致，其实是社会的必然。另一方面，沈从文通过人物的死亡也表现其对理想人性的坚持。天保、翠翠母亲和父亲等人物因其单纯的理想和生命形态在文学史上熠熠生辉。

沈从文小说中这些人物的死亡是偶然的，在他的散文中，作者对人物死亡的描写也处处可见。《从文自传》中的行军生活，人物的死亡方式不是一个一个，而是一群一群或是一批一批，死亡在这样动荡不安的社会背景下太常见了。在系列散文

《七色魇》中，作者认为人生就是一场梦魇，生死离别都太容易，生命的发展，幸与不幸，都不是个人所能取舍的。从这梦魇的人生逃出，死亡也是一种。在其好友蔡威廉死后，作者感叹道，这样或许更好，生命再也不必在现世的世界里受苦。和蔡的死类似，作者写到了现实生活中种种人的死亡。其中最为印象深刻的是在《绿魇》中，作者记叙在一间乡村的老式房子里，房客是不停地换着，原来的一些房客不是离开本地，而是彻底的离开生活，客房只是寄居的场所，一个短暂的休息之后，人生的航船还要驶向另外一个不可知的陌生航线。死亡是人生航程的归结，死亡不仅仅是偶然，是人生的必然。

感悟沈从文

沈从文的宽容

沈从文的作品中，有很多关于妓女与水手的描写：

> 这些关于一个女人身体上的交易，由于民情的淳朴，身当其事的不觉得如何下流可耻，旁观者也就从不用读书人的观念，加以指摘与轻视。这些人既重义轻利，又能守信自约，即便是娼妓，也常常较之讲道德知羞耻的城市中绅士还更可信任。

沈从文先生从普通的湖南老百姓身上看到一种天然生成的生存信义，看到人性的本真、善良。

写吊脚楼上妓女与水手的应答：

> 河岸吊脚楼上妇人在晓气迷蒙中锐声的喊人，正如音乐中的笙管一样，超越众声而上。河面杂声的综合，交织了庄严与流动，一切真是一个圣境。

有谁能像他一样，在这些人物身上，感悟到生命与生活的庄严与圣洁。

沈从文的文字和他的心底就像李健吾老师在1934年评价的：

> 所有的人物全可爱。仿佛有意，其实无意，他要读者抛下各自的烦恼，走进他理想的世界，一个肝胆相见的真情实意的世界。人世坏吗？不！还有好的，未曾被近代文明沾染了的，看，这角落不是！——这些可爱的人物，各自有一个厚道然而简单的灵魂，生息在田野晨阳的空气。他们心口相应，行为思想一致。他们是壮实的、冲动的，然而有的是向上的情感，挣扎而且克服了私欲的情感。对于生活没有过分的奢望，他们的心力全用在别人身上：成人之美。

这样的文字和这样的评价，全源于他是有一颗真正良善宽容的心地。

经常翻看沈先生老年时的照片，每一张照片都是那么微笑着，慈眉善目，就像一尊佛。

“一个人的模样，便是他的人”，陈丹青老师说从一个人的模样上可以看出一个人来。沈从文的长相宽容厚道，他不摩登，不浮夸，也不争斗，还没有嫉妒。看着他的照片，就是那么的平静，如水一般；是那么的沉稳，即使大风大浪，也无一点畏惧，似山一般。这真是从骨子里来的从容宽厚。看到他的照片，我们就想，即使中国20世纪的历史，特别是战争年代，是那么的跌宕起伏，那么的硝烟弥漫，那么的血腥残酷，但就是有那么一张面孔，以他的从容、平静、静水深流，呈现在我们面前。

我们有幸目睹其面容，并有幸从中深得体会，真是我们的幸福。

我们平时看惯了鲁迅先生的风貌：浓眉，刚直不弯曲；胡须，墨黑浓密；眼神，严峻犀利，能看穿我们每个人的骨头。这样的面容是酷的，能给人战斗和批判的勇气，是那个战斗年代的雕像，是精神的雕像。而沈从文的面容正好表现着战斗的反面，是文学的，是生活的。

就这样看着他的容貌，真的像是一尊佛。

沈从文的轻逸

卡尔维诺概括得真好，认为文学就是这样一种形式，能将生活中的沉重变得轻逸。轻，是没有分量，是虚的，与人的灵魂连在一起。人们经常认为，肉身是沉重的，灵魂是轻飘的。逸是一种状态，内心的从容、闲适和沉静状态。轻逸的状态其实是一种可以飞升的状态，从沉重的俗物世事中摆脱，从让人纠葛的算计和实利中出走，从种种权力和欲望中逃脱，使自己的生命清扬高飞，翱翔天外。

现实生活中没有别的东西可以使生命清扬高飞，唯有文学。“虚空静寂，读者灵魂如有音乐，虚空明蕴，读者灵魂却光明洁净”，读着沈从文先生的作品，这样的感觉越来越强烈。特别是他的散文，真的没有人能像他一样，对自然的描摹是那样的细微，他说他是用心的，也是有耐心的，正是这份用心和耐心成就了文字的细。但我更觉得，他有一颗能与自然共鸣的内心。自然与现实是对立的，自然是与世无争的，就在那里，等待它的知音，沈先生就是自然的知音。他不仅能发现自然的美，而且能描摹，更能感悟。文字经他组织和处理，就变得那么不同凡响，清扬高飞了呢！文字的清扬高飞，传达着内心的虚空和无渣滓。

> 朝日阳光投树影照地下，纵横交错，心境虚廓，眼目明爽。
>
> 木叶微脱，江花萎悴，水清而草乱，猪耳莲尚开淡紫花，静贴水面。阳光照及大地，随阳光所及，举目临眺，觉房屋树林，及一池清水，无不如相互之间，大有关系。然个人生命转若甚感单独，无所归依，亦无所附丽。上天下地，黏滞不住。
>
> 海水明蓝而静寂，温厚而蕴藉。
>
> 从小虫生命的完整处，见出自然的巧慧和生命形式的多方。

高山流水，知音难遇。沈从文得遇自然是沈先生之幸，在自然中，沈从文感悟人生，摹写人性，是那么干净明丽，沈从文明慧秀丽的文风与他对自然的感悟是分不开的；自然因有沈先生的倾心发现和描摹，又是自然之幸，现代作家中没有哪一个作家能像沈先生那样爱自然，把它当作朋友一样，发现它的美丽，描摹它的千姿百态、细腻柔美，感悟它的博大深厚。

人性一旦招惹俗物便沉重了，一旦远离生活，仅存自然的生命状态便轻逸了。从文先生终其一生都在作品中发现着、表现着、创造着这样单纯、自然、轻逸的人生样式。轻与重相对，单纯与复杂相对，但单纯又与轻逸是孪生姐妹。我想，正是在美丽的自然中，沈发现了美的生命，而美的生命绝不是沉重的！是能从沉重的肉身中飞升的。

故去的朋友

“常常看到这个母亲着了件宽博印花布袍子，背身向外，在那小锅小桌边忙来忙去，听我和孩子们招呼时，就转身对我笑笑，我心中觉得很痛苦。生活压在这个人身上，实在太重了，微笑就是一种无可奈何的表示。意思是想用微笑挪开朋友和自己的那点痛苦，却办不到”。这是沈从文先生在《记蔡威廉女士》中记写他与蔡威廉女士一段时间共住昆明北门街，时常见面时蔡女士的神情。蔡女士是蔡元培先生的长女，在艺专教授油画。来到昆明，因为学校合并，失去了工作，她的丈夫石铮也是一个文人，20年代时和胡也频、丁玲还有沈从文都是朋友。住在昆明的日子，大家的生活都不是很好，尤其是蔡女士一家，他们孩子多，又多战乱，生活很是困窘。沈从文记写的是朋友用微笑来传达对困窘生活的无可奈何。沈从文认识蔡女士源于蔡给丁玲的一幅肖像画，画如其人，画作稳静而无浮嚣气，蔡女士本人也是一个老实忠厚之人。忠厚在日常生活中似无用，但对艺术家来说却是伟大。沈认定这样的文人定可成大器。殊不知，蔡女士命如草芥，在多日不见之后，再次听闻，蔡女士已死三天。直接的原因是难产而死，间接则是因丢掉工作，物质匮乏。一个有才华的女子，一个善良而忠厚的女人眨眼间就从人间消失了。沈从文纪念朋友，其实也是为其命运深感不平。

死在沈从文的小说作品中常常是人物最后的归宿，但沈从文在作品中写人物“不得不死”是他对生命“偶然”的体会，文学传达的是他自己的一种人生体验。可是当他的朋友，那么富有生命精神的朋友偶然的在他们生活中消失的时候，就不仅仅是生命本身的偶然使得，而是残酷的现实必然所致，所以写作者自己也是非常的痛苦。沈先生对故去的朋友的怀念处处流露真情，文字中见得出他平和宽博的人格魅力。

与张爱玲对话

一

我们大多数人都是活在现实生活中，说张爱玲另类，是因为她纯粹活在自己的内心中。张爱玲的内心，完全是文学的世界，是一片感性的天地。她触摸人性的复杂，她体验情感的无奈，她用诗人之心描摹世间万物。

张爱玲对自己有充分的认识，她说她不能领略生活的艺术，而在没有人与人交接的场合，她充满了生命的欢愉。张爱玲完全生活在自我纯粹的内心世界之中，她的内心充满了对世界苍凉的感受，她用内心去体会凡人琐事，看到更多的是凡人面对生活的无奈，如同她自己的无奈和存在于世的矛盾。在书中的所有人物身上，我们都能看到张爱玲似的人生苍凉图景。

张爱玲有很强的描摹人事万物的能力。每一个文字背后，都能听到她内心的声音。“生命是一袭华美的袍，上面爬满了虱子”“她是绣在屏风上的鸟——抑郁的紫色缎子屏风上，织锦云朵里的一只白鸟。年深月久了，羽毛暗了，霉了，给虫蛀了，死也死在屏风上”，这就是曹文轩所说的作家要具有细腻的感觉，这种文字感觉，张爱玲真是运用得登峰造极。

这样一个生活在文字中，生活在内心中的人，一旦遭遇残酷的现实，怎能不身心疲惫，伤痕累累呢？张爱玲的悲剧就是文学和现实冲撞、对决的悲剧。这是因为，文学和现实是一对永远也不可能合拢的终极对决，有的作家妥协了，虽获得了完美的人生，却失去了文学的生命，有的作家坚持着，获得了文学的生命，但是却面对着残酷的现实，艰难地活着，而活着本身也就成了文学。张爱玲是这样一个作家，不论是她的文学世界还是生活世界，都远离生活而贴近文学，我佩服这样的作家。

二

孤独、寂寞在每一个人身上都有，张爱玲以天才的作家感触，我以世俗的读者阅读。张爱玲笔下的人物大多畸形，这是她对现实的怀疑与不信任，是对真实的人性欲望的直白袒露。

又一次翻开张爱玲文集，在她的《沉香屑·第一炉香》《倾城之恋》里，我看到的是一片女人的世界，彻底的女奴世界，要么成为金钱的女奴，要么成为婚姻的女奴。物质的不独立，为了获得现世的安稳，总在选择依靠，要么认定金钱，要么寻找丈夫，想要依靠金钱的成为金钱的奴隶，想要依附丈夫的变成婚姻的奴隶。葛薇龙是金钱的奴隶，为着物质的欲望，丧失了尊严和青春的力量；白流苏是婚姻的奴隶，守着婚姻，却过着虚空的坟墓一般的生活。

在世俗生活中，饮食男女总为各种欲望烦扰着，张爱玲，以一个作家的敏感，总能给世人提供饮食男女内心灵魂最本真的内容。

在历史的车轮转过六十年后的今天，作为女人，回望张爱玲笔下的女人们连同张爱玲自己苦难的经历，在唏嘘感慨之余，谁又能很自负的表白，她是真正的突围者，从这个社会，从我们的家庭，从我们不堪一击的内心真正突围呢？那些自称现代的女人们，虽然历经艰难的拼杀，拥有独立的经济基础，可是物质之外，又有别的更大的烦扰接踵而来，令她们猝不及防。更何况那些在金钱面前，一无所有的呢？

张爱玲笔下的女人，会向幽灵一样，随时潜入现代人的内心。这也正是张的天才所在。

气盛言宜

跟踪阅读贾平凹几近十年，却从未与贾大师谋面，只是日日浸淫于他的文字中。贾老师的文字不夸饰、不矫情，心到笔到，是能写到人心里面去的文字。我喜欢这样的文字，更敬仰能写这样文字的人，希望在终日的文字厮磨中，也能偷得一星半点的文学风神，可终归是境界狭小。今日得缘近距离见贾老师一面，人如其文，也是不夸饰，不张扬，虽众人簇拥，却是我自气定神闲。人到一定的年岁，会看穿俗世，会了悟人生，到了贾老师这般年岁，对天地人的了悟如此透彻，令人汗颜。他说，人不过是天地间冒出的一股气。照此理解，天地间原本充塞着诸种气息，有人气贯长虹，境界自高。有人在浑浊的气场中蝇营狗苟，这便有了残杀、嫉妒和伤害。人生天地间，如有爱，能自奋飞，便能借着这股气飞扬地面，这便少了争斗和抢掠。有人说，贾平凹身上自有一股仙气，仙气已远远地飘离大地，俯瞰众生，这才能将人世看得真切。仙气、浊气、恶气、臭气、清气，细细感慨，我们是天地间冒出的什么气？便不觉感慨，为什么我们不能得贾平凹文字风神，原是少了那么一股能将俗世看开的超脱之气。

十年前开始看贾平凹《高老庄》，看得是懵懵懂懂，至此之后，看《怀念狼》《秦腔》《高兴》《古炉》《带灯》，及至《老生》，看着看着，贾平凹已是文坛老生，文学的手法和技巧自不待提，单是那些渗透在文字中、寄托在人物上、编织在故事里的人生感慨和生活哲学，便是我们这些追随贾平凹文字的人也是一知半解。在贾平凹研讨会上，贾平凹坐在台上，仍是那么朴素，在身材高大的吴义勤旁边，甚至有点局促不安。贾平凹坐在台下听报告，拿着笔不停地记录，这个用千万文字为人们构建起庞大的精神食粮的人，原也如小学生般认真。有学生仓促，借旁边学生的一张纸，请贾平凹签名，贾也耐心题写。在20世纪90年代，贾平凹出版《废都》，文坛骂声一片，贾平凹形容那时一度动了放弃写作的念头，《废都》之后二十年，贾平凹用自己坚持不懈的写作，用一部又一部的作品证明着自己文坛老生的实力。报告会上，谩骂之声少了，赞扬之声多了，如同说不尽的莎士比亚一般，听到的更多的声音是说不尽的贾平凹，贾体语言、贾体叙事、贾体结构，贾平凹的独创性得到越来越多人的认可。跟踪阅读贾平凹作品几近十年，写过贾氏相关作品数十篇，如同朋友所说，贾平凹若是一座山，那么山中气象氤氲，花草树木未可辨识，进得山深处，气蕴流转，真有“只在此山中，云深不知处”之感。

只有真正了解贾平凹的人才能深刻理解贾平凹的文字，贾平凹在台前致辞，普普通通的语言，坐在我旁边的贾平凹的女儿却听得潸然泪下。浅浅说，与与会领导不同的是，贾平凹的语言是出自肺腑，来自灵魂的语言，所以感人，能进入到人心里去。父亲与女儿在报告会上相逢，在常人看来，女儿捧父亲类于炒作，但是，在至亲面前，却是另一种不同于日常生活的沟通和交流方式，获得不一般的生活体验。我想，这次关于故乡的演讲，因为其精彩，不仅参与报告会的人会记得，聆听发言的情景也会成为其女儿经历中难以磨灭的记忆。会后看到手写体的贾平凹致辞《我的故乡是商洛》，文中有修改的痕迹，看得出是一气呵成的文字，字字真情。从 1973 年公开发表第一篇小说起，贾平凹写出的文字以千万计数，都是如这般一个字一个字写在纸上写出来的，想象，光是这样的文字手稿几乎可堆满一屋子，如此的情感积淀，四十年如一日，终于修炼得成浩然大气。

气盛则言之短长与声之高下皆宜。

《商州初录》里的文学地理

《商州初录》写于 1984 年，距今整整三十年，穿过贾平凹三十年的创作道路，如今回头重新看这部作品，仍能看出很多新意。

一句成语叫纲举目张，贾平凹这部作品可以说是他整部文学创作的纲，如同《狂人日记》之于鲁迅，《透明的红萝卜》之于莫言，在这部作品中，有诸多文学因素被贾平凹在其后的创作过程中不断放大和完善。

首先是创作的视角。在这部作品中，贾平凹具有鲜明的文化意识，在此之前的小说，可以说都是作者的试笔，学习如何寻找素材。作品的素材比较庞杂，有城市题材，更多山村故事，但仅止于呈现美丽的山村背景。如何在素材中表达想法？而这想法也不过是寻找美好的人情人性，试笔阶段的作者大多会把社会和人性想得比较美好。如何安排结构？结构的起承转合，有故事、有情景、有心理，这些都是塑造人物的依据等等，也就是说，作者还是在模仿或是学习别人是如何写小说的，他自己并没有关于好小说的观念。可是，在《商州初录》中，我们看到，作者有了自己的视角，这个视角很明显，那就是要给读者呈现专属于贾氏独有的故乡的山川地理、民俗风情，这是地域文化的独特表现。在全国主流文学热衷于倾诉伤痕、反思历史的背景下，贾平凹自觉通过文学呈现家乡独特的地域文化，这就是非常宝贵的文化视角。在《商州初录》中，作者呈现具有原始、隐秘风情的地域文化，这是相对单纯的文化视角。在其后更多作品中，贾平凹从故乡的写作出发，发展着、充实着、完善着他的文化视角，从商州系列小说中，看到了故乡发展过程中现代观念和传统意识的冲突，从更隐秘的人的内心表现传统道德和个人意识的矛盾，《高老庄》《怀念狼》等作品呈现城市文明和农耕文化的融合与冲突，《秦腔》传达的是在急剧发展的现代商业文化背景下，传统农村全方位的衰落，等等。从关注地域文化到在地域文化的演变发展中，表现传统文化与现代文明的对立与冲突，文化视角是贾平凹小说最可宝贵的写作视角。

其次，从写作的情感而言，饱含着从农村走出的知识分子对自己故乡的钟情和赞美。小说是知识分子游历故乡的游踪日记，十四篇短文，多数篇幅记写故乡的山川地理和风情，其中融入了家乡的民俗风情。故乡虽然贫瘠、落后，但作者对此充满热爱。对于一个从未到过商州的人，读者感受到的是一个未经开发的充满原始浪漫气息的地方；而对于一个长久生活在此地的读者，却能感受到作者字里行间满溢着真情，也只有这样的真情，你才会觉得，作者笔下的自然山水、人情物理、民俗掌故，甚至方言土语是如此的熟悉和亲切，换一种词，换一种说法，就不足以表现出故乡的美。这样的真实，没有真情是无法传达的，在这部作品里，贾平凹对故乡的钟爱，恰似一个青春幻梦般的少年对恋人的爱般执着。作者笔下的故乡景象神秘悠远，浪漫放达，作者笔下的山地人物淳朴善良、爱恨分明。

黑龙口乡下人的土炕、莽岭一条沟里捏骨神医的传奇故事、白浪街上独特的风俗、棣华镇里社火的热闹，所有这一切，贾平凹孜孜不倦地发现并介绍着，表现了一个从农村走出的知识分子对故乡的热爱和眷恋。此文之后，三十年来，在经过以《废都》为代表的城市题材短暂的创作之后，贾平凹始终未曾离开以故乡为基础的创作，从写故乡的山川地理、民俗风情开始，贾平凹写故乡的传统与现代的冲突、写故乡的现代变迁、写故乡农民工的命运，写故乡基层政府和老百姓的冲突，写故乡的百年历史变迁。贾平凹本是农民，但从农村出走，四十年的城市生活，使贾平凹成长为成熟的知识分子，用知识分子的立场为所钟情的故乡写作，是贾平凹文学创作的自觉阶段。

从行文结构来看，《商州初录》属散文化的小说结构，或如评论家说的笔记体的小说结构，是贾平凹小说突破戏剧化结构模式的一次尝试。虽是尝试，但作者行文利落，整体结构混沌洒脱。贾平凹是诗化小说的作者，重视感觉，强调立意，善白描化的语言，字里行间传情，这一切都决定贾平凹更适合写散文。《商州初录》介于散文和小说之间，少数篇幅是有故事的散文，多数是在游踪式的山川和民俗的介绍中插入传奇和闲笔。这一写作方式，是和贾平凹的风格和性情谐和的。虽然在其后的商州系列小说中，贾平凹也做过类似的戏剧化小说结构的尝试，比如《美穴地》《五魁》以至《浮躁》，在这些作品中，贾平凹在讲故事中仍比较重视细节的描画，在进行环境描写时，往往以风俗画的形式出现，故事细腻而富于感情，在写完《浮躁》后，贾平凹就放弃了这种倚重故事的情节小说，而选择抒情特征更为鲜明的意象小说，可以说，在转了一个小圈之后，贾平凹又回到了《商州初录》的这种结构模式中，从《妊娠》《太白山记》以至《废都》，贾平凹逐渐形成类似说话般的自由的散文化结构，这也是《商州初录》中早已呈现的，这就说明，作者苦苦寻找的艺术结构，往往是冥冥之中的，适合自己情感和性情的艺术结构。正是孜孜于这样的结构探索，贾平凹在《废都》之后的小说写作中，境界益愈开阔，散文化的结构模式也臻于成熟。

还有语言，语言与作者个性最契合，语言是一切文学写作的目的。《商州初录》中的语言是抒情的，它是作者诗人化抒情气质的外现，《商州初录》中的语言多方言的加入，它表明作者在这部作品中已经具有初步的语言感悟：语言是要表情的，语言要有地域性，语言要和所写人物的性格相一致，语言要有文化韵味。和这部作品写作时间基本一致的《鸡洼窝的人家》中，也有大量的方言词汇，方言词汇彰显地域文化。由此可见，此时的贾平凹已经意识到语言和语言所表现的对象的一致性，用方言呈现商洛地方的风俗和文化，民情和民性，应该是从《商州初录》开始的。在《商州初录》中，方言并未形成一种叙事的腔调，方言和作者笔下的地方风俗、地理风情成为彰显地域文化的一部分，在叙事的过程中，因为知识分子抒情者的气质，呈现出的是知识分子的抒情腔调：“人家门前屋后，绿树细而高长，向着头顶的天空拥挤，那极白净的炊烟也被拉直成一条细线。而在悬崖险峻处，树皆怪木，枝叶错综，使其沟壑隐而不见，白云又忽聚忽散，幽幽冥冥，如有了鬼使神差。山崖之间常会夹出流水，轰隆隆泄一道瀑布”，在叙述的过程中，作者以一个游踪者的视角观看故乡的乡土生活，本人并未融入到这乡村生活中，及至八九十年代的商州系列小说，方言的大量使用彰显了贾氏的语言特色。具体来看，贾氏书写商州现实生活的系列作品，方言味浓厚，初显口语腔调；书写商州传奇故事的系列作品，有传统文人笔记腔调。笔记体的叙事从《商州初录》，到《五魁》《美穴地》直至《废都》，臻于成熟。贾氏在《高老庄》中大量使用方言，甚至罗列方言，凸显方言的粗糙，其自觉脱去了知识分子的外衣，隐去了自己在小说中的身份，取故事中的人物作为小说的叙事者，诸如《秦腔》中的引生，《高兴》中的刘高兴，《古炉》中的狗尿苔，《老生》中的老生，叙事者、叙述的人物以及叙述的背景，自然地融为一体。从在作品中渗透方言到真正用方言思考和叙述，对方言的运用还要追溯到《商州初录》。

莫言认为，一个作者的写作风格主要表现在题材的选择、作者的文学立场、文体结构的趋向和语言特点等几方面，贾平凹文学风格的初步显现正是由《商州初录》始，由此出发，贾氏建造了丰富厚重的商州世界的文学大厦，这个大厦的底座就是《商州初录》，它结实而美丽，有无限的生长和生发的可能。

回望长安

关于《老西安》中的“老”的理解，是两种相反相成观念的融合，一是贾平凹不是讲西安的现在历史，而是有韵味、有文化的过去的西安的故事，历史的西安终将逝去，如同一个人的青春时代，西安正是中国历史的青春时代，必将逝去，隐含着痛苦和隐忧；另一方面，西安的历史和文化，西安的沧桑和博大，西安在各代历史更迭中形成的长安文化却是文学艺术的滋养。秦汉文化浑然大气、厚重博大，是中华文化的源头。贾平凹后期作品，不论文学创作、书法绘画都自觉承袭雄浑博大、任性放达的汉魏风气和文学精神。

一个人与一个城市是有缘分的，贾平凹和西安的缘分，就在于西安以他的雍容大气容纳了一个精神寂寞孤独的贾平凹，贾平凹也在西安这个城市感受到西安并不仅仅是正在日新月异发展着的城市，他是有历史、有文化、有韵味、有气度的城市，这种韵味和气度影响和感化着贾平凹的精神气质，贾平凹陶醉其中。《老西安》就是关于城与人，是一个人眼中心中的古城景象以及景象背后的文化蕴含的阐释，这是一个人与一座城市的相识相知的细密呈现。

贾平凹并不是土生土长的西安人，20 岁来到西安，从此徜徉于古城墙脚下，端详在岁月变迁中仍依然挺立的钟鼓楼，追慕珍藏着历史遗迹的各大博物馆，细数有着古城特点的古巷、街道名称，珍藏那些从颓圮的城墙和街巷中捡拾的秦砖汉瓦。

> 自做了西安市的市民，在城里逛得最多的地方依然是钟楼……中国任何地方的钟鼓楼皆不如西安的雄伟，晨钟暮鼓已经变成了一句成语，这里还依然是事实。
>
> 陕西的历史博物馆是非常多的，我到周原博物馆去看青铜器，到咸阳博物馆去看秦砖秦陶，到碑林博物馆里看石雕碑刻，到西安历史博物馆去看汉俑和唐壁画，到西北大学博物馆看瓦当和封泥，到陕师大博物馆看古帖名画。做一个西安人真幸福啊，每一件藏品都在展示一段曾经辉煌的历史，都在叙说一件惊天地泣鬼神的悲怆故事。
>
> 琢磨这些街巷的名称，如贡院门、书院门、竹笆市、琉璃门、散场门、端履门、炭市街、麦苋街、车巷、油巷；尚德路、教场门、四府街、骡马市；大有巷、后宰门、马场子、双仁府、北院门、含光路、朱雀路、马道巷，非常有都城性，又有北方风味。
>
> 秦的汉的瓦当，老太太们则要用来拓印锅盔馍上的花纹的……八十年代，城墙翻修，我从工地上搬了数块完整的旧砖，一块做了砚台，一块刻了浮雕，一块什么也不做，就欣赏它的浑厚朴拙。

西安古老的历史就在日常的住行中，只要你有心，便可感觉。贾平凹在这些看得见的历史遗迹中日日浸染，后来也收藏起了汉罐、土罐。这不仅仅是遗迹的留存，包含着对秦汉时代的历史精神和文化风神的追慕。文物是历史的框架，民俗是历史的灵魂，《老西安》中记叙大量西安的民间风习，在这些人情物理的描述中，不仅仅是历史的余味，而是西安的文化精神在呈现。

西安地理位置在中国的西北，以西安为界，关中的西部称为西府，关中的东部称为东府，东府有华山，贾平凹认为是阳山，男人的山，峭壁陡崖，坚硬挺拔。西府有太白山，贾平凹认为是女人的山，阴山，峰峦浑然，神秘莫测。西北黄土厚重，民风粗犷，民间老百姓最喜嘶吼秦腔，秦腔快板高亢激越，无限的悲怆，秦腔慢板幽怨沉缓，又无尽的凄凉。秦腔是秦人的音调，音韵中少于三声多于四声最生、冷、硬、倔的语音和这种语音衍义成的秦腔戏曲，在贾平凹看来，和秦地人居住的地理以及秦人的生活方式谐和的。这在他的散文《秦腔》也有表达。贾平凹在西安人的日常生活中捕捉秦人的风俗民性：

> 在大小的饭馆里，随处可以看到一帮人有凳子不坐而蹴于其上，提裤腿，挽袖子，面前放着西凤酒，下酒的菜是生辣子里撒着盐，而海碗里的一指宽如腰带的长面，辣油汪红，手掌里还捏着一疙瘩紫皮大蒜，他们吃喝的满头大汗冒气，兴起了裂开嘴就来一段秦腔。

这是可以当作风俗画的，耀州瓷碗、红线辣子、西凤酒是表现在饭桌上的具有浓厚文化意味的陕西符号。这种饮食上的火辣、坚硬浸透在陕西人的骨子里，形成陕西人性格的执拗和坚韧，在陕西名人身上表现更为突出。贾平凹在《老西安》中记叙了杨虎城、于右任、吴宓、赵舒翘、牛才子、石鲁、柳青。

杨虎城20年代抵抗军阀刘振华的围城一役，30年代发动西安事变，其人雄浑沉健，其性坚韧挺拔，正是陕西人的本性。民间高人牛才子，是陈忠实《白鹿原》中朱先生的原型，是智慧超群的乡村儒士。于右任书法刚劲厚重，石鲁书画任性放达，这些人其人生命运或悲或喜，其性格精神都遗传着“虎狼之师”后代的血脉和精神。

历史的车轮滚滚前行，随着政治经济中心的北迁或南移，西安在衰落。在商品经济的发展背景下，旧城改造的加速发展，传统的东西在没落。贾平凹感受到这种没落，他以一个现代人的情感和精神，传达对即将逝去的长安文化的凭吊和怀念。贾氏心神向往的是汉唐风气，不论是历史的遗迹，还是渗透在老百姓日常生活中的民俗，都在商品经济大潮中，显得无奈而无力。《废都》可以和《老西安》对望，《老西安》在外文版中的名称是《废都斜阳》，“废都”就寓意着在当代背景下有深厚历史文化韵味和历史遗迹的老城。在这样的古城里，传统和现代文明的矛盾和冲撞，传统的消失和没落，就是古城发展面临的现实问题。一个有着传统文人情结、背负着太多传统文化因素的庄之蝶，所中意的是逐渐式微的传统文化精神，庄之蝶热爱埙乐，埙乐中透出的是悲怆的调子，这样的情感和情调，都是过去长安文人的精神寄托，这一切，在历史的洪流中，早已面目难识，历史的更迭，文化的消失，决定了庄之蝶在现代社会里无所适从。

庄之蝶是一个做着历史大梦的文学人物，贾平凹是一个生活在现代社会的知识分子。西安作为十三朝的古都，因历史的积淀，全方位地保留着中国真正的传统文化，而最能代表传统文化精神的是汉唐，所以贾平凹说，“要了解中国的古代文明只有去西安”。西安是贾平凹借以了解中国文化的一个窗口，但贾氏不会沉迷于此。作为文人，他更看重汉唐时期的文化艺术精神。碑林博物馆里有著名书法家于右任收集的汉魏民间碑帖，贾平凹在汉魏碑帖中窥见了朴拙大气的汉魏精神，贾平凹喜欢茂陵霍去病墓前的一组石雕，贾氏在卧虎上感受到了中国传统艺术精神的魅力。近代的石鲁、柳青，贾平凹称之为具有“旷世的奇才”，这些都是汉魏文学艺术精神的延续。这个有着浑厚历史遗韵的古都，以其沧桑而厚重的文化精神浸染着一代又一代的文人，贾平凹也不例外，他感受到这个城市的文化的魅力，在自己的文章和书法中尽可能渗透这个古都的精神余韵。

贾平凹尊崇汉魏精神，收藏汉罐、土罐，贾平凹在西安看到和感受到的是与其笔下的人物不一样的传统，是传统中苍茫大气的汉魏精神。唐以后，中华民族精神渐趋式微，到明清，能看到艺术的精致和成熟，却缺少了厚重的根基。贾平凹感慨历史的发展，在时间的长河中，历史滚滚前行，想要了解中国传统文化的魅力，只能到遗存的历史文物和民间习俗中去感受。贾平凹记写老西安，看到了老西安过去文学艺术的繁荣，感受到汉魏精神的厚重，这些都为他自己的文学创作注入精神的因素。

《西路上》的马意象及汉魏精神的探寻

《西路上》看似游踪笔记体的长篇散文，其实更像是小说，或者是画传。

《西路上》融入了贾氏关于马的想象。贾平凹喜画马，贾平凹笔下的马大多是写意的，比如那幅《此时正驱马》，红色奔马，鬃毛直立放荡，俊目凸显，后蹄健壮，前蹄矫健，似要飞奔天外，似一匹不受驱使的自由的奔马。贾平凹能从动物身上感受某种生命精神，比如从一只雕刻的石虎上感受到稳定厚重的西汉雄风。矫健奔驰着的马的形象是贾平凹对某种强劲生命力量的想象。《西路上》自始至终贯穿着马的意象。西路之行开始即将马画得满屋满墙都是，历史上的汉武帝打通西域与中原的通道也是因为有大宛马（出汗为血，日行千里）的助力，丝绸之路的开拓者张骞的骞（驱马出塞）字中也有马之意。作者参观酒泉的魏晋画像砖博物馆，临摹的仍是“彪悍，驯良，勇猛，忠实，漂亮”的马形象。西路上，始终左右作者情思的恋人，是“立如树，坐如佛，卧如马”的精神恋人。或者说，恋人本就是作者幻化出的马的精神形象，和大宛马的形象重叠，作者的西路之行或许就是寻找和发现身体中消失殆尽的某种强劲勃发的生命精神，是一次精神的探寻之旅。所以说，是马激发了作者的灵感，贾氏画了很多马，在注目观赏这些画布上的马时，人们大都想象的是“长发、满胸、肥臀、细腰、长腿”的女人形象，不仅如此，马的形象背后，是贾平凹对早期汉民族身上所具有的雄健勃发生命精神的向往和追慕。

《西路上》草稿于2000年12月，修稿于2001年2月，是写完《怀念狼》之后的长篇散文。其写作思路和《怀念狼》一脉相承。写完《怀念狼》后，贾平凹在接受廖增湖访问时谈道："人是在与狼的斗争中成为人的，狼的消失使人陷入了惶恐、孤独、衰弱和卑鄙，乃至于死亡的境地。怀念狼是怀念着勃发的生命，怀念英雄，怀念着世界的和平。”贾平凹在西路上对马的追寻和想象，和贾平凹怀念狼的基本意图是接近的，从这个意义上，《西路上》可以《怀念狼》对读，犹如《老西安》之于《废都》，《定西笔记》之于《秦腔》。贾平凹受传统文化浸染很深，又在具有浓厚传统文化氛围的西安居住四十年，极慕汉唐雄风，浸淫于汉魏碑刻和茂陵石刻所带来的厚重苍劲的汉魏历史中，从厚重的历史文化中感受现代文明，贾氏感到现代文明的苍白和贫瘠。《西路上》是因马而产生对汉唐历史雄风的追寻和发现。

《西路上》不仅仅是对游踪景象的记录和描写，而是对具有悠久的西部历史文化的追寻和发现，是贾平凹创造的现实和想象交织的双线索的类似小说的叙事结构。这样的叙事结构比单线索的游踪结构能包含更广阔和深厚的内容，便于时间和空间内容的延伸。贾平凹是小说作者，本人又主张“大散文”观念，提出要“还原散文的本来面目，散文是大而化之的，散文是大可随便的，散文就是一切的文章”。贾氏的《西路上》《老西安》《我是农民》《定西笔记》就是在文体结构上对传统或叙事或抒情美文结构的突破。特别是《西路上》，贾氏创造性地将小说虚拟的双线结构纳入到传统单线索游踪叙事文体中，既增强了文章的主题内涵，又达到叙事节奏充分的舒展和自由。《西路上》两条线索贯穿叙事，这在后来的小说《带灯》中得到极致的发挥。一方面是五人组成的真实的游历线路，我、宗林、庆仁和小路以及司机，开着丰田越野车，重走丝绸之路，这是实地探访，“西路的沿途，很少见到大片的村庄，常常是一片沙梁之后，白杨树丛旁，突然地就站着几个大人和孩子看着我们的车呼啸而过”，一路上，有现实世界里的各种事情，诸如淘金人和金客们的生存；路上撒上酒瓶的碎片，吸引过路车辆补胎；路旁百姓拦车喊冤；村社领导贪赃枉法、欺强凌弱。所经之路大多是严重沙漠化的戈壁滩，原本草木繁荣，牛羊遍地，如今牧民的帐篷被沙漠追逐着无处立足。繁荣兴盛的丝绸之路，如今荒凉、贫穷，人在生存压力下显得萎缩。一方面是寻找历史的文化的丝路，探寻丝路上曾经的繁盛与兴旺，这是作者的精神探寻。丝绸之路是一条中原与西域各国相连的交通大动脉，是汉朝历史上的御道，御道的开拓，彰显的就是“汉朝的强盛的历史”。这里有霍去病率领的铁马金戈的历史回声，有建营扎寨，重兵把守的城墙关隘，有沿途繁盛的商业贸易，有从虎狼之秦的发源地天水嘶吼出的秦音。武威是张汉王朝的神威，张掖是“断匈奴之臂，张中国之腋”，这两个沙漠腹地的城市里，还响着久远的强盛时代的回音。于是作者感慨：“一个民族要继承的应是这个民族强盛期的精神和风骨，而不是民族衰败期的架势和习气。”作者感叹世风日下，在久远的历史中寻找汉民族文化的根基，重建汉民族的品性，这是贾平凹多年来受汉魏文化的濡染深切感受到的，这种思想在他的多篇文章中都有提及，比如《高老庄》，在汉魏画像砖里窥到久远历史的风神，在大宛马上感受到种族的健壮。作者西路上所探寻的生命精神应是如马一般的强劲健壮。多线索的结构成就的是现实与想象交织的复杂的思想意蕴，既有慨叹、怀念和追寻，又有无奈、叹惋和希望。

双线索的结构从叙事艺术上来说，也避免了叙事节奏的单调和沉闷。《西路上》的前半部分，在游踪顺序中加入作者的思念和想象，既定的叙事线索下，拓展了散文的叙事空间。后半部分，将我在游踪中的所见所闻与我想象中的如马般的恋人的所见所闻交叉叙事，两厢见闻既增加了叙事内容的厚度，又强化了作品的思辨内涵。写于2013年的长篇小说《带灯》，将这种双线索的叙事发挥到极致，小说通过带灯的视角，一方面呈现的是带灯类似工作日志似的基层干部的日常事务，一方面记写带灯的精神生活，通过带灯寄给精神恋人元天亮的二十六封长篇短信，传达带灯田园般的精神想象。现实和精神的交叉叙事，既是舒缓节奏的需要，也是主题表达的需要，这样的叙事手段，是从《西路上》发轫的。这种双线叙事的结构模式说明了贾平凹在小说和散文叙事中的互融性。贾平凹的散文总能突破现实的规囿，走出纯粹个人体验的书写，具有历史、文化的多重意蕴，在于叙事结构的复杂性。贾氏的小说自《废都》之后，摈弃了戏剧性的情节结构，小说叙事呈现日常生活流似的话语结构，又是散文化叙述节奏在小说中的运用。

《西路上》，历史文化的西部与现代发展着的西部因独特的叙事结构而融合。文章最后对恋人没有面目形象的展示，引起庆仁的惊异之声，给读者留下具有余味的想象。作者塑造的这个带着历史文化想象的精神形象，正远远地在西路的尽头，如马般奔腾。

寻找流逝的乡土世界

《定西笔记》写于2011年2月，作者运用游踪笔记体的记叙方式，向三十年前《商州初录》致敬，只不过，经过三十年案头风雨的磨砺，《定西笔记》中，我们看不到作者青春年代饱胀着的恋乡情愫。《定西笔记》里的作者更像一个历经纷纭世事的老者，以纯白话的语言，不加任何修饰的，记录着逐渐消失的乡村。如果说，《商州初录》是工笔细墨的田园风景图画，《定西笔记》则是白描式的印象山村景象。

《商州初录》和《定西笔记》都是作者在游踪过程中的所见所闻，可称作游踪笔记。游踪类散文是贾平凹散文门类中最突出的一种。内容多以记录见闻、描摹自然风光、感受风格各异的民俗风情和地域文化为主。比较著名的有早期的《桂林游记》《清涧的石板》《走山东》，后期有《通渭人家》《药王堂》《松云寺》等。游踪笔记能直观具体的将作者所见所闻记录下来，且因带有作者游历的新鲜感受，更能直接透露作者的思想和情绪，好的游踪笔记，也因其真实具体的描摹人事景象，能见出时代的印记和文化的流变。

《商州初录》能工笔细墨地描画乡村野景，在于作者所见到的景象是相对封闭的传统乡村景象，城市、商业、市场这些全球一体化背景下象征现代文明的名词在作者故乡商州全然是陌生的，作者用自己的笔发现一个相对原始、充满野趣的乡野风情，笔端是抒情的、赞美的、甚或是惊异的，人情是醇厚古朴的。《定西笔记》也是记写相对封闭、大山环绕的乡村景象，可是时代变了，作者的情感也发生变化，不是兴味盎然的描摹山野风情，而是在怀念，怀念那即将消失的传统乡村事象，用笔留住最后的、最淳朴原始的民间事象。再加之贾平凹以知天命的年龄感受并书写，个人的情绪和时代的情绪自然地融合，《定西笔记》因而洗尽铅华，纯然本相。

在《老西安》中，作者曾说，文物是历史的框架，民俗是历史的灵魂。在日夜行走中，贾平凹感受着不一样的地理风情，记录着不同地理背景下人们真实的生活影像。《定西笔记》首先是文字记录着的地方风情志，且延续了贾平凹一贯的游踪笔记的写作思路，记叙地理风情，摹写自然景象，感受民风民情，书写特异丰富的地域文化景象，传达丰厚的具有民族精神气质的民间精神。

定西地理贫瘠，四山环绕，全是土褐色的厚土覆盖，自然环境酷寒，《定西笔记》记写了当地人的饮食情况，人们靠天吃饭，大山里的沟沟坎坎能收土豆，这里的人们以土豆为主食，甚至中堂的柜子上献祭的也是生土豆，外出办事，兜里装的也是土豆。记写了定西的自然环境干旱，因而家家户户为抵御严酷的自然环境都打水窖，详写了定西人打井的过程；贾平凹行走到距离县城一百七八十里的山村，看到了当地最贫困的山民，人们吃的土豆，烧的干牛粪，住的草房子，而且一村都是草房子。但就在这样的环境里，随着作者的行走路线，我们看到了这里人们的信仰，那就是对宝卷的喜爱，宝卷就是书，自然环境虽贫瘠，家家都喜文爱字，都希望孩子通过读书学习，走出大山。

《定西笔记》中，贾平凹并非以猎奇者的心理记写定西特异的民俗事项，而是专注于在这些民俗事项中感受地理与民情的一致，民情与民性的一致。山地环境严酷，极度缺水，人们打井储水，井窖里收集从沟沟坎坎流下的雨水，水面上浮着树木草叶、鸡屎羊粪，可这里的黄土胶泥打成的水井，水经沉淀后，会变得清洁透亮。定西人缺水因而尊敬水，人们把水当作神一样的敬拜，打井时要选黄道吉日，要祭奠神灵，完工的水窖要盖个小水房，安置龙王神龛。人们在长期的生产和生活过程中，妥协着抗争着自然环境，从民间实践中表达着对自然物的畏惧和崇拜。

在贾平凹的各种游记中，记写山庙的比较多，多是龙王庙或山神庙，贾平凹有浓厚的庙宇情结。只有在定西，贾氏记写了独特的庙宇——盐神庙："庙里没有神像，竟当殿一个古盐井，旁边墙上画着熬盐的画，还有祭文"。特殊的民间信仰传达着老百姓朴素的生存愿望。庙在盐井镇，盐井镇人靠盐生存，不仅因盐而有久远的产盐贩盐的历史，充裕着本地人的物质生活，盐自然成为当地人生活中必不可少的一部分，当地人很少患胃癌与使用此盐有关系。一方水土孕育一方人，水土直接影响人的体质，也渗透在人的生命记忆之中。贾氏记叙盐井镇的老人以盐为食，这是民情也是民性的生成原因。

很多时候，我们可以把《定西笔记》和《秦腔》对读，这源于作者在这两部作品中深厚的怀乡情愫。不是游子对故乡的思念，也不是对优美乡土风情的眷恋，而是一种无可奈何的怀念情愫，传统意义上的乡村正在大范围的消失，再也不会有所谓的乡土田园般的牧歌情调，传统的没落，乡土的消失，在有着浓厚乡土情结的贾平凹那里，《秦腔》是以想象的方式，以秦音消失隐喻中国传统农耕文化的消失，密密匝匝流水账似的叙事中传达着作者对必然没落的绝望，充溢着根基消失的无望。《定西笔记》在近似真实的游踪印象中，具体而真实的勾画着这最后的乡村景象，一个贫瘠但仍有淳朴风气的乡村，在真实的历史背景下，会渐渐走向它的终结，这不是赞歌，而是凭吊。

作者写到乡村的萧条：

> 两边的房子也都是土坯墙，盖得又低又小，可差不多的院门都挂了锁，即便没锁的，又全关着，怎么拍门环也不见开。
>
> 年轻的都到城里讨生活去了，家里只剩老人和娃娃了。

文中写到方圆百里只剩下一个“专磨子”的了，对专磨子老头的工具筐的近乎实录的记写，很像是对民俗事项的记录：

> 磨台下放着他的工具框，里面是八磅锤、楔子、钢钎、手锤、錾头。他说，专磨子是小活，它主要是做平轮水磨、立轮水磨、人力磨、碌碡、碾磙子碾盘、做豆腐的拐磨、立房用的顶柱石、打胡基用的圆杵子、打墙用的尖杵子，还有门墩、捣辣子的石窝、安大门的减基石。

在对这些传统农村物象的近乎实录的记叙中，传达了作者对传统农村环境和农事器具的喜爱：

> 家家的院子都大，院墙上架着包谷棒子……院子里有猪圈，有鸡……狗和猫是自由的……柴棚里是各种各样的农具，锄呀，锨呀，镰呀，镢是板镢和牙子镢，犁是犁杖，套绳和铧，还有耙子，梿枷，筛子，笼头，暗眼，草帘子，磨杠子，木墩子，切草料的镲子，打胡基的础子，用布条缠了沿的背篓、笸篮、簸箕、圆笼。

通过记写这些传统的手工工具，复原了一个原汁原味的传统农村的印记。农事工具中承载着百姓们传统的劳作方式，是传统农村的生产方式。在大多数的农村，随着机械化生产工具的发明，这些工具早已消失，或成为展览馆里的物象，承载着人们对过往历史的想象。贾平凹近乎实录的记写，不仅仅是对那些充满儿时记忆的农村生活的怀念，也包含着知识分子复杂的乡土情愫，在历史更迭的背景下，旧的东西带着它们那个时代的历史记忆永久地消失了，这是历史发展的必然，在激进的时代对传统的怀念成为头脑中挥之不去的情愫。

> 水磨坊的一切陈设使我回忆起了我少年时在故乡当磨倌的情景。啊这吊起的石磨，上扇不动，下扇动，如有些人咬嚼和说话的模样。啊这笸篮，啊这落满灰尘变粗的电线，啊这原木做成的窗子，窗上的蜘蛛网，啊这低低的随时可能碰着头的支梁。
>
> 经过了戏楼，戏楼下的一排碌碡上坐着几个人在晒太阳，一杆旱烟锅，你吃完一锅了，装了烟末轮到我吃，我吃完一锅了装了烟末再轮给他吃，烟锅嘴子水淋淋的。听见他们说马，说马是世界上最倒霉最没

出息的动物，它和驴交配，生下孩子却不像它，也不叫它的姓氏。

贾平凹在情感上钟情于那些传统农村的种种事象，传统农业生产工具、传统的劳作方式、朴素的老百姓的情感维系、甚至充满传统农村味道的街道和人畜同居的田园之乐。同时他又希望农村老百姓物质得到发展，传统必然代表落后和贫穷，贾平凹在文中感叹：

> 在这里，农具还是这么多，牲畜还是这么多，农事保持的如此完整和有秩序！……这才是农村的味呀！但我也明白我所认同的这种状态代表了落后和贫穷，只能改变它，甚至消亡它才是中国走向富强的出路。

在中国最后一个传统农村的行走中，透过直白而具体的语言，我们可以感受到贾平凹一贯的传统文化情结。从情感上来讲，贾平凹是一个恋旧的人，这与贾平凹长期浸淫于传统文化氛围中有很大的关系。在小说《秦腔》中，贾平凹怀念秦腔，感慨仁义礼智的消失，全文都氤氲着对传统失落的绝望和无助；在《带灯》中，整部小说中有一条关于庙宇的隐线，庙宇实质是传统民间的精神栖居之地，庙宇背后隐喻着贾平凹对传统礼治文化的期望；在《定西笔记》中，贾平凹记写这个即将消失的农村，并不仅仅是对农村生活和农民命运的关注，字里行间浸透着他对传统器具的喜爱，对“过去”生活方式的留恋。在社会快速发展的现代背景下，贾平凹在传统和现代的对抗和冲突中，内心饱含复杂的情愫，他希望老百姓能真正走出贫困，发展现代意义上的农村，但这样的农村绝非与传统文化隔绝的农村，这恰是作者对现代文明批判视角的体现。

当写作到了一定的阶段，人生阅历到了一定的阶段，用写作来传达人生经验，只需平白如话。《定西笔记》中的贾平凹，已经进入到纯然不追求技巧的阶段，不刻意追求文字的优美，也不注重情调的独特，只是在平常普通的文字中传达情感，诉说思想。贾氏早期散文文笔优美，充溢着情感，结构精致，堪称美文；到了《定西笔记》，作者不经营结构，但结构却自然天成，不雕饰语言，语言是明明白白，不讲究手法和立意，只是如实叙事，但情感和思想却真真切切。这或许真验证了苏轼对文学的评价，当人生感悟和艺术感悟到达一定程度时，就会达到“平淡乃绚烂之极”的艺术境界。

陈敏的情感种植园

陈敏的小小说创作始于2005年，及至2014年，已出版个人小小说文集六本。陈敏在大学从事教学工作，小小说创作对于陈敏而言，纯粹是一种“事余”之外的精神抒发。如同在烦琐的日常生活中发现了一处美丽的花园，陈敏发现了小小说创作这个园地，用心经营，努力培植，如今的这块园地，因为作者灌注的充沛情感，已然郁郁勃勃，花草竞艳。

小小说实为小说的一种，比一般的小说而言，篇幅短小。然而越是短小，越需要精致的构思。所以，我觉得，鲁迅先生告诫年轻人在写小说上，要谨记八个字：选材要严，开掘要深。对于小小说而言，尤为重要。小小说要写得好，要在两三千字左右的篇幅中完成独立的意境，确实要有独特的匠心。不仅如此，在结构、语言修辞以及行文转换、表现手段等方面，小小说比一般的小说更需要技巧。但如若作者只注意从技巧的层面下功夫，而情感不够充沛，那就会走向纯粹技术性的制作，小说匠气十足，可信度和感染力不足。所以，好的小小说，既要有真感情，也要有真技巧。

陈敏开始写作小小说可谓半道出家，陈敏学的是英文专业，最初只是做英文教学工作，因对语言有敏感，课余尝试翻译一些短小的英文作品。后来，这些短篇幅的英译文结集出版为《许多许多月亮》。正是在翻译作品的过程中，陈敏感受到语言的魅力，并尝试自己创作，从最初的近似练笔似的习作，到如今将创作视为一种生活的态度和习惯，将自己的生活观念灌注其中，其间的坚持尤为可贵。而更主要的是，写作，在陈敏那里，已经不再是获取荣誉，证明自己的一种方式，而是寄托情感、自由言说与表达的一种方式。

陈敏的小小说题材尤为开阔。其中最具个性的是她对古今传奇的重新演绎，可谓在旧瓶里装新酒，也可说是故事新编。鲁迅先生的《故事新编》是现代小说里这一题材的滥觞。《故事新编》讲究的是立意的新颖，如若在故事中还能透出作者的人生高见，则更见难能可贵。陈敏的《广陵散》，不仅讲述一个不一样的历史故事，并且在故事中言志寄情。作者讲述镇西大将军钟会驰骋沙场，杀敌无数，却在拜会嵇康时受到羞辱，因羞辱难平，钟会借故定了嵇康一个罪名，杀死了嵇康。可杀死嵇康的钟会不仅难平羞辱，反而被嵇康临行前的一曲《广陵散》彻底打败，这曲《广陵散》如同一把无形的剑直指钟会的内心，直到死亡。作者在这里想象着钟会和嵇康的对峙，其实是两种人生境界的对峙，一个是世俗生活中、利益场中争权夺利的小人钟会，一个是志向高远、藐视人间的高贵心灵。作者在小说中形象地写出了嵇康临行前高奏《广陵散》的场景，与其说是一个场景，不如说是一种意境，一种将“嵇康、生命和琴声融为一体的”的意境，空谷琴音，脱离世俗，和嵇康的高贵精神融为一体，世间凡人，那可匹敌，无奈最后钟会的意志被这样的琴声所消解。广陵散在这里，是一种象征，高贵精神和脱俗气质的象征。广陵散所蕴含的精神内容正是作者所称道的。其他如《黄硕》讲述的是诸葛亮的妻子黄硕的故事，也有一定程度上对原故事的翻版。以往人们总是看到诸葛亮忠君睿智的身形。但在陈敏的小说里，却是另一番景象，诸葛亮的才能和智慧源自一个不平凡的女人黄硕，黄硕教会了诸葛亮诸种用兵制奇之术，最后却落得孤独地等待，直等到诸葛亮命丧五丈原，也没有等到诸葛亮的魂魄归来。在这篇文章中，可以看到作者对男女关系的理解：是女人成就了男人，即使是世界上最聪明的男人诸葛亮也不例外；是女人让男人有了向更广阔领域飞翔的本领和能力，而留给女人的却是等待。小说中有一个奇异的想象，诸葛亮死后，黄硕化作一棵枝叶繁茂的大树，扎根于诸葛亮的坟冢上。这一意象，是黄硕悲剧的形象化说明，黄硕的悲剧在于太依赖男人，即使化作大树，也要扎根于痴心等待的男人的坟冢上。作者用这样的故事反向说明，女人应有自己的位置，寻找自己的位置比扎根于丈夫的地盘能获得更大的自由。其实，陈敏在小说中所表达的精神和她现实中的生活态度是一致的，在现实生活中，陈敏的精神世界也是无限自由的，从不会受所谓的权力、金钱和诸种利益的影响，甚至家庭的影响。现实中的精神世界的纯粹，才会在作品中有如此的广陵散。

陈敏的小小说世界中，除了通过故事新编传情言志外，作为女性作者，作品中很大一部分题材都涉及对女性生存、女性命运的探讨，有较强的女性意识。在男女两性的世界里，陈敏认为，作为知性女人应该有自己的情感种植园。陈敏有一篇小说，题名就是《情感种植园》，一个丈夫有外遇的女人，培植了一片花园，并通过卖花养活了自己。花园不仅是女人生存的基础，也是女人情感的寄居所。情感种植园也颇有寓意，女人就像黄硕一样，不能将情感寄托在男人身上，而要寻找独立谋生和独立生存的方式，寻找到属于自己的情感种植园。陈敏认为，孤独的女人，只要精神世界是纯粹的，她们远比那些依附于男人世界里的女人更美丽。所以，她笔下的很多知性女人，是忧郁的、孤独的，但又是独立倔强的。除此而外，她也通过作品，发现寻常女人身上的美好品质。《莲花鱼》讲述了一个会剪纸的女人，经过长年累月的剪纸，将莲花鱼种在了心里。“莲花鱼”不仅是一种剪纸，更是一种品格，象征着纯洁、美好的良善品质。《白荷》中，讲述的是一个婆婆的故事，女人的命运也如白荷一般，纯洁而倔强。《损而不毁的婆婆》更是以自己婆婆为原型，塑造了一个不断遭受疾病的侵蚀，但精神状态始终乐观而倔强的老人。在陈敏笔下，不论知性女人，还是普通的劳动妇女，她们无一而外都是倔强善忍耐的，也是精神纯洁的，这反映着陈敏自己精神素质中可贵的一面。

人常说，文如其人，善良而敏感的人其笔下的世界也是美丽多于丑陋。陈敏常将自己对生活的美好情愫寄托在那些平凡而普通的人物和事件上，通过对这些寻常物事的讲述，探讨真善美与假恶丑的人间常理。她笔下有关于小动物的故事、有关于生态危机的故事，也有关于普通的乡情亲情的故事，还有当今社会过度发展，人情变幻的叙述。《怀念二癞子》中，我因善心收养了一只流浪狗，流浪狗虽不言语，却也能感受到我的喜怒哀乐，我悲狗亦悲，并因悲伤而离开了我，选择独自离去，离开我之后的二癞子孤独地死去。在作者笔下，二癞子与其说是狗，不如说是一只极富情谊且有灵性的生命。与二癞子相似的，《麝香猫》里的那个麝香猫家庭，也被作者描述得亲情味十足，比起人类世界而言，动物们或许比人类更具人情味。《山药蛋》和《黑陶碗》则是叙写乡情的，《山药蛋》里的苏乐挣脱对大城市向往的欲念，回到最初抚育自己的地方，用感恩之心回报乡亲，一只黑陶碗里也寄托着作者对儿时的回忆，寄托着浓浓的思乡之情。《让风吹过的地方哗啦啦响》，富有诗意的题名如同作品里阿古的美好心愿和美好实践，在经济过度发展，农村里树种因城镇化建设逐渐消失，阿古和他的父亲将连根拔起的树木栽到自己承包的土地上，父子俩对待树木就像对待自己的孩子一般，十年的光阴，阿古父子俩建起了上万亩的林木，这些林木就是阿古的幸福。

在这些作品中，陈敏滤去了人间的罪恶与丑陋，呈现的是人情的美好，人性的真纯，这些美的故事，连同那些美丽的女人，是陈敏在文学创作上的收获，也是她幸福的源泉，是陈敏的情感种植园。在这园里，陈敏播下的是一些美好的愿望：或对自由的渴望，或对美好的憧憬，或对良善之心的赞誉，或对赤子情怀的认同。无论哪一个，都让人心生向往，通往的都是美好的精神世界，也因为陈敏将美好的愿景寄托在她的作品中，并用心培育，才使这花园芳香长存。

陈敏的小小说中除了有美好的情感寄托外，其小说在诗意营造方面，在语言的细腻柔美，在构思的独具匠心等方面也有自己独特的一面。陈敏曾说，比起散文来，小小说更需要技巧。散文只需要把真实的事件和情感表达出来，小小说则需要在谋篇布局方面深刻思考。一个故事在现实生活中发生了，可是在小小说的世界中，就要将这个故事讲述得跌宕起伏、因果相生，这样小说才会得到意想不到的阅读效果。现代社会，是一个速读的时代，催生了小小说这一题材，但同时，也给小小说创作带来了巨大的挑战，如何在一个比较短小的篇幅里，承载更多的社会信息和更丰厚的人性内容，可能是小小说创作者在创作实践中需要不断发展成熟的。

陈敏的小小说最先吸引我的是她的语言。语言是通往作品的重要通道。一个作者的语言好不好，直接关系到作品的质量。陈敏的语言真的是文如其人，读着她的语言，就如同听她讲话，轻声细语，柔美细腻，如涓细的河水般缓缓流淌，这样的语言比较容易通往人的内心世界。所以，陈敏的作品中多亲情、友情、爱情等情感故事，用细腻柔和的语言叙述美好的情感故事，定能打动很多人。

其次，美好的语言容易营造出诗意的意境。小小说如若不求深刻，只求感动，需要的就是诗意的营造。陈敏的小小说主题不在批判，更多似在抒情。抒情的文章往往富有诗意。陈敏小说的很多题名本身就富有诗意，比如《广陵散》《爷爷树》《莲花鱼》《白荷》等；陈敏善于在叙述中营造诗意的氛围。《广陵散》中“嵇康斜倚岩石间，溪水畔，正埋头琴上，抚琴吟唱，远远的烟云，近处的竹影，美若仙境，钟会诧异的目光顷刻一片浑浊”，此情此景，既是富有诗意的对比，嵇康的清明澄澈和钟会的卑下浑浊显而易见，同时广陵散曲的空谷天籁也是嵇康精神的一种象征。《莲花鱼》中，作者也处处流露诗意，“女子心里的花只要一开，手上想要啥就有啥，心里有花的女人会长得像花一样美”，“那满脸的沧桑仿佛就镶进了黄土高山的褶皱里，让人看到一条游弋在山脉与灵魂之间的圣洁的鱼”，正是这些富有诗意的句子，把读者引进了主人公那无比美丽的内心世界中。最为重要的是，在整篇小说的谋篇布局上，诗意往往是作品的点睛之处。人物的命运和情感的发展，作者也都靠诗意的营造来完成。《让风吹过的地方哗啦啦响》开始讲述的是回忆中故乡的美好，后来故乡发展，树少了，没了，阿古和爸爸承包山地种树，细心呵护树的成长。原本看似在讲一个环境保护主义者的故事，可是，因为作者的诗意捕捉，我们近距离地看到了阿古的特写，他是一个有思想有感情的人，作者写道：“太阳把大把大把的光洒在林间的每一片叶子上。阿古抬头望。抚摸着一棵棵树干……那些已经非常粗壮的树干，他的脸变得一片明亮。”美好的意境，衬托出阿古美好的精神世界，也因此提升了文章的内涵，不再是一篇记录人物的文章，而是富有感情的抒情小说。

当然，在谋篇布局方面，陈敏的一些小说显得有些平淡，一些小说还有雕琢的痕迹，让人感觉过于真实。但不可否认，小说所需要的想象力，陈敏并不缺乏。如她的《剑在不和亲》，完整地呈现了一代帝王思想感情的跌宕起伏，将帝王汉武帝的情绪和大将军霍去病的戍守边关的意志交错叙写，场景历历如在眼前。作为小说作者，陈敏具有相当不错的描述能力，能将想象的故事描述得栩栩如生，描述给予故事不断衍生的意义，这一点，陈敏也不缺乏。

如同大多数文艺创作者一样，小小说创作者也需要丰富的社会阅历，同时需要一颗善感的心，用心灵净化社会的污浊，让自己及其作品充满清洁的精神。如若陈敏在她的情感种植园里孜孜不倦，感悟内心，感受社会，这样我们就能读到更多她的美文。

自我拯救与随性写作

一

中国的现代主义诗歌，最辉煌的是在“文革”后期和改革开放之初的80年代，那时的年轻人，走过了迷惘而沉闷的年代，用诗歌来传达他们内心的声音，他们对世界的怀疑和否定，他们的迷惘和追求，传达他们在黑暗里仍寻找光明的决心。那一时代，催生了中国最有力量的诗人，北岛、食指、杨炼、多多、舒婷，他们用诗歌见证着中国一代年轻人的青春和梦想，见证着现代诗歌的辉煌成果。到了80年代末期，经济的急剧发展，市场体系的完善，大众文化的流行，喧嚣而浮躁的社会，将表现自我价值的现代主义诗歌逼近墙角，大多数诗歌写作者也应和着大众文化的潮流，出现了所谓的后现代诗歌的写作。但即便如此，后现代诗歌也终究不敌滚滚而来的各类叙事文学的挤压，诗歌创作大范围溃败。无奈徐敬亚感慨：“诗，从来没有像今天这样软弱，这样无力。它早已不再战斗，不再号召，不再聚众演说，不再高声叫卖。”

当诗不再号召，诗人们从时代和历史的前台隐匿，退回到书斋，诗人退回到墙角，诗就失去了批判的力量，纯粹成为一种自我情感的释放，自我精神的慰藉，是“自我的拯救术”。著名诗人王小妮说：“诗就是我的老鼠洞”。老鼠洞虽形象，但也道出后现代诗歌创作的本质。当诗歌创作揭下它高贵的面纱，失去了为人类为社会讴歌和批判的土壤，当诗无法为诗人们提供显赫声名时，写诗就成为纯粹个人的事，要么是纯粹为了自我情感的释放，释放压抑已久的心中块垒；要么是纯粹对现实的逃避，逃避逼仄喧嚣的现实压力。写诗不再为了所谓的社会价值、所谓人生理想，甚至高深的哲思，纯粹只是随地随时的有感而发。诗成为诗人们随性日常的一种功课，一种精神的避难所。

自古以来，诗歌都披着高贵的面纱。孔子说，诗可以兴、可以观、可以群、可以怨，是说诗的地位；俗话说，一时代有一时代之诗，是说诗的价值。最不济的，诗言志，诗是诗人志向、生命的言说。诗歌从辉煌走向失落，诗歌成为个人的随性写作，这是大众文化时代下的历史必然。从没有一个时代，像今天这样，崇尚每个个体，也从没有一个时代，科学技术的发展，将每个个人的声音传向各地。因此，诗歌价值的失落，从另一个角度来看，无疑是指诗歌回到世俗个人的怀抱，成为每个个体的日常而随性的写作。

二

南书堂在2009年出版他的处女诗集《紫苜蓿》，到2012年，出版了第二本诗集《临河而居》。南书堂诗歌的所有题材都来自于他的日常生活。他将日常生活中观察到的、感受到的、经验到的，全部在其诗歌中表达出来；如果仔细阅读他的诗作，你会觉得他就是在写生活，写日常生活带给他的烦恼、快乐、忧思与伤感。诗歌就是他个人经验、经历和感觉的印记，凡是他足迹所到之处，我们都能从他的诗作中体味出来。从《紫苜蓿》到《临河而居》，我们能够看到南书堂诗歌创作上的成长。他的诗，比起80年代横空出世的现代派诗人，缺少批判的力度、开阔的境界；但是，也有唯美的语言、诗意的成熟，默默记载着他自己的情感和思想，这样的情感就是独属于他个人的言说，这恰是大众文化和消费文化背景下随性写作的表现形式。

诗人常将自己在日常生活中微妙的感觉和体验，寄托在寻常物事中。在诸多的寻常物象中，诗人钟情于月光。在早期诗作《月亮之上》，作者写道："世间的大智者呀！它把千百年的物事收于一盘/它把千百年的时光擦得如同一块玻璃""我试图把一颗月亮种在心里/我想，只要心在，月亮就在"，这首诗中，月亮是包容的，洞彻人间真理的，把月亮种在心里，就种下了如月一般的精神气质。在《从月光到月光》中，作者写道："人至中年，肩膀上尽伏着时间的暗伤/月光之下，风尘有了确切的重量/从江湖险恶到世态炎凉/慰藉平生的唯有月光啊，唯有月光"，随着时间的穿梭，人到中年的诗人阅尽人世的沧桑，月亮成为清亮精神的象征，抵御着凡俗的污秽。在《月光曲》中，诗人感叹道："月亮总是孤悬于天，一如我的偶偶独行/我手指尖的烟卷，杯中的酒/一如嫦娥寂寞的广袖"，此首诗中，月亮幻化为寂寞的象征。三首诗作，诗人情感迁移变换，都通过月亮表现出来。月亮这个人间常景，成为诗人寄情逸兴的载体。

阅读南书堂的诗，我们可以感觉，诗人善于将自己形而上的思想和感慨，寄托在有形的物事与景象中。比如《倒影》中，作者写道："日月之下，万物皆有倒影 / 他们影影绰绰，短短长长 / 有的我幸运的看见，比如 / 躺在文字里的历史 / 伏在裘衣上的老虎 / 有的我看不见，比如死，比如虚无 / 但他们竟是那样清晰而真实地伴随着我们"。在《无可依存》中，作者感慨道："我终无可依存，像一粒 / 空中的尘埃，像一只断线的风筝"。又比如在《石头》中，作者写道："我越来越收敛锋芒，安于现状 / 越来越变得沉默冷面懒散 / 有时候像一块石头，坐下来长久的凝视这些石头"。

现代社会，是一个嘈杂喧嚣的时代，小说作者可以用形象、细节和情节表达他对现实世界的想象，诗歌的世界是纯粹感觉的世界，是诗人内心潜意识的流动。《必须冷》中"冷"是诗人强加于自身的，是一种对抗现实的态度，只有在彻骨的寒冷中，才能真正保有自我，清醒地发现现实的种种痼疾。这首诗在表现手段上与诗人其他唯美抒情的诗歌不同，全篇意象跳跃纷呈，如同诗人梦境深处思想的流露，从"我的叙说将像列车，在经验和惯性中轰鸣"，到"两边的衰草安逸得失去记忆"，到"鱼群遭遇晚点"，纷繁的意象象征现实的痼疾。"必须冷"是一种象征，也是一种态度，诗人说，"必须冷，要一冷再冷，让雪立地成冰，让冰，立地成佛，成手术刀，去接通灵魂阻塞了的动脉和麻木的神经"，"让冷成为手术刀"，这一大胆而陌生化的想象，从语言通向思想的表达，使此诗富有凝练的哲思意味。抒写诗人内心的感觉，并不通过外在物象直接抒发诗人内心的情感，而是直接将种种客观物象作为象征，这是现代主义诗歌的表现方式，诗歌不仅仅是对生活和个人情绪的关照，而是对存在的关照，对生命和精神的言说。在现代社会，要提高诗歌的品质，要用诗歌言说生命，而非仅仅一己情怀的表达。

南书堂的《必须冷》可以说是这类诗作中的上乘之作。

在诗人的乡土诗歌中，叙写乡土的破败，记写家园的离散，抒发诗人对不断远离的传统乡村的怀念之情。比起那些一味寄情故土、赞美田园的诗歌，南书堂的这类诗歌贴近当下农村生活的现实，既有时代感，又有生活的实感，而且在情感的表达上，不是单纯的思乡感情的表达，在反思中国农村城镇化过程中，有怀念、愤世和忧患。在《最后的落叶》中，作者诉说，“我的故乡，因为卑微、低矮/总顺从于几声蛐蛐的哀鸣”“就像这些叶子，无法选择自己飘飞的远与近，身姿的美与不美”“被工厂隆隆的机器蚕食得支离破碎的/村庄里，走动在村口的乡亲/像是最后的落叶”。在这首诗里，作者将逐渐消失在机器隆隆声中的淳朴故乡，比作秋天的落叶，抒发的是对传统乡村渐行渐远无可奈何的叹惋之情。《新织女牛郎歌》中，诗人对新时代的离土农民被迫离开故乡做了形象的描写，“一个在北，一个在南/思念像一条节节上涨的银河/踮起脚跟，也望不见/孤单的孩子，孤单的家/七夕相会一推再推/就到了年关/冰雪里/一滴圆圆的泪珠/被摔成了几瓣”。摔成几瓣的泪珠，有着诗人对乡民命运感同身受的愤世之情。同样的情景，诗人在《像候鸟一样的乡村》中，“我的乡亲，候鸟一样的乡亲/就把自己交给一张张车票/去了东，去了西，去了南，去了北”。把自己的命运交给车票，形象地说明新时期的乡民，因为商业文明的过度发展，失去土地，也就失去了家，在城市里漂泊流浪。在诗歌《村子》里，作者通过对比的手法，写以前的村子，“土塬锦绣，土塬上的村子锦绣/锦绣于土/土生万物，包括安宁”，而今“村子的人不再种田，接过老板递来的票子/把残留的土塬一点一点挖下来/往窑里送”“一排排大烟囱，把村子的忧伤/举得那么浓密，那么高”。村子的忧伤里，也饱含着诗人对逐渐远去的传统乡村的怀念。《窑工》“把土坯一车一车装进去/把土坯一样的自己也装进去”。《诊断书》里则记写了乡民们无处诉冤的情形，“他们的诉状，像一只皮球，每次都被/一脚一脚踢上去，又一脚一脚踢了回来”，这两首诗中，呈现了乡民的卑微与渺小，如土坯一样的命运，如皮球一样的生存。南书堂的这类诗作，写实意味强烈，通过对自己平日所见的乡村变迁的描绘，用诗的语言见证了当下农民生存的现实，感同身受他们卑微的命运，对他们的生存境遇充满同情。这类诗歌多有现实生活的细节，通过具体鲜明的事件和平白朴实的语言传达作者素朴的乡土情谊。诗作富有真情，诗意优美，却也因过于写实而束缚了诗性升腾的空间，语言的直白素朴也限制了诗歌恣意想象的空间。南书堂生于60年代，从农村走向城市的这一代人，对传统农村生活记忆深刻，同时，又亲身经历和见证着中国农村改革开放的全过程。诗人供职于文化部门，比一般人更能深切感受到农村的变化。这种对农村、农民和乡土文化的情愫比一般的人要尤为真诚。

性由情生，不论在借景抒情、叙事抒情的诗歌中，还是在关照现实、言说生命的诗歌中，诗人用诗写出了生活的感受。诗，就是诗人生活的延展，是诗人精神世界的呈现。敏感于日常生活的一景一物一人一事，不求宏大的诗意，不求深刻的哲思，就在这喧嚣纷杂的世界中，在热闹芜杂的处境下，随性抒发，给予情感，在诗的世界中，使自己的灵魂得到诗意的栖居。

在结束的地方开启

《哈利·波特》中那颗神奇的复活石上刻着这样一句话“在我的结束就是我的开始”，也有人译作“在结束的地方开启”。喜欢这句话，它里面包含着一种世间万物循环往复的道理。生命不曾停止，而且永远不会停止。那么人类的生长图谱就呈现圆环形。每个人在人世制造着和演绎着自己的人生，又通过繁衍，使自己的后人继续演绎，要么是重复自我人生，要么就是在前人结束的地方重新开启新的人生，从死到生，从生到死，这是一个永无止境的进程。好的作家总是比一般人能更敏感地感受人生的循环往复。

余华的《活着》中，死亡以各种不同的方式在作品中往复出现。活在当世，人终有一死，但死得其所，也是一种奢望。在《活着》中，作者让年轻人以种种不自然的方式死亡，以死亡的不自然来衬托徐富贵活着的自然状态。当身边的亲人一个一个相继离开，当生命没有了追求，没有了各种情感的依附，就连身边的老牛也都离开他死去时，生命到那时也就自然终止。活着，就是这样经历死亡的痛苦之后，赤裸裸的，一无所有的，到最后死去。这样的死亡，就像曾经赤裸裸的，一无所有的来到这个世界。生死以一种自然的方式延续。

《许三观卖血记》中，许三观对付艰难生存的唯一法宝就是卖血。人为活着，就必须用血气延续，但许三观是通过消耗体力血气，通过卖血给别人，获得必要的物质基础，再借助这物质继续生存。许三观的卖血行为本身就存在着悖谬，人的生命要有血气，血气越足，人越健康，但许三观为了更好地活着，反而去消耗自身血气。这其实就说明，人的生存本身就是这样充满矛盾和悖谬，余华的巧妙在于不仅发现了人类的这一悖谬，而使用循环往复的叙事结构，使这样的悖谬看起来并不像是听来的一个偶然的故事，而是像万事万物一样普遍存在。许三观最初听说卖血是在祖父家的农村，农民们终日劳动所得大都不能维持生计，需要卖血补足，于是，许三观第一次卖血就是在村里的阿方和根龙的指导下成功的。自此以后，许三观每到生活变故，第一想到的就是卖血，卖血已经成为一种特定的生活方式，在许三观的人生中，须臾不可分离。只让卖血成为许三观的人生专利，就无异于在讲一个传奇故事。卖血这一人生方式，是以一种延续的循环的方式进入到小说的整个故事中的。在小说的最后，在许三观为救助儿子一路卖血的同时，许认识了来喜和来顺两兄弟，这时的许三观就像当时的阿方和根龙一样，充当了“指导人生法门”的师傅，这样卖血这一行为在阿方和根龙还未结束之时，传到了许三观身上，在许三观还未结束之时，又在来顺和来喜两兄弟处打开。卖血，就在余华的叙事中，在人们的想象中，永无终结。其实，人生的矛盾和悖谬也像这样永无终结。

《许三观卖血记》中，不仅卖血者是延续的，而且血头也是延续的。血头的存在对卖血者而言是一种权利的存在。当许三观老了，想卖血，而血头骂其血已经成为“死血”之时，当流淌在活人身躯中的血液被称为死血，这样，卖血行为，这一许三观所固守的基本生活方式遭到封杀之时，这个世界已无余华想要表达的公平了。至此，权利的延续比卖血这一行为的延续在余华的叙述中更为触目惊心。

或许生活就是这样，充满悖谬和荒诞意味，并且从未有终结。余华的艺术想象之高超，不仅仅在于让循环往复的人生故事充满荒诞意味，而且充分利用叙事元素，在讲卖血故事的同时，插入与卖血相关的事件，比如卖血之前的喝水，比如卖血之后的吃炒猪肝，喝一两黄酒，卖血的故事不仅讲得有滋有味，且充满戏谑味道，读罢真真使人笑中含泪。

白夜无法穿透的夜晚

喜欢阅读散文，散文的文字如河流一般，感性的火花翻滚跳跃，如水与石的触碰。去年暑假，对沈从文的散文爱不释手，先是在电脑上读电子版，后意犹未尽，购回书籍，宽厚而良善的内心与流水一般的文字节奏使我痴迷。从去夏到今夏，再没有哪个作家的文字让我一而再再而三的阅读，直到我遇到迟子建，她的《世界上所有的夜晚》和《额尔古纳河右岸》让我沉醉于美丽的字句和美好的情感中间，让我心生感慨。

其实《世界上所有的夜晚》在 2007 年就匆匆读过一遍，这里面的迟子建，就如同那个要去三山湖放逐自己的女人，她是一个新近失去了疼爱她的丈夫的女人，内心充满着忧伤和痛苦，她要用三山湖的红泥将自己的忧伤遮挡。中途路障，她停在了一座小城乌塘，她遇到了蒋百嫂，走过乌塘的街道，她看到了这个城镇中凡人的忧伤和痛苦，就像一张遮蔽阳光的巨大的黑色的网，罩住了人们内心的快乐。蒋百嫂也是一个有感情的人，可是她曾未清醒过，一旦清醒，内心的痛苦如针锥一般刺疼着她，所以蒋百嫂的世界是迷醉的，用酒麻醉，用男人迷醉，蒋百嫂的夜晚也就是无穷无尽的，作者取“世界上所有的夜晚”的标题，也意在此。一个被痛苦、愤懑和忧伤紧紧围困住的女人，何来白天？

丈夫因交通意外而猝死的书中的叙述者我，如同作者迟子建的人生经历一般，内心痛苦，痛苦所释放出来的孤独和忧郁如同长长的二胡乐调，环绕在文字的字里行间。可是与书中的其他主人公的痛苦相比，与书中其他人物的残酷的生活现实相比，我的忧伤显得那么的轻盈。蒋百嫂对我说："你家的变戏法的死得多么的隆重呀，你还有什么好伤心的呢！他的朋友们能给他送葬，你还能最后亲亲他，你连别人送的花圈都不要，烧包啊，有的人死了也烧包啊。你知不知道，有的人死了，没有葬礼，也没有墓地，比狗还不如！狗有的时候死了，疼爱它的主人还要拖它去城外，挖个坑埋了它；有的人呢，他死了却是连土都入不了啊！"这一番关于死的对话，这两个不一样的死亡方式，怕是在别的文学作品中是很难被这样表述出来的。叙事者因爱人的猝死而哀伤，可是叙事者看到的却是弥漫在乌塘上空的如凝重的阴云般的哀伤。

生者庸碌，死亡的方式却种种不同。不同人物的死亡加深了作者内心的哀伤。不论是正面叙述还是侧面点染，死好像是很平常普通的一件事，我的丈夫只因轻轻地被跛足的驴子触碰了一下，就再也没睁开眼睛；陈绍纯的死亡更像个意外，就那么被画框撞了一下，也离开了；云岭的妈妈被狗咬了一下，也成为云岭最痛苦的怀念，死亡在生活的世界里那么的平常，死亡带来的更多的是忧伤的气息。作者还叙述了蒋三的不一样的死亡方式，蒋三的死亡给蒋三嫂带来的不是如我和云岭那般的痛苦和思念，而是激愤和神经质，正是在蒋三嫂的神经质的表现中，传达了作者对人生的理解：生与死都是生命的一部分，也是生活的存在形式，生的方式和死的方式，很多时候不是由我们每个人选择的，在清流中将我们的思念幻化成微弱的火光带给亲人是我们一般人对死的态度；但是世事往往不遂人愿，有时候，就连这样微弱的希望也不可能实现，比如蒋三嫂，其丈夫的死亡方式如巨大的冰块一般冰冷着她对这个世界所有的美好和希望。死亡这样一个命题，在迟子建写来，也有温热的，也有冰冷的，温热如我和云岭，思念和哀伤都是让人温暖的；冰冷如蒋三嫂，激愤和不平抽取了内心最柔软的一面，只留下对这个世界的憎恶。

用忧伤的感受感受着世人不一样的百味人生，这是作者迟子建内心宽容力量所在。《世界上所有的夜晚》用忧伤的文字放下的是让她哀伤的自己的故事，撩起的却是让更多人忧伤的世人的故事。

无处可逃的中年情感

《背影》和《荷塘月色》是选入初中语文课本的两篇名篇，可我觉得，这两篇作品中所抒发的情感都太过沉郁。《背影》字里行间传达的是朱自清先生对自己父亲的真挚情感。作者虽然回忆的是父亲送儿子上学时的一幕情景，可是种种情景毕竟经过了八年的沉淀，此时的朱自清先生也已为人父，经历了人世的沧桑和生活的诸多变迁，最后才成为一个经典的镜头定格在自己的内心也定格在读者的内心，这是一个富有诗意的画面："他用两手攀着上面，两脚再向上缩；他肥胖的身子向左微倾，显出努力的样子，这时我看见他的背影，我的泪很快地流下来了。"在这幅画面中，我们能够明显感觉到父亲已经人到中年，却仍然要独立支撑的艰难，这是年少轻狂时所感受不到的，也是少不更事时所无法理解的。人到中年，有诸多家累，事业的烦扰，妻子儿女的挂念与担心，也才能真正体味情郁于中的烦恼。"他少年出外谋生，独立支持，做了许多大事。哪知老境却如此颓唐！他触目伤怀，自然情不能自已。情郁于中，自然要发之于外"，类似这样的感慨也是经历诸多的人世经验之后才能切身感受到的；情郁于中也是一般人难以摆脱的普遍烦扰。朱自清先生和父亲身隔异地，为人生奔波，总没有聚首之日，父子两地的通信又何尝只此一封："我身体平安，唯膀子疼痛厉害，举箸提笔，诸多不便，大约大去之期不远矣。"但就是在这封信里，朱自清先生又一次流泪，这是一种真真切切对人身短暂的无可奈何情感的认同，也让我们感受到人生太过匆匆，在时间的长河里，每个人都是人生的过客，都是那样渺小。《背影》中的至情至性，是一种识得人间沧桑，世事难料的中年诗人对至情至爱的真诚书写。在《背影》这短短的千字文中，更多的是一种人生艰难，时光短暂的感慨。这种感慨是那么深沉浓郁，使人不由得倍加珍惜得来不易的亲情。也只有已过不惑的年岁才能体会到最真实的情感是血缘维系的那份情感，而人生也因这样的情感与牵挂倍加沉重。

《荷塘月色》中所抒发的感情也是深沉的中年情愫。《荷塘月色》最经典的描写莫过于月光下荷塘的美和荷塘上月色的美，作者将其写得美轮美奂，真是人间少有，其实这种景象只是作者幻想中的臆想，诗人只不过借清华园中的荷塘外壳来做内心的逃遁之处罢了。大多数的中年知识分子都渴望从现世逃遁。"这一片天地好像是我的；我也像超出了平常的自己，到了另一个世界里。我爱热闹，也爱冷静；爱群居，也爱独处。像今晚上，一个人在这苍茫的月下，什么都可以想，什么都可以不想，便觉是个自由的人。白天里一定要做的事，一定要说的话，现在都可不理。"朱自清也不例外。和他同时代的作家，诸如沈从文等，为了和污浊的现实保持距离，他们大多在作品中创造一个牧歌般的田园世界来作为精神的栖处。在这篇短短的散文中，朱自清先生和所有的中年知识分子一样，陶醉于自然的美景之中，期望获得暂时的内心宁静。自然美景不足以超脱，继之以思古、怀乡。文章引用《西洲曲》里的句子："采莲南塘秋，莲花过人头；低头弄莲子，莲子清如水。”在田园想象中让内心的负荷减轻，从现实的烦扰中逃脱，也只有这样，在自然的绝对静谧和安宁中，回归真实的自我。

朱自清先生和他同时代的很多知识分子一样，在现实的脏与乱与纷扰中，内心充满矛盾，身体负荷沉重，渴望从现世逃遁，回到安静平和的田园想象中，为自己的精神世界找一理想的栖居所，和《背影》中抒发的感情一样，都是一种难以摆脱的中年情绪，是年少轻狂的人们所不能体会的。

女人更容易在感情的世界里疯狂

我们可以设想，《雷雨》中的周朴园早期是爱着鲁侍萍的，是什么让一个阔家的纨绔子弟爱上贫穷的下人的女儿呢，毫无疑问，人们说，感情的力量是巨大的，爱情可以超越门第之规。殊不知，支撑感情的，其实是人与人之间平等的意识，周朴园意识到，鲁侍萍是一个可爱美丽善良的人，他爱的是这个人，他的爱情是排斥门第、世俗道德等制度或规范的。可是到了繁漪那里，一切都变了，人以及人的感情对周朴园来说，不再那么重要，重要的是家长权威，是约束人的秩序，是冷冰冰的规范，不仅对繁漪如此，对他的两个儿子更是如此。周朴园斥责周冲和繁漪害的是相似的病，感情对周朴园来说，是一种病，既然是一种病，就要通过家长的权威，以喝药的方式，压制这种病。此时的周朴园不但不希望自己有感情，而且要压制别人身上的感情。到此，周朴园也就从人变成了机器。周朴园在感性和理智的选择中走向了极端，抹杀自己身上的人性，人的感情性，完全扑倒在传统的礼教秩序之下，并把自己变成实施规范和秩序的机器。从感情至上到制度机器，周朴园的戏谑性转变，好似在昭示，男性相比女人来说，更容易受人自身以外的包括环境、秩序、法令、规范等等的影响。这种影响一旦失去平衡，也是毁人毁己的。

繁漪就不一样了。繁漪的感情和内心世界的东西好像比一般人来得更凶猛些。感情在繁漪的内心世界已经变成为一种价值，一种真理，一种活着的理由。周朴园的压制只似导火索点燃了繁漪的情感欲望，一旦点燃，即熊熊燃烧。繁漪是一个感情强烈的人，软弱无力的周萍选择了逃避。感情在这时已有微妙的变化，最初两个人的温情脉脉，你情我愿的情感相向，已经变成追逐和逃亡的感情背反，如若理智适时地跳出来，可能会阻止情感趋向激烈。人在情急之中，往往是丧失理智的，周萍如是，繁漪更是迷失理智。周萍为摆脱繁漪的感情，反而依赖四凤，使自己丧失了理智解决感情纠纷的主动权利，这是一种盲目的逃避，这种逃避，并没有制止反而加速了繁漪的追逐。繁漪的感情像是脱缰了的野马，爱与不爱已经不是问题的主要，重要的是人的情感已经陷入盲目疯狂之中，打着爱的旗号将自己的行为凌驾于别人的意志之上，对周萍，对周冲，对四凤，感情在繁漪的内心，已经成为一种野蛮的力量，肆意破坏着别人的幸福，最终酿成不可收拾的惨剧。看来，人的感情一旦疯狂，也会成为一股野蛮的力量，其破坏力并不下于制度和规范等外在的力量。“感觉对人来说是不可少的，但是一旦成为一种价值，一种真理的标准，就是可怕了，例如成为一种行为的理由，最高贵的民族情感随时都可以证明最凶恶的暴行；胸膛里鼓荡着高昂的情感，一个人打着爱的神圣旗号做着卑鄙之事，代替理性思维的感觉成为不理解和不宽容的原因本身，正如荣格所说，他成为野蛮的上层建筑。”（米兰·昆德拉语）感情的过分强烈以致疯狂，有巨大的破坏力，对个人如是，对民族也如是。

日常的生活中，个人也常常把握不了感情和理智的界限。

其实，不论感情，不论理智，都是和人性连在一起的。周朴园没有了感情，是因为在他眼里没有了人性，只有物欲；繁漪和周萍失去理智，又在于过分相信自我的感情。所以，个人的感情常常需要调和，如同人类需要批判精神一样，人的感觉也需要理性和怀疑精神的调和，作为感性动物的女人尤其需要理智的调和。

男人是用来生孩子的

几日，和朋友聊起家庭生活，家家都有一本难念的经，这经书中最棘手的就是夫妻问题。巧合的是，有三个朋友的家庭问题都因家中男人而引起。朋友甲的丈夫和妻子两地分居，从结婚到现在已经十多年了，除了偶尔的节假日回来，其余时间一律在外，孩子基本是朋友自己一人带大的；朋友乙的丈夫几年前和朋友闹矛盾，离家出走，至今未归，朋友是既当爹又当妈，说白了就是一单亲妈妈；朋友丙在旁人看来，夫妻恩爱，可也有旁人不易察觉的烦恼：丈夫生性懒散，家中事务从不过手，孩子长到这么大，从未给孩子买过一个线头或是带孩子出去玩耍，但凡家中事务，基本是朋友一个人操持。甲乙丙虽说有丈夫，但丈夫在家庭生活中，不过一个摆设而已。

就这样，甲乙丙三人谈起各自的家庭，忽一句，男人是用来干什么的？乙笑谑说："男人是用来生孩子的。"一话出口，即得赞同。男人在家什么也不干，空有丈夫的名号，空有名号的男人和只生孩子不干活的男人真无二别。说完这句话，三人不约而同都笑了。是的，说起生孩子的工具，那在往常，都是男人用来评价女人的。那时的男人们，觉得自己是家中的天，是家中的爷，对待自己的女人，就把她看成是传宗接代的工具。

自古以来，女人们的生活要靠男人来接济，女人们的基本工作就是围着自己的男人和孩子转。说女人是生孩子的工具，是女人在家中没有地位和尊严，人们常说，母以子为贵，女人们的地位和尊严是附带在自己孩子身上的。

殊不知，夫妻关系随着时代的发展已悄然发生了变化。在现在这样一个时代，女人们和男人们一样受着普通的教育，女人们和男人们一样获得了经济的独立，女人们和男人们一样有人格的自由和尊严，女人们也可以说，要男人干什么，当男人们在家庭生活中什么也不干的时候，女人们也会说，男人是生孩子的工具。

现代社会，单亲妈妈越来越多，除了有不可调和的家庭矛盾外，更重要的是，当女人获得经济独立和人格独立的同时，其实也就有了独立抚养子女的能力。现代女人要承受的压力是过去女人的两倍：既有来自社会的压力，诸如工作和事业上的压力；又有来自生活中的压力，丈夫和孩子的压力。在这双重的压力下，现代的女人们在家庭生活中，就特别需要民主和平等。而家庭中的民主需要两个人相互理解、彼此尊重，家庭中的平等就是对待家庭事务和教育孩子由两个人共同担当。当一个男人在现代家庭中仍想固守传统，漠视女人的独立，仍想要享受传统男人享受的待遇，让女人像伺候大爷一样伺候他们，践踏女人生存的尊严时，女人们奋起抗争是在所难免的。

其实女人们在家庭中的抗争不过想要挣得一个属于个人的尊严和独立的生存空间，女人们要求的平等也并不是要代替男人成为家庭的主宰，而是给予彼此的理解和分担。如若这些理解和分担都得不到，那么不仰仗男人，而凭自己一己的努力也可以独立的生活。于是为了这样的个人自由，在现代社会里，一些更为大胆的女孩子们，为了个人的自由，愿意单身生活，而一些不愿成家又想做妈妈的女孩子们选择通过科技手段，在精子库中采取精子怀孕。这其实亦是一种觉醒：自己的生活由自己主宰，自己的孩子由自己养育。她们正以她们的努力，向男人世界展示自我的独立。

还记得五四一些女作家的心声，希望女人不要成为制造孩子的机器，不要成为男人的花瓶，那是因为，不论机器也好，花瓶也好，都是一个种类对另一个种类尊严的践踏，“花瓶和机器的时代，暴露了人类的羞辱和愚蠢。”（卢隐）时代变了，女性经济独立，人格独立，在一个家庭生活中，当男人不愿分享与承受平等的权利与劳动，当男人不愿给予女人必要的理解和尊重，就像我的甲乙丙的朋友的丈夫一样，那就是自愿沦为生孩子的机器，这不是男人们自己给自己找的羞辱吗？

女人不要成为生孩子的机器，男人也不要成为生孩子的机器，只有彼此都把对方看作是一个平等的人，这种奢望才有可能成为现实。舒婷的诗歌，那种男女双方“分担寒潮、风雷、霹雳；共享雾霭、流岚、虹霓”的生活，最起码，在我的三个朋友这里，注定只是镜中的花和水中的月。

真是让人纠结！当女人觉醒，不愿做花瓶和工具，可是男人们却不自觉的成为工具！这真是家庭的悲哀！

也谈女人

这个世界到处都在卖女人的化妆品、女人的时装，各类时尚的杂志上都是美丽女人的笑靥，好像这个世界是女人的，女为悦己者容，这正是男权世界的铁证，女人的美丽是为男人看的，这是作为男人的贾平凹对女人存在于世的理解。女人要美丽，要为自己心爱的男人而美丽。可是现在的世界上，男人的欲望太多了，男人有了一个善解人意的老婆，男人还需要一个妩媚多姿的情人，一个女人的美丽已不足够抓住男人的心，于是，更多美丽的女人因为失去了这样的欣赏美丽的对象而凋谢而仇怨。看惯了这样的现实，才觉得，真正让女人自信的不止是容颜的美丽。对任何一个女人来说，容颜的美丽都是有时间限制的，每个美丽的女人都会有年老色衰的时候；那么，除过容颜而外，男人们说，善解人意的女人的美丽永不过时，我觉得，善解也是有取悦性质的；那么，宽容大度的女人呢？宽容固然好，但一味的宽容，也会使女人失去自我。这样说来，让女人自信的最基本的并不是来自女人性格上或品质上的种种美好，而是经济上的独立，独立的女人最美丽，独立是通向男女平等的唯一桥梁，理性的男女关系维系在物质基础的平等之上。

女人经济独立了，女人就可以不依赖男人而生活，女人就可以按自己的意愿自由地选择自己想要的生活；女人经济独立了，女人就可以理性地看待自己的婚姻，婚姻不是维系在奉献或依附上，婚姻是个人情感的彼此需要；女人经济独立了，即使婚姻中的两个人情感破裂了，女人也可以凭自己独立的经济支撑而过自己想要的生活。很多现代女人，原本有很好的学历和工作，为了家庭和孩子，放弃了工作，一味照顾家庭，很多这样的女人最后还是因为丈夫的背叛痛哭流涕。其实，一开始，这种放弃经济独立，一味依附的个人选择就是错误的。这个世界是多变的世界，这个世界又是一个充满欲望的世界，人是最会变化的，但不变的只有自己的独立和自信，无论什么时候，女人都不要把自己的未来寄托在某一个人身上，而应首先让自己独立起来。

精神独立的前提是经济独立，很多时候，没有物质的支撑，人有很多的想法是无法实现的。思想上的、情绪上的想法，都需要充足的物质来做基础。但我更喜欢自食其力的经济独立者，通过自己的劳动获得的收获与通过别人的施舍获得的收获是不一样的。施舍在另一个层次上，又是以放弃自尊为前提的，将自尊践踏于脚底而获得的物质保障，对女人而言，就像一个好看的花瓶，花瓶是可以随时卖掉的，主人不喜欢了，还可以摔掉，这样获得的经济保障是不长久的，那么，其独立也是不可靠的。

在这个多变的世界上，不论是家庭中的角色，还是职场上的角色，还是学生角色，其实，都需要独立。但唯一能使自己永远独立的是获得物质的独立。这样，无论在人生的哪个阶段，都能自由地安排自己的人生，不论发生怎样的人生变故，都能一无既往地选择自己想要的生活。也只有物质独立了，精神也才能独立。这样的女人，在为己容的同时也会收获善悦者的美好情感。首先在自己眼中是美丽的女人，也自然而然的会成为他人眼中美丽的女人。

多情美丽迟子建

《世界上所有的夜晚》是我买到的迟子建的第一本书，书中文字字字温暖而又无限伤感，哀伤的情绪绵绵而至，能用文字书写这种情绪的作者定有无法向人倾诉的悲伤。我喜欢迟子建，她的文字细腻、恬美，使人内心无比温柔。昨晚在电视上看到她的访谈，说起《世界上所有的夜晚》这本书，她的情绪似无法控制，她说，这本书是她在经过漫长的痛苦后想要写的一本书，她失去了她的爱人，如同书中的主人公失去了她的魔法师一样，无限哀伤，一度沉醉于内心的痛苦之中，对日常发生的任何事都提不起兴致。必须有一些文字，来记忆她的爱人，来记忆她曾失去的快乐和她现在的痛苦，并不是有了文字就忘记了曾经的美好，而是这样的文字能减少她的痛苦。她爱她的丈夫，文字也无法将他从她内心带走。她的丈夫已经去世九年了，她仍深深地怀念着他，她搬家了，但是她丈夫的西装和领带仍好好地放在她新家的衣柜里，她丈夫买给她的一只小狗熊仍静静地躺在她的新床上。她是一个多么多情的女人呀！

我记得看过她的文字介绍，迟子建十七岁从东北偏僻的边疆来到大兴安岭师范学校上学，从此与文字结下不解之缘，成为作家，拥有了众多喜爱她的人，但她却迟迟碰不到她喜欢的那个人。她的朋友毕淑敏替她着急，给她介绍了好几个朋友，他们都无一例外喜欢这个作家，有的还是富商大贾，可是迟子建却说，她不嫁做商人妇，有的根本没见面就被推辞了。后来终有一个，有海外留学的背景，喜欢作者的作品，两人见过一面，很是谈得来，但后来得知此人是南方人，作者最后停止了和此人的交往，原因只有一个，她对和她共度一生的人的出生地看得很重要。朋友们都劝她不要对感情过分认真。最后，在她三十四岁那一年，她遇到了黄世君，他们成家，黄世君是塔河县委书记，书读得很多，办事做人都很干练，但在迟子建看来，丈夫给她的却是另一面："我很喜欢看他愤世嫉俗的模样，像一个涉世不深的少年。" 他们一起生活了四年，2002 年的某一天，黄世君车祸而亡，一段时间，迟子建陷入痛苦之中不能自拔，像一个小孩子一样，总觉得爱人离去，只是一个梦。作家蒋子丹回忆："最初的日子里，她常会不由自主拨打丈夫的手机……电话里一遍遍传出的，总是电脑冷冰冰的提示音：'对不起，您拨打的用户已关机。'然而她欲罢不能，直到有一天听筒传出的声音，变成了'您拨叫的号码是空号'。"她的那篇《致爱人》可看出她对爱人的刻骨怀念：

你离去了
从此环绕我的河流
就是两条了

一条仍静静流淌在
我们故乡的窗外
夏天为云裁剪衣裳

秋天拥着一轮明月
听两岸的风声入禅

另一条在你现在居住的地方
那银河之水
已悄悄注入我的双眼
当寒夜降临
总会有一缕最温柔的星光
轻轻漫过窗棂
安抚着
远离炉火的我

在爱人离开的七年之后，2008年第七届茅盾文学奖的颁奖典礼上，迟子建在领奖台上，也没忘记她的爱人："还要感激一个远去的人——我的爱人，感激他离世后在我的梦境中仍然送来亲切的嘱托，使我获得别样的温暖。"于是我想，爱人，始终是人内心深处最柔软的部分，爱是用那最深最真的感情纽带紧紧联系在一起的，而不是什么所谓的一纸文书，或是一张床板。很多时候，两个人躺在同一个床上，但两个人若是心神分离，他们即使有"夫妻"的名分，但内心的距离仍是海角天涯，如同陌路。迟子建在《世界上所有的夜晚》这样写道："他留给我的，就剩一个魔术师的幻象了。一切都像是魔术。他为我开启了一个五光十色的世界，可那世界转瞬即逝。""我想把脸上涂上厚厚的泥巴，不让人看到我的哀伤。"世界与人的存在，是那么的不可预知，如同魔术，既有温暖的让人难以忘怀的快乐，又有绵绵无尽的哀伤。

在东北乡村，一排一列的白桦树，多得数不清，迟子建说，她喜欢这白桦树，这是故乡的树，你看，它的树身，多像有一双眼睛，多像一幅山水画，白底黑花，真美！在无处不见的大自然里，在别人都忽略了的地方，迟子建仍能看到美。这一刻，我想，她脸上绽放的美丽，真是无与伦比。我喜欢她！

走丢了的野猪

一只野猪跑到人群密集的校园，对于习惯了丛林的野猪，来到了陌生的环境中，面对着一群虎视眈眈地拿着各种武器的人，野猪害怕恐惧可想而知。那些追赶野猪的武装人员也很害怕野猪，虽然国家法律禁止屠杀野生动物，但是还是没有人愿意冒着生命危险让野猪束手就擒，人们用枪、刀等致命武器围追堵截，就是要将野猪置于死命。

我之所以说野猪恐惧于人类，是因为它虽是杂食性动物，却长着一对使人恐惧的獠牙，从目测来看，这只野猪精悍彪壮，跑动速度很快，体重有一百四五十斤，应是成年野猪。但是不论多么凶猛的动物，都有动物自身的生存法则。不论老虎、狮子，甚或野猪，它们都有强烈的地盘意识，它们熟悉自己地盘里的一草一木，在自己熟悉的地盘里，它们生存，并确立弱肉强食的法则，如若有人或他种物体想要入侵它们的地盘，它们会奋力保护，或许就有流血牺牲的惨剧。但是在它们不熟悉的领域，可能先要适应环境。很多关于动物研究的报告说明，那些误闯到人类生活区域里的动物，并没有发生动物袭击人的惨剧。据传，一只体型硕大的黑豹误走入苏黎世这座小城，两周之后，这个城市并未出现黑豹袭击人类的报道，后来有人发现它在一个牲口棚里，旁边是吃剩的狍。这只野猪离开了熟悉的丛林环境，来到高楼密集、人群拥挤的人类世界中，所有看见的、听到的，对它而言都是陌生的，它是无所适从的。有人说，这只野猪应是昨天晚上来到这栋教学楼里的，甚或就在某一个教室里待了一个晚上，只是第二天，人们的活动惊扰了它，才有了“猎人对猎物的追逐”。

关于动物生存法则中，动物与动物或是人与动物之间的较量，除了武力的较量，其实更重要的是心理的较量。李安的电影《少年派的奇幻漂流》中，少年派和这只两百多磅的老虎能够同居一处，海上漂流两百多天，从动物学的角度分析，在颠簸的海上，少年派在心理上拥有优势，这就如同驯兽师与兽的关系，驯兽师使凶猛的野兽驯服的技巧就是驯兽师在他和猛兽之间首先要建立一种权威的地位，使野兽屈从于自己。这种屈从不仅仅是给予食物方面的诱惑，还有心理上的权威。有人说，这是脑力战胜体力的问题。驯兽师镇定的目光、咆哮的声音、毫不畏惧的步伐，都对猛兽形成一种威慑。校园里的这只野猪，虽拥有强健的体魄，但是面对的是一群拿着武器的人群，听到的是呐喊的声音，这种种气势也会使野猪从内心恐惧。

或许那种让野猪自己回到它熟悉的地盘或是给予野猪和人群并行不悖的画面真的是异想天开。但是在动物和人类的较量中，在人类科技和人类力量越来越强大的今天，动物一旦离开它熟悉的地盘，那是再也回不去了。在贾平凹的《怀念狼》里，人们寻找狼的过程就是屠杀狼的过程，人与狼的世界不论是过去还是现在，都是对立的，是一种你死我活的对立。人与野猪和人与狼的关系也是一样。怀念狼是因为这个世界上已经没有了狼的踪迹。人就是这样，没有了，失去了，才想到去怀念。

人们会怀念那些曾经是人类的对立面的野兽们，因为它们越来越少，而它们的离开或是消失却是人类自己造成的。这是多么矛盾和悖谬的一种结果！

看到今天在我眼皮底下的野猪在人们的呐喊声和围追堵截中血肉模糊，我也禁不住想要去怀念它了。这或许是一只特立独行的野猪，厌烦了它熟悉的密林，想要一种和同伴不一样的生活。当听到这只野猪昨晚在某个教室里蜷缩了一夜，我甚至想，这是一只有思想的野猪，它不怕路途的遥远，奔波几十公里，原来是要闻一闻教室里的书香味；甚或我想，它定是有灵魂的，或许前生就是某个酷爱读书的学子，穿过黑夜，穿过丛林般的建筑，是想再续学子的梦想。我都要为我的想象感动涕零了。这只是一只走丢了的野猪，它再也回不到它熟悉的同伴们中间去了。看着野猪的尸体最后被群众一刀一刀瓜分之后，我该为这个莽撞的兽物致哀了！

名士心态与瘦身减肥

昨天看到一篇采访老谋子的文章，张艺谋谈及自己的一日作息，有一句话令我汗颜，老谋子说，我的主食只吃一餐，吃太多都是浪费，如今人身上的毛病大半是吃出来的。今天又看到几个人的网上照片，最突出的地方倒不是在脸上、胸部，而是在肚子和腰部。联系起张导的话，真觉得是金玉良言。饭从口入，经过肠胃的消化吸收，一部分按照正常的秩序排泄出去了，可还有一部分就变成脂肪，堆积在体内。人的排泄总是有限的，吃得多，堆积得多，日积月累，腰腹部就明显增厚了。随着年龄的增长，人的运动能力减弱，堆积在腰腹部的脂肪很难化解掉，于是就这么突出在这里，成为身体的负担。我的腰腹部的赘肉也在这几年慢慢凸起，倒不是因为吃得多，而是明显排泄得少，运动得少，又整日坐着，能量消耗得少，自然就变得膀大腰圆了，于是就很羡慕那些苗条的女人。回想一下自己大学时代和刚工作的时候，那时候的腰腹还没凸出来，走在路上，都是轻盈的，而不似现在这般，肚腹部的肉肉让身形明显沉重。当然，身形的沉重，一半原因与饮食有关，还有一半原因怕是与心理有关。大学时代，几乎没有什么心理负担，可是生完孩子之后，整日为孩子操劳，再加上工作和生活中的诸多琐事，心里总不能平静，有太多的欲望，完全变成了一个琐琐碎碎、庸庸碌碌的世俗之人。没有节制的生活，从人的身体上即可一眼看出。

我从心底里非常崇拜中国的名士与隐士，可是，现在的大街上，随便走来一个人，都是大腹便便、膀大腰宽，原因就在于现在人们的生活环境太紧张，人们的内心欲望太强烈。中国的名士风骨，透出的是飘逸和洒脱，从没有哪个大腹便便的人具有仙风道骨的气质。名士，不仅仅是指内心的淡泊轻利，还包括身体的节制与运动。人们隐居山林，其实是为了逃避现实的复杂，崇尚生活的极简主义，食则可以无肉，衣则可以无丝，因为对生活中的各种名利看得淡泊，所以，从骨子里透出的是仙风道骨的气质。

想清楚了这些，我忽然觉得，我的所谓的减肥计划之所以没有成功，问题并不是出在所谓的饮食上，而是在心理上。淡泊心理，从容心态，再加上适当地节食，可能效果会更好一些。现在的一些美眉们，整日谈自己的减肥计划，说什么蔬菜减肥，就是只吃蔬菜水果，不吃主食；说什么运动减肥，就是大量的运动，通过消耗脂肪和能量达到减肥的效果。很多人的减肥效果其实并不成功，坚持一段时间后，就会反弹。其实，最重要的，怕还在心态上。不为减肥而减肥，保持良好的作息习惯和饮食习惯，对生活对人生，不要苛求太多，心态平和，做事情就有了节制，饮食平衡，就不会对身体有太大的刺激，这样下来，可能会获得较好的效果。

感 伤

柴静专访周星驰，是因为《西游降魔篇》，电影我还没看过，可是有时候觉得，现实里的人生世界，可能比电影更让人感慨。十八年前，周星驰拍《大话西游》，虽是神魔题材，可是至尊宝般翩翩公子气质，仍能从内而外透出，也正是在那部戏里，周星驰饰演的至尊宝和朱茵饰演的紫霞仙子产生了感情，面对紫霞仙子的痴情，至尊宝毅然铲断内心感情的丝丝缕缕，选择和自己的师傅共赴西天取经，而后普度众生。这就正如那时的周星驰本人一样，风光无限。心中最柔软的感情比不上对电影事业的痴迷。时过十八年，那时幽默诙谐的喜剧明星已然成为此时的星爷，赚尽人间风头也遮挡不住岁月留在脸上的痕迹。

此时，坐在柴静对面，仍然和电影中一样真实。有时候觉得周星驰比电影更艺术更真实地演绎出人间的诸多感伤，这感伤源自于被采访对象的黯然神态。周星驰对电影的痴迷使他觉得好的电影需要好的创意，可创意需要灵感。从十八年前拍《大话西游》时起，他都时刻恐惧灵感的消失，一个如此执着于艺术灵感的人该是多么的敏感，该需要怎样的细腻和真实的感情。可就是这么多年，感情错过了，被问到是否希望开始一段新的感情，这样的人生才完满，周星驰反问道，这样的年龄还可以吗？其实这句话的背后仍是因为太过于执着真实的感觉，太相信感情而对感情过于谨慎，如此执着又如此谨慎才导致了现在星爷内心对感情的不敢奢望，不敢确定，因而人生原本可以完满却又有那么一些缺憾。在他的新戏《西游降魔篇》中，最感动人的仍是感情戏份。我觉得那是星爷用一生的时间所感受的生命的真谛。段小姐美丽又有武功，陈玄奘无力量却心怀天下，有赤子之心。段小姐正是被陈玄奘的这种赤子之心打动，竟愿为爱人而舍弃生命。不论陈玄奘不论段小姐，其实演绎的都是凡俗间常人很难取舍的感情，是常人欣羡的完美感情。正因为难得，因而更可贵。所以在段小姐为救陈玄奘而亡命之时，陈玄奘向段小姐表达了他的爱，他的只争朝夕的爱。而且，陈玄奘表达的正是十八年前的那段台词，“爱你……一万年”。这样的镜头，其实有时候感觉并不仅仅是戏中的主人公在演戏，而是时隔十八年之后，周星驰用这样的台词表达他对感情的执着和对真爱的渴望。

莫名的感伤！一个人如此执着于感情，然而现实生活中却与感情屡屡失之交臂。那句十八年前的台词：“曾经有一份真诚的爱情放在我面前，我没有珍惜，等我失去的时候我才后悔莫及，人世间最痛苦的事莫过于此。如果上天能够给我一个再来一次的机会，我会对那个女孩子说三个字：我爱你。如果非要在这份爱上加上一个期限，我希望是……一万年！”当陈玄奘说一万年的时候，他比十八年前的至尊宝温柔多了。十八年前至尊宝决然地离开那个为救自己而舍生的紫霞仙子，十八年后的陈玄奘对着段小姐说出了爱你一万年。如果对爱情的认识竟然要用十八年的时间来完成，那么可想这个人对爱是多么的渴望又是多么的真诚，因为渴望真诚的爱，所以生命中才会有那么多的不确定，这就是周星驰，一个用影像世界和现实人生来演绎爱的真谛的艺术家！

可是这样的演绎，又是多么的残酷！无尽的感伤涌上心头！

在蓝脸转轮王前

早些时候，看过莫言关于《生死疲劳》的写作漫谈，谈到其作品的素材已经准备多年，苦于找不到结构线索，久久无法成文。一次，去重庆大足宝顶山观看石刻，看到“六道轮回”佛雕石像，如有灵光闪动，回到家里，即以“六道轮回”为小说的结构框架，以主人公西门闹经历驴、牛、猪、狗、猴、蓝千岁等人畜六道轮变，勾连起共和国半个世纪的历史。或因小说素材在作者内心滞留太久，一经佛法点拨，莫言即刻灵感顿现，并以一天一万多字的速度，五十三万字的小说，四十三天内便完成。如此说来，大足宝顶山石刻就这样和一个作家具有了亲密的联系。

其实，参观宝顶山石刻，对于我们普通人来说，并无深意。一是观看具有久远历史年代的石雕艺术，二是现场体会图文并茂的佛学故事。作为唐宋时期的石刻艺术，宝顶山石刻群雕保存完好，如同一部好的小说，宝顶山的石刻群雕是由不同的佛经故事形成不同的组雕，一组石雕讲述一个完整的故事，如同有情节的故事，比较著名的有：“报父母恩重”“六道轮回”“牧牛图”。佛教故事里的“报父母”说教意味过于浓厚，相反，“牧牛图”石刻线条粗犷，“六道轮回”颜色鲜艳，简单的图画中包蕴着深刻的哲理，深得我们喜欢。其实宝顶山石刻最为著名的是千手观音石刻造像，共有一千零七只手，镀金颜色，伸张开来，气势辉煌。

这些石刻塑像因地制宜，塑于山顶石壁之上，是南宋高僧赵智凤最早在民间募集资金，构思组织，历时七十九年（1174～1252）刻石成近万尊佛像，后经明、清多个朝代修补，得以保存至现在，有些石刻也遭遇自然破坏和人为破坏。据传，大足北山石刻的佛像头曾被不法之徒偷走贩卖，这些穿透千年历史，以自身形象教化大众弃恶行善的石刻终究抵不住世俗红尘人们贪欲邪恶的心性，其实这也正说明，不论是佛教在北魏初传到中国，还是如今社会物质文明飞速发展的现代，不论历史如何更迭，俗人心性都是需要不断修炼，佛经上说，“生死疲劳，从贪欲起。少欲无为，身心自在”，俗人历经尘世的过程，就是身心疲劳的过程，身心的苦多因贪欲而起，修炼的目的在于少欲无为，身心自在。“牧牛图”就是以形象的石刻讲述人身心修炼的过程。佛教作为一种宗教，是从精神上引导人们弃欲无为，弃恶行善。世俗个人皈依佛门，其实也是精神想要摆脱世俗贪欲妄念的一种需求，作为世俗凡尘人们的精神寄托，“少欲无为，身心自在”确是精神箴言。

佛经的体系是完备的，佛教认为，一切事物均处在因果关系中，依一定的条件生起变化，因而就有“因果报应，世道轮回”之说。佛教将天下大道分为六道，上中为天道，上左为阿修罗道，上右为人道，下中为地狱道，下左为畜生道，下右为恶鬼道。上三道为善三道，下三道为恶三道，众生都在善恶因果的关系中。六道是可轮回的，主要原因在于俗世中人的善恶行为。人畜是可以转化的，修炼得道，恶缘报终，轮回转换之中，也可从畜道升到人道。

莫言小说《生死疲劳》中的西门闹最终经历五畜轮回，彻悟之后，才回到人道。看来，莫言的宝顶山一行真有灵光乍现的结果。小说以佛教教义为叙事的起点，结构上以佛教“六道轮回”的因果体系为基本框架，讲述凡俗之人的疲劳人生，人物出入于人道和魔道之间，魔幻叙事和现实演绎交织在一起。对佛门教义的理解和六道轮回的结构始终贯穿在此小说中。笔者还发现了一有意思的现象，小说中备受作者和读者欣赏的人物形象为蓝脸，宝顶山抱轮的转轮王也是蓝面巨人。转轮王在佛教中也称无常鬼。无常，是佛教哲学范畴中的名词，喻指世间万物是刹那变化，刹那生灭的，用无常鬼来掌握生死轮回，以示大千世界万事万物皆不永恒，时刻呈现因果变换。小说中蓝脸形象可作为其他人物的参照，除蓝脸之外，小说中其他人物的人生状态始终变幻无常，西门闹六道轮回，西门金龙和西门金凤随政治动荡人生起伏，唯有蓝脸信守个人信仰，不论在时代动荡面前，还是在亲人劝说之下，岿然不动，小说中关于蓝脸最主要的情节是在人民大公社运动轰轰烈烈之时，诸多人物在人民公社中施展身手，蓝脸默默单干，以一己之力与强大政治抗争，历史最后证明了蓝脸的坚持是正确的。蓝脸与蓝面巨人不能说有对应，但蓝脸以不变抵抗瞬息万变，在生死疲劳的世俗世界中颇有意义。

在宝顶山大佛湾参观石刻群雕是礼拜一，没有以往旅游景点嘈杂而喧闹的声音，这样就可以在自己喜欢的佛像面前驻足久立。出了圆觉洞，一尊大型的抱手菩萨，面部轮廓天圆地方，鼻翼修长成一线，眼目如半月微闭，嘴唇微闭含笑意，左手抱右手，神思飘远身却岿然不动。在此佛像前伫立良久，直觉这个佛面真好看，他的双目微闭却似能用眼神吸引你，他的嘴角微微上翘却比蒙娜丽莎的神秘微笑还会让人心魄归附。这尊菩萨不是所谓的慈眉善目，但却使人心怀敬畏。站在这尊佛像前久久伫立，真有如沐春风的感觉，这得感谢雕刻这尊佛像的工匠。历史蓦然回转，几百年前的工匠都是从民间找来，一凿一凿凿进了虔诚的心，加上千年虔诚的人心的敬畏和叩拜，如今呈现在我的面前的这尊佛像，使我一望而难忘，敬畏和虔诚由内心深处而生发。从此，我的心里就装下了这样一尊佛。

如果说，莫言没有白来宝顶山，宝顶山的石刻为他打开了文学想象的通道，我也可以说，我没有白来，在此之前，我对佛教一无所知，但此之后，也有一尊佛从此停驻在内心。

抄写、复制与剽窃

小时候写作文，积累名词佳句的最好办法就是抄写，抄写名人所写的名词佳句，确实对文章有帮助，那时很小，对生活和人生还没有自己的认识，所写文章，基本是文词的堆砌，如果有意思，那意思多半也是老师或家长常说的道理，这些道理你知我知大家知，将抄写的名词佳句化用到对这些道理的说明中，其实更多的是对语言的使用，而不是表达或阐明自己的想法。

随着年龄和阅历的积累，初高中学生对事对人也有了个人的认识，其在作文中也能运用积累的词语表达自己的想法，不论想法如何，只要有想法，且能用语言将之表达出来，就是一种个人的表达。很多人喜欢用穿着、爱好、身份等其他的形式表达自己的与众不同，其实，语言表达是较为复杂的一种表达和展示自我的方式，说自己想说的话，说自己觉悟了的话，说自己能够说的话，这样的自己往往比较真实。

可是有些时候，孩子们想说的话，想写的字被某种功利性的教育压抑，经常表达的是老师叫大家说的话，家长认为理所当然的话，这是一种个人意识清醒之后，又因外在势力的胁迫和诱导而失去自我表达的意识，所以，在我们国家，初、高中生的作文和文章中看到的仍是和小学生一样的，没有自我的集体认同，是社会和家长认可而与学生内心和个性无关的文字表述。

既然是与个性无关的表达，那么在网络一体化的背景下，与其由自己说出，还不如复制和粘贴来得快。于是，在现在的学生作文和学生作业中，我们看到的更多的是将别人的观点粘贴过来，变成自己的观点。况且，在复制时代，复制只需将鼠标轻轻一动，根本不需要伏案长篇累牍地抄写，即使要改动，也只是将别人的名字换成自己的名字，这样，轻而易举的就将别人的思想变为自己的思想。其实，我们未尝不知，这别人的何尝不是另外一个别人的。最重要的，复制，所带来的想法的同一和表达的同一，泯灭了个性，简化了思想，而且助长了思维的懒散。儿时，人们抄写，是因为那时还没有自己的主见，那么到了大学阶段，学生们在清醒的意识下复制，实际是一种自觉泯灭个人意识，自觉放弃个人表达的行为，当个人在这个复制的时代越来越趋向同一的声音说话，这个社会真的变得很奇怪，没有了个性，又哪里来的创造力。因此，面对越来越多的学生交上来的经过复制粘贴的文字而不是自己的思想所得，有的时候，真的很无奈。

在学校为交作业而复制网络文章，说明学生们大多不愿动脑筋，不愿表达个人的想法，还可以说是小范围内的不良因素，对社会没有什么实质性的影响，那么等到学生走出校门，成为各行各业的从业人员，对待工作不愿思想和思考，而是一味地拼贴和复制他人的研究成果，为自己牟私利，那就是剽窃。如今的剽窃存在在各行各业，剽窃，不仅仅是将他人的成果占为己有，而且会带来更大的社会危害。鄙人听过一个事例，说是现在的行政部门，往往是“河南”的文件直接指挥和领导“河北”的人，那些处在某一政府要害部门的人，其在制订自己省市的方针政策时，也不愿去调查研究，实事求是，而是在网上直接搜索文件，复制文件，为此很多地方还闹出笑话，很多正规文件都有文头，有些剽窃者连文头都不愿修改，堂而皇之的将印有别省市的文件作为自己省市的文件，下发到各地区。因为剽窃，在众多的闹剧和笑话背后，其实是群体的思想简化与盲从，这样的剽窃行为，还不如不行为。因为这正应了中国传统的俗语，对牛弹琴，牛头不对马嘴，其社会损害不可估量。

学院里的毕业论文答辩正在进行，那些经过复制粘贴的论文看上去确实无可挑剔，可是这里又有几个是他们自己的语言和思想呢？而那些真正自己写的，因是原创，所以在语言和结构上存在或多或少的缺陷，这是因为大学生在经历和思想上的缺乏，但是，对于原创作品，不能因为其有这样那样一些瑕疵而否定他们，反而要肯定他们实事求是的态度，肯定他们从自我和实际出发的真实的见解和思想。我本人很欣赏原创，而且鼓励原创，最起码他们的作品不是拾人牙慧，而且，更重要的，鼓励学生的原创论文，就是鼓励学生用自己头上的脑袋思考，反对学生们进入社会后思维简化，懒散行事。

沉重的“思想”包袱

孩子开学了，五年级语文的第一课是《师恩难忘》，作者刘绍棠，是一篇回忆性散文。回忆第一次上语文课，年轻的国文老师给他们教古诗，为了引起学生的兴趣，老师根据这首古诗即兴编排了一个兴趣盎然的故事，学生们都听得津津有味。后来的课程里，老师每讲一首诗，就配一个故事，正是这些故事，激发了作者对文学的兴趣和爱好。整篇回忆，语言朴实，用词简练，字里行间透出作者对老师的爱与感激。但就在叙述完整个故事之后，有一句类似提纲挈领的总结：“十年树木，百年树人，懂得感恩，师恩难忘”。这一句本不是原文所有，是编入课本中编者所加，但就是这一加，使文章有了画蛇添足的嫌疑，这一加，也加出了我们小学语文教育甚至作文教育的弊端：并不是所有文章都需要提纲挈领的总结，都需要意义的升华与思想价值的彰显。特别对于小学生来说，语文教育的重点不在思想的引导，不在价值观念的确立，也不在教条的灌输；他们需要直白的形象，需要感人的故事，是在好听的故事中，培养美好的情操，引发对美丽自然和美好心灵的向往。

小孩子喜欢听故事，那就讲给他或好听或感人的故事就好了，本文作者的老师完全懂得这一点，针对小学生的接受程度，把原本难懂的诗歌转化成一个个兴味盎然的故事，让孩子在直观的形象中，身临其境，激发了孩子对美丽自然和美好人情的向往。语文教育在一定意义上也是文学教育，语文课本上选的教材有很多是一些大作家情文并茂的文字，诸如此篇，学生很自然地会模仿语文课文练习写作。如果每一篇文章都似这样在文章末尾加上诸如提升思想、宣讲价值的一段话，那么小学生的作文训练也堪忧。

由此我想到我刚刚看到的一个故事，讲述的是一个日本小学生的作文，文中叙述了一个细节，就是兔子总是一只耳朵耷拉，一只耳朵竖起，于是小作者悦子叙述道：

> “阿姨，请你把兔子的耳朵竖起来。”阿姨就用脚夹起了兔子的耳朵。可是阿姨的脚一松开，那只耳朵一下子又倒下了。阿姨说：“多奇怪的耳朵呀！”说着她就笑了。

这篇作文被老师评为优等。日本作家谷崎润一郎也在这篇作文中看到了小学生写作的可贵之处：怎么想就怎么写，不虚伪，不矫饰，不做作，一句是一句，没有空话套话。这样的文章，不会硬塞给我们所谓的“思想”，不会硬赋予我们所谓的“意义”，很符合小学生的思维。

回望和反观我们的小学生语文教育，没有思想提炼和意义升华的文章是选不到小学范文中的，如果作者没有意识到，编者也要附加之，更不用说老师对学生作文的评价了。我有一同事，他孩子写的文章他认为非常有灵气而且反映了小孩的稚气，却被老师认为不知所云，反把家长教育了一番。大多数小学老师也认为，好的文章要有思想性。正是这过分的思想性扼杀了孩子的灵性，催生了华而不实的文字，催生假大空的议论和抒情，催生了千篇一律的小学生作文，扼杀了孩子的灵性和个性。

我的孩子其实书读得还是挺多的，可就是不会写作文。每次老师布置作文，他都眉头紧皱，有时候，让他自己讲述某一件事，他讲的是挺形象的，于是，我就说，就把你给我讲的写出来就是很好的文章，孩子说，我们老师说写文章要有中心思想。就是因为这思想，很多孩子不会写作文了，我的孩子就因为背上了这沉重的“思想”包袱，渐渐丧失了对作文的兴趣。因为过早强调思想，反而使学生们没有了思想！这可能是和我孩子一样的大多数小学生的通病吧。还是去掉“思想”的包袱，让孩子的作文充满孩童的想象和童贞。

读书与干什么

孩子现在还小，除了上学老师教的必修课外，我试图让他多读点书，尤其是文史类的书。让孩子读书，其实不为干什么，只觉得多读点书，视野会更开阔一点，孩子在表达自己的时候会更容易一点，在写作文时更流利一点，在说话时更会组织语言一点。其实，很多父母让孩子读书可能和我想的一样，“养崽不读书，不如喂头猪”，读书是为了让孩子看问题更清楚，情感更丰富，而不是成为不识一字的动物。

可是孩子大了，有自己的见解了，孩子们不愿意读书了。孩子们说，读书能干什么？读书在他们那里变得功利了，读书的目的是为了干什么？是呀，在现在的时代，孩子们获取知识的途径可以是网络、电视，孩子们不懂的问题可以百度一下，孩子们无聊的时候可以电子游戏。用现实来衡量，读书再多也不一定能帮他们找到好的工作。在一个功利的时代，读书能干什么呢？

因为很多人觉得读书没用，所以干脆就不读书了。即使是学中文的学生也不读书了，不读名著和经典。我就很惶惑，小的时候读书是为了充实自己，长大了，读书一定要和干什么联系起来吗？因为读书不能干什么，所以就不读书了吗？在这样一个急功近利的时代，人们的很多观念都过于功利，但我觉得，读书不能太功利。

让读书单纯一点，不为干什么，就为自己读书。不为自己的现实目的，就为自己的内心读书，当读书成为一种精神需要的时候，在干涸的物质世界里，人仍是有精神的。有精神的人，是不会面对困难而倒下的。

单纯读书，人也会变得聪明的。犹太人是世界最聪明的民族，犹太人也是酷爱读书的民族。在犹太人聚居的以色列，人均拥有图书馆和出版社数量居世界之首；犹太人在全世界富豪中名列前茅，在历届诺贝尔奖得主中占有惊人比例。

读什么书好呢，我觉得，两类书可起到精神疗救的作用。一类是思想类的书，让你的脑子更清楚，清楚社会，也清楚自己；一类是文学类的书，让人的情感更丰富，更细腻。情感的丰富和细腻可以改变一个人的性格和心胸。人们说，性格改变命运，间接说来，与读书很有关系。心胸开阔了，烦恼就少了，生活就快乐了。读书不一定要多，也不一定要杂。读你喜欢的作者，读他所有的书，不止读一遍，喜欢的，可以多读几遍，潜移默化中，你会受作者的影响，变得有思想有灵性。

当读书为干什么时，读书就失去了所具有的价值，也贬低了读书本身。贬低了读书，其实也使自己失却了理想和精神，变得更加茫然。这是我对自己的忠告，不为干什么而读书，只为读书而读书，就像徐福贵只为活着而活着。

笑

七八个人的桌子，因为一个写作方面的会议，大家聚集在一起，每个人都坐在各自熟识的人旁边，这样方便交流，也会谈些写作方面的问题，说一些无关痛痒的话，一个人会取笑另一个人，这是彼此之间博得笑料的家常便饭了。然后，说道：穿裙子背背篓，这是本地的地方方言，意思是没样，也有取笑某人的作品登不上大雅之堂的意思，于是轰隆隆，雷声般，爆发出一阵笑声，形容这笑声能掀开屋顶也不为过，这是一个人高亢的笑声，连续的笑，几乎不岔气的笑，笑得肆无忌惮，笑得荡气回肠，笑得旁若无人，笑声穿透我的耳膜，持续回荡在我的头脑中，对着这样的笑，我沉默了。桌子上的其他人，夹菜的夹菜，谈天的谈天，酒桌上的人们比开会时稍稍松动了精神，互相恭维着，有人喜欢表现，聊天中极力想向别人证明，你看，我的观点不一般吧，你给我说着敬颂的话语，我和你碰杯，祝你幸福美满，觥筹交错，喜气洋洋，每一个人都在表演，那个真实的自己被深深地隐藏在话语和笑语背后，只有笑声没有隐藏，那个肆无忌惮的笑声，从胸腔里发出的笑声，暴露了他的真性情，不忌讳别人的眼光，不感受别人的猜度，不理会旁人的提醒，我就是我，想笑就笑，想说就说，这样理直气壮的笑声照见了我们身体里那个矮小的自我。

某一天的傍晚，谈起这位朋友，熟悉的人都说，那天是他笑得最畅快的一次，可能，他自己也好多年没这样笑过了，他本是一个有稚趣的诗人，也好多年都不写诗了。笑与诗，这本是连在一起的，诗是内心深处自我的流露，笑也是，他不会笑了，自然就没诗意了。

我初中最好的朋友也爱笑，她一笑起来，也是旁若无人的咯咯大笑。高中时暑假里的一天，我朋友给我家摘花椒。傍晚的乡村小路上，她吹着口哨，口哨声悠扬婉转，很好听，乡村的景象也很美，橙色的天空，云朵如游鱼一般，我指给她看头顶红彤彤的柿子，她跳起来摘柿子，一个软柿子就吧唧一下掉在地上，然后就听到她爆发了的笑声，声音惊起了树上的鸟儿扑棱棱飞走了，她一笑就收不住了，直笑得岔了气，揉着肚子，起来还会笑半天。我朋友爱笑，一张嘴即哈哈大笑，从不会抿着嘴做巧笑状，也不会手捂口鼻做淑女样的笑，她在室内笑不自抑，会引得众人侧目，所以，只有在畅快的露天她才会笑得舒畅。大学的一段时间，晚自习结束，我们会相约来到空旷的操场，跑步结束后，她会哼着歌，自由地摆动身体，她喜欢跟着歌曲的节奏自创舞曲，惹得我也跃跃欲试，往往一个动作下来，无缘无故的，她的笑声就来了，在空旷的操场上空回旋。只有在暗夜下，无人识得的操场上，她才会让笑声从她的灵魂中溜出来，做一回真正的自己。

朋友长得很漂亮，丹凤眼，长睫毛，鼻梁挺直，樱桃小嘴，而且还是天然的卷发，这真是上天的赐予，既给了她姣好的样貌，又赋予她丰富的感情，上大学后，她本想笑就笑，可是也就是因为她经常会笑不自抑，所以，男同学倾慕她的美丽但恐惧于她的笑，女同学则认为她在傻笑，一个班里，没有几个和她亲近，也正因为此，她和她的笑声也就永久地留在了我记忆中的操场上，每每回到大学操场，我都感觉有笑声仿佛从空中穿过。

蒲松龄有一篇文章名为《婴宁》，女主人名叫婴宁，婴宁也是一个爱笑的美丽的狐女，当她和人接触之后，人们不让她笑，当她有一天真的不想笑了，不会笑了，她的生命也枯萎了。蒲老最会欣赏生命本身的美丽，常常借助神鬼狐女呈现美丽的生灵，可是，这样的生灵，一旦走进现实，就变得面目可憎。蒲老营造美丽的神鬼传说，看中的正是在神鬼世界中人情人性本真的美。几百年过去了，真性情一旦遭遇现实，还是会遭遇冰霜。我已经好久没见过我的初中同学了，打电话联系也听不到她银铃般的咯咯咯的笑声，只听说，生活的牵累，使她的日子过得很忙碌，应该很久都没有畅怀大笑了。其实，何止是我的这些朋友，我们也一样。对着家人和朋友，即使有怨言，我们还要宽容的笑，对着领导，我们会小心翼翼的赔着笑，我们学会了偷着笑，学会了嘲笑、讥笑，学会了尴尬的笑，学会了无奈的笑，很长时间，都不知道什么是开怀大笑。当我们生活在没有容纳笑、欣赏笑，并为笑而鼓掌的环境中时，我们渐渐也忘记了笑为何物？

阳光晴朗的一天，我的对面走过来一个似疯似傻的女人，她对着我笑，只是笑，笑里没有别的表情，我忽然觉得，她笑得很美！不为任何目的，只是心里想笑就笑的笑，你还会笑吗？

让我们的孩子吃什么

孩子大了，难得和他一起走一走聊一聊，今晚，写完毛笔字，一路走回来，走到烤肉店门口，孩子就停下来了，于是买了半斤烤肉，孩子全吃了。看着他一根接一根，几乎都不停下来，风卷残云一般，我真有点愧疚，日子过得太忙了，忽略了孩子的营养。等我去付钱，随意问道，咱们这烤肉的炭是木炭吧？不想老板说，是焦炭。我心里不禁大呼上当，焦炭烧着后放出的焦煤富含二氧化碳和焦硫，人吃了会患癌症的，可是我又不能让孩子把吃过的东东吐出来。回到院子，说起烤肉，朋友说，人又不是天天吃烤肉，没事的。人们对这种事情早已习焉不察了。

其实有时候也不是我不愿意买肉，而是我不会分辨，现在市场上的东西有太多的不放心，于是干脆就不买了。做妈妈有时候真难，又想让孩子营养好，又想让孩子不受伤，在这样的环境下，真难。今天中午，孩子说，妈妈，火腿肠可以吃了，人们说，现在没有瘦肉精了。我心里想，有没有，只有有良心的人才知道。平凡的老百姓，掏钱买东西，谁知会买到疾病与痛苦呢？晚上去超市，在火腿肠旁边逗留了太久，终是抱恨而走，因为，我内心的怀疑仍未消除。

对于食品的健康与否，只有身体力行的家庭主妇才真正会为此烦扰。我们会关心我们吃的油是不是地沟油，我害怕吃的米会不会是转基因大米，会担心我们吃的西瓜和猕猴桃会不会打庞大剂和生长激素，也会因为分不出是注水肉或病猪肉而不敢买，会犹豫我们吃的水果和蔬菜有没有涂抹避孕剂，担心的不是蔬菜又涨价了，而是买回来的东西敢不敢吃。所以当人们告诉我，买鸡蛋的时候仔细挑一挑，现在市场上有假鸡蛋，我不禁崩溃了，鸡蛋还能造假，当鸡蛋都不能吃了的时候，让我们的孩子吃什么？我想这个问题我妈妈还有妈妈的妈妈肯定没遇到过，也肯定不会给我一个满意的回答。

让我的孩子吃什么呢？他现在正长身体，喜欢吃肉，他奶奶说少给孩子吃肉，不是他奶奶不心疼孩子，而是太爱孩子；我的孩子喜欢喝牛奶，人们说，让孩子多喝牛奶，身体健康，我朋友说，别给孩子喝太多牛奶，牛奶中有对身体有害的添加剂，电视上一资深专家甚至强调，90后孩子没有喝过真正的牛奶。那我的孩子怎么办？我孩子每天需要足够的碳水化合物和蛋白质，可是新闻里广告中整天都有所谓的食品安全隐患报道，什么紫菜、芝麻是染色的，什么面粉、大豆是转基因的，什么蔬菜、水果是添加了生长激素的？天，我还能给孩子吃什么呢？

当我不知道给我的孩子吃什么的时候，作为妈妈，我为我的无能为力而痛心，因为我不能给我的孩子最起码的饮食方面的安全保证，于是我反而感谢我的妈妈，虽然她没有我现在这样的物质环境，虽然她不能给我们足够的零用钱，让我们买我们喜欢的小人书，虽然她很贫穷，可是最起码，她能提供给我们安全的食物，我们吃的粮食、土豆、蔬菜、水果都没有各类化学成分和各种添加剂，我现在还能想起我吃的第一个苹果，很酸，但也很甜，是真正的水果味。有几次，几个朋友来我家，我向他们炫耀，我今天吃的面粉是孩子他奶从乡下拿来的，真正的环保无污染，可是过后我不禁感到悲凉，当孩子的奶奶离开人世了，你的孩子，你孩子的孩子还会吃到真正的环保放心的食品吗？

以前人们很穷，人们吃的东西很放心，现在，人们富裕了，人们吃的东西反而不那么让人放心了，于是我想，食品的安全与放心，是没有贫富差别的，是良心与利益的问题。食品是每一个人每天都需要的，在食品上可以创造比别的商品更大的商机，有利可图的事情，哪怕坏了良心也可以。于是，各种现代化的食品也就应运而生了，作为家庭主妇的我们，就有了不知道给孩子吃什么的担心了。

此《最爱》非彼“最爱”

爱情可以用不同的方式去讲述，讲述的形式不同，给人的回味就不同。

《最爱》中的爱情讲述的是爱情的现在进行时。正在进行的爱情其实比等待中的爱情更难以把握，一不小心，也会落入俗套。从现实生活中的爱情形式来看，无外乎热恋、恩爱、重归于好、来不及爱等等，不管是哪一种进行时，凸显爱的力量，在于作者对爱情本身或爱情之外或情感或人事或环境的设置，还有诸如叙事中细节以及叙事节奏的把握。《最爱》中的爱情线索本身并不是很有力量，讲述的是两个年轻人趁余日不多，要好好相爱的故事。把一个本身看起来并无多吸引力的主题讲述得让人唏嘘不止，其实在于故事的背景因素，自始至终，推动两个人感情发展的并不是戏中主角自身的微妙的情感因素，而是有一股强大的外在力量在推动着，这就是作品的大背景。与《云水谣》重在表现故事中人的面貌心理以及主人公们彼此的执着等待不同，《最爱》是由主人公之外的因素将两个年轻人推到因来不及爱才要好好相爱的境地的。

《最爱》大的背景反映了诸多的社会问题，人们的自私利己造成了大范围悲剧的诞生。一个村子热病蔓延，那些得热病的人被孤立在村中的小学校中，一个一个等待死亡的到来。如若叙事的不够巧妙，就会成为影射现实的单纯的现实主义作品。作品重在传达在孤独的将死的绝境中，人们是怎样面对死亡的。不同的人有不同的死法，面对死亡，个人怀有不同的恐惧。这样的主题，这些人物的内心和命运，是值得在影片中细致表现的，也可能会揭示出一种更有力量的命题。当人面对突如其来的灾难和不幸时，如何面对，是各自为己还是彼此宽容，用爱拯救。“最爱”应是一种广泛的人类之爱而非单纯的男女爱情。但很可惜的是，整个作品并没有展开来从容叙述孤独村中的那些人们是如何活着，只是将其作为背景，来推动和烘托倩倩和得意的爱情故事，因而这个故事就缺少了更深刻的思想意义，沦为单纯的爱情作品。

作为单纯的爱情题材，《最爱》的成功不在于两个人是怎样的彼此相爱，而在于有这样一股强大的外在力量推动着，当事人因着身体的心理的压抑，想要突围将死的绝境，爱情是一个绝好的突破口。活着的价值和意义并不仅仅在于在所剩无几的剩余人生中，好好相爱，只是活着，而在于爱是他们唯一能够抵挡死亡，唯一能够面对恐惧的一种人生方式，所以他们爱着，所以他们说，“趁活着，结婚吧！”也正是这样，打动了读者的心。

得意和倩倩的感情经历其实并不是那么的让人难忘。两人相识在孤独村中，得意正当身强力壮，倩倩漂亮妩媚，在孤独村中个人的情感或者爱找不到别的泄洪口，自然而然，得意护着倩倩，两人就这样开始了彼此怜悯、互相取暖的男女生活，可以说，是孤独村的存在处境加速了两个人爱情的进程。在孤独村，人与人还是如平常现实生活中一样充满私欲、自私嫉恨。孤独村就如同一个小社会，人们幻想着在孤独村里也可发财，称王称霸，于是孤独村解散了，解散了孤独村，但这些住在孤独村的人们回到现实生活中，面对的是邻居的歧视，村人们唯恐躲避不及，情情和得意也一样，彼此的压抑和对死亡的恐惧，加快了两人的结合。得意找到了倩倩，并帮倩倩办了离婚，两人突破重重阻挠走在了一起。影片在这里才开始叙述两人发自内心的爱情，导演突出了他们要在一起的心理过程。不仅仅是两个身体，两颗心灵要在一起，而且他们要通过正常的法律手续在一起，在一起，其实就是趁为时不多享受正常人的人生。这个情景，其实想表达的是爱情不仅是在一起，而是要想和正常人一样过平凡普通的生活，爱才有意义和价值，这其实也是身处绝望境地的心理表现，所以这场戏从形式上看似脱离了整个主题，其实反而能引起观众更大的怜悯之心。戏的最后的场面，完全是两人情感的演绎，如何共同面对死亡，如何在死亡到来时用生命去拯救，等等，成为真正的爱情戏。通过得意和倩倩来之不易的情感发展表达什么是最爱，在绝境中，只有彼此付出真心，携手面对死亡，就是最爱。

其实，“最爱”本不应该只讲述两个人的爱情故事，但是从影片的三分之二处开始，确实只在讲述两个人的爱情，爱情戏的戏份的加大，使本应具有更深刻的内蕴被迫缩小，使得整个作品的背景和其他的人事关系好似成为爱情因素的衬托。叙事的混乱和详略的安排传达了导演等创作人员在认识上的不一致。或许也有后现代电影追求票房价值的推力作用，使导演们不能按照他们的想法好好拍戏。遗憾！我愿看到顾长卫如《孔雀》那样的好作品。

爱是生命的守护神

有“爱”的孤独与无“爱”的孤独

《哈利·波特》中，不仅有爱的主题，还有孤独的命题，孤独与爱焊接在一起，便有了惊心动魄的力量。我想说说斯内普。

斯内普第一次出现在《哈利·波特与魔法石》中，在霍格沃茨一年一度的迎新晚宴上，哈利·波特看到了一双阴郁的眼睛，这人就是斯内普，斯特莱林学院院长、魔药学教授。斯内普神情孤傲，内心冷酷，是个阴谋家，是黑魔王伏地魔的忠仆，想要盗取魔法石给伏地魔为自己邀功，在哈利及哈利的朋友看来，斯内普就是这样一个内心阴暗的人。后面的剧情也一点点的印证哈利的猜想，诸如：斯内普想要在魁地奇比赛中念咒语害死哈利；斯内普诬陷海格打开了密室的门，想要放出蛇怪；斯内普和小天狼星有勾结；斯内普在三巫斗法大赛中对哈利有猜忌。在哈利看来，这个孤独的人总是与神情阴郁、内心冷酷联系在一起。直到《混血王子》系列，伏地魔要求斯内普暗中保护马尔福，斯内普的内奸证据确凿，斯内普杀死了校长阿不思·邓布利多，读者也就深深觉得，哈利没错，斯内普是食死人一族，是为伏地魔卖命的，在伏地魔翼羽广布、众多巫师失踪、很多麻瓜死亡、魔法部一片黑暗的时候，斯内普掌管了霍格沃茨的职权，忠实地替黑暗魔王卖命，斯内普真是一个十恶不赦的混血王子。

奇怪的是，阿不思·邓布利多，智慧的霍格沃茨校长却始终相信他。这个谜底直到《死亡圣器》下半部才被揭开，斯内普被伏地魔击中，死亡前夕，为哈利留下了最真实的记忆。这记忆是那么的动人心魄，这记忆伴随着斯内普孤独痛苦的灵魂一起，深深地感动着哈利，也深深地刻在了读者的内心。

斯内普从小就是一个孤独的人，郁郁寡欢，但他喜欢莉莉·伊万斯，哈利的母亲，莉莉没有歧视他，还给了他从未有的爱护，他爱莉莉。但莉莉最后嫁给了詹姆·哈利，并在与伏地魔的争斗中为保护自己唯一的儿子而死亡。为保护莉莉，斯内普曾求过伏地魔，但被拒绝。所以他找到邓布利多，莉莉还是没有救活，莉莉的儿子哈利活下来了，长得像詹姆，但有一双和莉莉一样的眼睛。因为深爱莉莉，听从了邓布利多的建议，暗中保护哈利。哈利在魁地奇比赛中，斯内普念咒语原是为保护哈利，在哈利遭遇摄神怪袭击，甚而在哈利每遇生命危险，总有一头银鹿在旁保护，那是斯内普的守护神，是他在暗中保护哈利。斯内普用生命去保护莉莉、莉莉的儿子，但他始终都被所保护的人猜疑和孤立，他始终都是一个孤独的人。是什么影响了斯内普，使他在孤独中仍能始终站在正义的一边，是爱。孤独与爱焊接在一起，便有了惊心动魄的力量。

斯内普爱莉莉，就是这份爱，使他愿用生命去保护莉莉所爱的人。斯内普的死是悲壮的，但斯内普的记忆更让人内心颤抖。一个在所爱的人的不信任中，一个在所保护的人的猜忌中，一个内心和身影都无比孤独的人，仍然选择去爱。作者越是写斯内普的孤独和阴郁，越彰显着斯内普内心深处与灵魂焊接在一起的爱。是爱拯救了斯内普，使他没有沦落成内心黑暗的食死人，成为了伟大的魔法师。

伏地魔的身世也堪飘零，成长的环境和性格的孤僻使他在魔法学校酷爱黑魔法，滋生了强烈的占有欲。而这种占有欲又没有什么约束，比如说爱的约束。黑魔王的内心冷酷无情，嗜血成性，头脑中无一爱的观念，只有占有权力，统治众生，令别人臣服于自己。黑魔王是孤独的，这种孤独是不愿享受尘世幸福，只愿自己高高在上享受王者权力的孤独。因为没有爱，所以他不明白和了解哈利的人生，他也不去反思他的失败，他的孤独是无爱的孤独。无爱的孤独滋生了内心的冷酷和无情，最终成为冷冰冰的机器，具有强大的破坏力量，被称为黑暗魔王。

有“爱”的孤独是在享受孤独，在孤独中彰显人性的光辉，如斯内普；无“爱”的孤独是一种破坏性的孤独，在孤独中使人的情感丧失殆尽，只留有恶的破坏性力量，如伏地魔。

爱是生命中的守护神

在《哈利波特与阿兹卡班囚徒》中，小哈利遇到了最令人恐惧的摄魂怪，摄魂怪的力量在于夺走人们记忆中的幸福和快乐，掏走人内心的善良和美好，使人的灵魂只留下害怕和恐惧，等你的内心只剩下恐惧，你的身体就变得冰冻僵硬而无知觉。对付摄魂怪，只有一种办法，用守护神咒语召唤守护神，驱走摄魂怪，一般只有伟大的巫师才有能力召唤守护神。守护神咒语需要在面对摄魂怪时，记忆那些最幸福最美好的事情。而记忆中那些美好的事情，无一不是与爱有关。只有最深厚的爱的力量才能对付最恐惧和黑暗的力量。哈利的妈妈用生命守护小哈利，斯内普用生命守护着莉莉，爱其实就是生命中的守护神。有了爱，人生才有快乐，有快乐的生命才有意义。

当哈利对卢平说出他最快乐的回忆是第一次参加魁地奇比赛，卢平教授说这远远不够，不够招出守护神，但当哈利回忆起与妈妈在一起的日子，虽不是真有其事，但这是人间大爱，正是爱让哈利有了自己的守护神，用这个守护神，哈利驱走了摄魂怪，而且救了小天狼星布莱克。当然，也正是因为有爱，哈利最后战胜了黑暗魔王伏地魔。有爱，不仅仅是爱自己，爱身边的人，爱亲人，爱朋友，生活中充满了友爱，也才会留下幸福美好的回忆。

“睡梦中，进入到完全属于自己的世界，让他在最深沉的海洋中畅游，在最高的云彩上滑翔”，邓布利多是多么的爱哈利呀，每每记起这句话，我内心就无比温柔，就像我对我的孩子一样，希望他永远快乐，没有害怕和恐惧。爱虽温柔但极具力量，她确是我们每一个人的守护神。

爱是一种看不见的力量

周一是我的周末，和朋友又一次来到电影院，准备看《哈利·波特与死亡圣器（下）》，虽然票价是半价，只有三十块，但因是午饭时间，电影院里一个观众也没有，我们三个朋友等于是看了一次专场。片头就很吸引人，伏地魔王拿走了接骨木魔杖，斯内普惨白着脸，一双忧郁的眼神，麦格教授的脸上皱纹横生，顿觉苍老，每一个主角都有一张令人难忘的镜头。

比起昨天的《变形金刚（3）》，《哈里·波特与死亡圣器》

的故事很完整。影片对 J. K. 罗琳的小说情节基本未做太大的改变，从消灭魂器到与伏地魔对决，情节一气呵成，特别是最后食死人阵容和霍格沃茨学校中以哈利·波特为首的正义力量的对决非常壮观，也震撼人心。影片的节奏也张弛有度，高潮迭生中间有片刻的宁静和肃穆。每一次寻找魂器都要冒着生命的危险，每一次都义无反顾，直至最后置之死地而后生。从古灵阁里的金杯到霍格沃茨拉文克劳的桂冠，哈利在不断地削弱着伏地魔的力量，每一次消灭魂器其实也是在不断走向自己的死亡与重生之旅。在目睹了斯内普的死亡之后，眼见了斯内普的真实的记忆之后，哈利得知自己其实就是伏地魔王的一个魂器，哈利的内心产生了很大的挣扎，他拿起邓布利多交给他的金色飞贼，打开金色飞贼，出现了复活石，哈里听到了他最亲的人的声音，他的妈妈、爸爸、教父和卢平教授，他们陪伴哈利走向禁林，走向与伏地魔王的对决。此刻的哈利非常平静，直面死亡，就像当年他的妈妈用死亡面对伏地魔王一样，这就是一种爱的咒语，这爱的力量使哈利得以重生，并将咒语反弹到伏地魔王身上，死了的只是伏地魔的魂器，那个粘贴在哈利身上的印记，哈利重回到自身，选择属于他的光明的人生。正义与邪恶力量的较量其实已经分明，伏地魔走向他的必死之旅。是勇气、爱、活下来的意志而不是别的什么，战胜了邪恶和黑暗，同时也战胜了自己。

有一个景象印象非常深刻，伏地魔的跟随者就像禁林里的树木一样，密密麻麻挤满了山头，而霍格沃茨的主要力量都被伏地魔和他的食死徒铲平，只有为数不多的老师和大部分要保护的学生。这时候，纳威的一句话，点中要害：最后胜利的，靠的不是活着的人的数量，而是想要活着的人的意志。正是靠着这样的意志，正义战胜了邪恶，爱的力量战胜了仇恨的力量。

斯内普是一个伟大而勇敢的魔法师，他的内心充满了爱。爱是一种看不见的力量，深深地潜藏在他的内心深处，虽然表面冷酷，毫无表情，可是内心却如岩浆般充满热情。开始时，爱着哈利的妈妈莉莉，后来莉莉死后，将这份爱转移到她的儿子哈利身上，每每哈利遇险，都会有斯内普的守护神出现。斯内普的爱是一种大爱，还因为，这份爱，在生前，并不为所爱者理解，斯内普爱莉莉，但莉莉最后嫁给了詹姆，斯内普和邓布利多一样，保护着哈利，但哈利始终觉得斯内普是食死人一族，直至死亡，才揭开真相。但即使这样，这份爱仍没被放弃，也正因为心中有爱，斯内普才没有像伏地魔一样内心充满仇恨。爱使斯内普痛苦，爱又给了他力量。痛苦与爱就这样在一个人的内心挣扎起伏，斯内普的存在本身就是一个奇迹。

《哈利·波特与死亡圣器》是一曲正义之歌，爱之歌，理想之歌。

又一个被灰太狼占领了的周末

吃完饭，和孩子说好要一起看个电影，小朋友们就来了，满满地围了一房子，大家七嘴八舌，电视声于是就被开得很大。电视屏幕上是使人讨厌的灰太狼，孩子们一来，灰太狼也就跟着来了。我真不知道，他们怎么就那么喜欢喜羊羊与灰太狼。羊不像羊，狼不像狼，而且故事还没完没了。

我和孩子下午享受电影的时间就这样被挤掉了。

昨天一起和孩子看的是《纳尼亚传奇之凯斯宾王子》，虽说电影中有一些暴力镜头，但电影画面大多实景拍摄，故事发生在纳尼亚王国，那是古老的森林，画面很美丽，有很多我们久违了的景象，辽阔无际的森林、悬崖峭壁、古堡、深涧；纳尼亚王国的动物们就很有想象力，獾和人生活在一起；老鼠们组成一个团，团长作战勇敢，言语饶舌，很爱面子，懂得礼貌、真理和正义；马人高大勇猛，富有牺牲精神；动物和人一样，都有灵气，都会说话，都反对权力和占有，都向往和平和自由，也都愿为了自由而去战斗。最主要的，纳尼亚王国有一个森林之王——斯里兰，受众人朝拜并能为众人解围。我们真的不能想象，作者会把王子、女王、狮子、老鼠、海狸和獾们组成一个大家庭，去演绎真理与正义、和平与自由的故事，这是多么地富有想象力！

可我的孩子们的空闲时间却丢在了《灰太狼》上，那人造的草坪，空洞的蓝天，背景景象简单而无改变，除了空洞的蓝天白云，就是羊们和狼们，而且羊和狼永远有打不完的仗，钩心斗角，狼们永远想着去吃羊，羊们永远想着去防卫，单调的画面和简单的故事，让人生厌，如同肥皂泡沫，一集又一集，没完没了。

有一天，我看到《哈利·波特》中的打人柳，指给孩子看，大声叫道，多神奇的树呀，孩子看了一眼，不屑地说，那有什么？我无语，那个会摇摆的打人柳是一个多么奇特的想象啊，还有《纳尼亚传奇》里那个看似普通的柜子，只要你打开，就可能通向另一个神秘而富有想象力的世界。打人柳地底下的世界和纳尼亚的神秘世界是一个富有创造力的童话般的世界，是一个在现实世界的尽头打开的一个异域的充满幻想的世界。可我们的孩子们对想象的世界却是那么的不屑一顾！孩子对幻想的世界没有感觉，那是他已经没有了想象力！当没有了幻想，孩子和大人又有什么区别呢？

孩子们被加速着带入大人的世界中去，可我多么希望我的孩子多保留一些属于孩童的纯真的幻想！

孩子们整天在学校学的是单调枯燥的科目，老师的教法陈旧而简单，本是新鲜的知识被刻板的教学方法教得没有惊奇，不再新鲜；回到家里，电视里演绎的又都是一些没有想象力的日常生活的翻版，就像喜羊羊一样，单调而枯燥。我希望我的孩子敏感而富有想象力，可这些没完没了的灰太狼的故事只会让孩子更加实际更像大人，我真的很无奈！

呵呵，下个周末，不再在喜羊羊上浪费时间，和孩子一起看《纳尼亚传奇之黎明踏浪号》，让电影带孩子到魔幻的世界中去。

当生命中只剩下信仰，文学能留下些什么

小的时候，很喜欢听江姐的故事，后来看小说《红岩》，也无数次地被小说中的主人公感动，昨天中午看电影《烈火中永生》，画面不是非常清晰，黑白片。远离了革命斗争的环境，和小时候的爱国主义教育也距离遥远了，所以，看这个影片，完全是观赏的心情，还有对那个时代历史的追慕。当于蓝扮演的江姐出来的时候，很有气质，江姐和华为一块去华蓥山根据地，当时风雨交加，无意中江姐看到了自己的丈夫被杀害的通告，强忍住悲痛，来到革命根据地，见到纵队司令双枪老太婆，当双枪老太婆劝说江姐放声痛哭，不要强忍悲痛时，江姐抬起头，坚定地说："不能流着眼泪闹革命，血债当用血偿还。"在这一刻，江姐的革命信仰盖过了她个人的悲痛。后来因甫志高叛变，江姐被逮捕，面对徐鹏飞等人的威逼利诱，江姐义正词严，表现出对我党的忠诚，江姐的语言极富感染力，"头可断、血可流，共产党人的意志是钢铁铸就的"。面对敌人，江姐的言行凛然不可侵犯。江姐虽无比柔弱，却铁骨铮铮，江姐和他的朋友们表现出对革命的无比忠诚，江姐的形象在众人面前高大完美，使人仰视。

影片结束，江姐的语言总在我心中回荡，它带给我的已不

是小时候那种无限度的崇拜。电影中江姐是一个只为信仰而活着的女革命者。在亲人面前，她要强忍个人的悲痛，在敌人面前，她要压抑身体的病痛。当生命中只剩下信仰时，或许，信仰可带给人生存下去的力量，无比强大的精神力量；可是，真实的人生，不觉缺失了更多更丰富的人生体验吗？我忽然觉得，江姐应有更多生命中的真实还没有在电影中表现出来，她毕竟是一个有血有肉的人，而不是一台只知道革命的机器。特别是，她自己的内心，她面对痛苦的表情或是复杂的，我总觉得，或许现实中的江竹筠会比电影更完整，而电影给我们带来的是单面的，只为信仰而活着的江姐，她并不是江竹筠本身。或只是江竹筠形象的一个方面。

《红岩》作者罗广斌、杨益言本身就是重庆中美合作所集中营的幸存者，新中国成立之后，他们根据自己的真实经历和亲身体验写了这本革命回忆录——《烈火中永生》，随后在这个回忆录的基础上创作了长篇小说《红岩》。1965年拍摄电影《烈火中永生》，分别由著名演员赵丹和于蓝出演其中的男女主角许云峰和江姐。作者生活的年代和写作的年代以及电影拍摄的年代都是革命信仰被无限放大的年代，无怪乎在塑造人物的时候会突出人物性格的集体性和革命性，而忽略人的个人感情。那时候，在文学创作方面，倡导社会主义现实主义的表现形式，塑造的人物必须要有教育民众的作用。一时间，文学作品里的人物无外乎都是高大全的英雄形象，江姐只是其中的一个典型而已。文学人物单面化，人物精神单一化，人物性格片面化，于是，这个时代就只剩下正面的英雄和反面的小人两类角色，当只剩下单面人物的文学创作是不足以反映那个时代的全部内容的。因而，这个时代的文学创作是缺失的，缺失了反映人性的全面，缺失了表现手法的多样，缺失了对一个时代多面性的理解。

谢晋是一名出色的电影导演，他有着自己独特的电影表现手段。1962 年在拍摄《红色娘子军》时，营造了主人公洪长青与琼花的爱情故事，但因儿女情长太浓而被要求删剪，谢晋没办法坚持己见，只得忍痛割爱，为了编圆故事只得加“革命口号”，变爱情为战斗友情，此片虽然获得电影“百花奖”最佳故事片、最佳导演、最佳女主角、最佳男配角四连冠，但终与导演的艺术追求相差甚远。《红色娘子军》的命运其实是当时所有文学艺术作品的共同命运。由此我想到了曾经看过的一部电影，意大利导演托尔多雷的《天堂电影院》的叙述者从小喜欢电影，最后远离家乡，成长为著名导演。他小时候因为喜欢电影，和电影放映员交往甚密，后来，电影放映员在一次火灾中残废，他就边上学边承担放映工作。在这期间，他看了成千上百部电影。当时苏联观看电影，放映员事先要做的工作就是对影片再度剪辑，要剪掉吻戏和男女的床戏，每次当男女主人生发情感，准备接吻时，电影就跳过这个情节，电影院里的一个人的声音就特别突出：“他妈的，上了几年电影院，从没看过人与人接吻。”《红色娘子军》中被删掉爱情情节和苏联电影院里被剪辑掉吻戏的电影命运是一样的，过分的权力操作，使文学艺术简化了人性的表现空间，将人物自身的真实感情演变为当权者理所应当的感情，这是文学艺术的悲剧。在政治高压的背景下，文学是没有想象力的，也是没有自由的。

诺贝尔文学奖获得者马里奥·马尔加斯·略萨在接受凤凰卫视访谈时说道，文学可以表现政治，但文学不能为政治服务。文学一旦为政治服务，文学的性质就发生了变化，就成为政治的工具和宣传的手段，背离了文学本身。略萨的观点和米兰·昆德拉的观点是一致的。米兰·昆德拉认为，真正的小说艺术与极权世界是格格不入的，极权的唯一真理是排除相对性、怀疑和探寻，而小说的精神是复杂的。无论是《烈火中永生》的江姐形象，还是谢晋对《红色娘子军》的无奈改编，抑或是苏联时期放映电影时截去吻戏，这些都在某种程度上，运用概念去图解生活，因为过于强调文学的政治思想反而简化了生活，忽视了生活本身应有的丰富和复杂。

《后窗》，不一样的观看视角

我们平时喜欢从正面看人查物，也习惯了别人对我们的正面评价，殊不知，换一个角度，会有更大的发现。希区柯克的电影《后窗》，就是从观察别人的后窗开始，发现了平静生活背后的不同寻常，同时也发现了自己感情的归属。

约瑟夫是一家报社的摄影记者，左腿骨折因而躺在家里，躺在家里的约瑟夫无意中发现了窥视别人家后窗也是一件极乐无穷的事。从早到晚，即使是他的女朋友来陪他宵夜，对着良辰美景与美人，都无法使他的眼神从别人家的后窗上移开。酷热难耐的天气又给他的窥视带来了方便。于是，他看到了平常鲜而难见的偷情、谋杀以及纵夜欢歌。

希区柯克是一个悬疑大师，阴谋与暴力是作品的主题。但是可贵的是，作者一开始并没有从正面展示血腥与暴力，而是通过一双偷窥的眼睛，一个暴风雨的夜晚，还有可疑的大箱子以及与暴力有关的绳子、锯子、铲子、刀子，诸种因素结合起来，暗示这里埋藏着可怕的阴谋。以往的悬疑电影总是先有谋杀的结论，然后寻找谋杀的证据，但是这次希区柯克用不一样的视角，窥视的视角，从推测阴谋开始，正因阴谋是从推测开始，使寻找证据不能通过正常的法律渠道，而要秘密进行，这就增加了寻找证据的难度，同时也反证了谋杀行为的巧妙与隐蔽。不一样的视角，成就了不一样的悬疑，带来不一样的观赏效果。

约瑟夫从后窗窥视，透过多面窗户，看到杀人的鲁本，跳舞的年轻女孩，房间里男男女女的歌声与笑声以及因寂寞而偷情的某夫人，这些镜头交替出现，于是后窗的生活，因为一双善于发现的眼睛而变得复杂而眩迷。不仅有阴谋，有敷衍生活的纵情声色；不仅窥到了人性的冷漠残酷，还看到了生活中的同情和热情。后窗的生活，因为无须表演给人观看，因而更真实。生活的复杂与多面也就在这不一样的观看中更清晰、更真实。

不一样的视角不仅能发现生活的奥秘，而且还能更真实地看到自己的内心。约瑟夫是一个摄影记者，他向往漂泊的人生，他总认为自己的女朋友丽莎太过完美，只适合摆设，没办法和他一起享受浪迹天涯的逍遥生活。可是，正是丽莎通过她的直觉帮他分析剧情，认为鲁本送走的不是他的妻子，而是另外一个女人，并冒着危险攀爬到鲁本家里，找寻到了鲁本的杀人证据。而在丽莎遇到危险时，约瑟夫才真正感到自己是深深地爱着她的。当丽莎整日和他待在一起时，他发现不了她的美，正是通过这样的突发事件，才使他看清楚了自己的内心。

桃花满天红

《桃花满天红》是根据贾平凹的几篇以逛山为题材的小说改编，逛山就是山匪，商洛山地贫瘠，再加之税费沉重，民不能养生，遂从农地出走，逛山“一生在山上逛荡，下山来令社会惧怕如下山虎”（贾平凹《逛山》后记）。贾平凹笔下的逛山并非猥琐的山人，个个英武，且能耐非常，非是一般的窝囊老百姓。逛山并非自愿，或为生计所迫，或为情境所逼，或为感情出走，或是性情不受拘束，贾平凹不是为逛山立宗谱的，是借逛山来讲故事的，但故事中如若缺乏爱情的因素就会黯然失色。逛山各个至情至性，身后的爱情故事都令人感叹，我们也能从这样的爱情故事中看到贾平凹编织情节的能力。

传奇不讲爱情好像不能吸引人的兴趣，但这爱情故事若不缠绵悱恻则体现不了传奇这一文体的特征。鲁迅先生说，传奇要突破粗陈梗概的故事情节，要在讲故事中施之藻绘、阔其波澜、寄寓情感，这样，传奇才能婉曲动人。（鲁迅《中国小说史略》）《桃花满天红》就是符合传奇体制的爱情故事。桃花与满天红的爱情让人唏嘘不已。满天红的一套皮影道具被姚老爷骗走了，满天红想从姚老爷的年轻媳妇桃花那里再将皮影骗回来，邀桃花在郊外的芦苇荡里给她唱戏，桃花应约赶到，桃花对满天红有情愫，当知满天红约她只为皮影之后，桃花气急，烈性子的桃花让硬汉子满天红内心怦然一动，而两个人在郊外的这场举动恰被姚老爷发现，姚老爷就告诉桃花他买桃花的真正原因，是让这个长着桃花脸的桃花为他陪葬，桃花听后，身心俱废，这时，满天红给桃花还被子，告诉桃花他在今年的八月十五会给她唱整本的《人面桃花》。接下来，满天红自己做已被姚老爷烧掉的《人面桃花》皮影，在约好的日子，桃花和满天红相见，桃花被满天红的唱词所感动，但却被姚老爷派来的人追杀，从此这两个有情人被迫逃亡，但终归逃不出姚老爷的地盘，满天红的师父和师兄们被姚老爷抓走，并借此来要挟满天红，满天红为救师父陷入姚老爷掌中，桃花为救满天红也来求姚老爷，桃花以划破脸为要挟要求姚老爷放掉满天红，最后，桃花留在了姚府，故事又回到了原点，但结局却有了很大的变化。满天红埋葬了师父，烧掉了万家班的家当，而且落得声音嘶哑，再也不能唱戏。一年之后，满天红成为逛山，领着一帮山匪，劫持姚老爷，娶桃花为媳，但此时坐在新娘轿子中的桃花已经香消玉殒，满天红悲愤之中，为已经瞑目的桃花唱那本未唱完的《人面桃花》，山川白云都为之感动，其实唱的也是自己和桃花的关于人面桃花的故事。

这是一个动人的爱情传奇，故事结构层次丰富，一个是生活中的人面桃花的故事，一个是戏曲中的《人面桃花》唱词，还有一个是韵味无情的《人面桃花》诗词。故事讲到最后，你不知道是人物在演戏，还是戏如人生，戏中人的人生故事和人面桃花这个戏的故事已经融为一体，共同在诉说着百年来久唱不衰的诗词韵味——“去年今日此门中，人面桃花相映红，人面不知何处去，桃花依旧笑春风”。

从不讲爱情，只记轶事和志怪，到讲述爱情故事再到运用艺术的方式讲述意蕴丰富的爱情故事，讲故事的方式发生了很大的变化。讲故事方式的改变其实是作者或电影人思维观念的改变。思维观念会反映到作品的字里行间，影响情节和故事以及主题思想。

《桃花满天红》的故事是民间的故事，民间的故事生长在民间的广阔土壤之中。影片有丰富的陕西民俗文化的意象。诸如关中大户人家的深府大院；雕刻精细的门框窗框，关于日常生活的磨子碾盘，不过，这里的磨子已经是作为刑具的；关于民间艺术表现形式的皮影、唢呐，还有庙会杂耍，举凡能突出作品民间景象的，都在作品中得到了很好的展示。贾平凹的作品本身地方性强，作品中的地方民俗本是小说独特性的一大表现，电影画面中的民俗意象和故事的时代背景以及生长环境水乳交融，增强了作品的观赏性。

《桃花满天红》的最后场景使人感动，在荒凉辽阔的山峁间，二胡唢呐的音调穿透山林，苍老悲凉的秦腔之声乍起，“去年今日此门中，人面桃花相映红，人面不知何处去，桃花依旧笑春风”，在主人公的悲怆苍凉的吼声震动观众之后，是戏中人物的和声，正是这一和声将此剧悲情推向高潮。秦腔是西北地方的民间戏剧，生长在民间深厚的土壤之中，也是传达民众日常情感的最好承载。同时，秦腔是土生土长的最接地气的戏剧形式，不适合在剧场演出，是和老百姓的日常生活和普通情感相融在一起的，最能激起老百姓的情感共鸣。《桃花满天红》在贾平凹原小说《美穴地》的基础上改编，又加入大量的民间传奇，故事本身生长于民间，民间的故事和民间的艺术表达在这里相融相通。

片尾，长镜头下的群山绵绵，由此我联想起了经过秦岭时所看到的人间四月的景象，从西安通往商洛的高速公路上，群山连绵起伏，路随山移，透过车窗，你可看到四月烂漫桃花点缀于崇山峻岭。山脚之下，就是人家，这里的人家不是一片一片，而是一户一户，生根于山脚，背山临河，房后是桃树，房前碧水流淌，这里的农民，世世代代所演绎的爱情故事，就像这山间的桃花一般，随处可折，遍地是风流婉转的风情故事。

桃姐的依恋

《桃姐》是断断续续看完的，其实并不像网上盛传的那样，让人唏嘘不已眼泪如注。只是以平平淡淡的写实的画面记录了一生辛辛苦苦为他人做嫁衣，而从未考虑过自己幸福生活的普通女人的最后岁月。触动人内心的是桃姐和他的小主人罗杰斯之间那种依恋，跃动着普通人性的温柔与悲凉相济的光芒。愈接近人生的最后的孤独岁月，这种依恋愈显可贵。

桃姐中风了，再也不能如往常那样照顾她那个一手养大的，胜过亲儿子的小主人，桃姐带着不能继续为主人尽责的愧疚要求到养老院去，桃姐的这一行动打开了桃姐与罗杰斯的心灵的互动。在此之前，罗杰斯有自己的工作，对桃姐从未真正上心。但就在桃姐病后，罗杰斯为桃姐办养老手续，到养老院看望桃姐，逢年过节接桃姐出去吃饭，也就在做这样的细琐之事的过程中，罗杰斯才真正发现了桃姐对他的好，直到现在，桃姐还保留着他小时的肚兜，保留着他小时的作文本，于是，罗杰斯慢慢走近了桃姐的内心，在桃姐孤单时，陪桃姐聊天，花时间为桃姐买零碎的日常用品，推着桃姐的轮椅到孩童玩耍的地方感受生命的快乐，正是这样的日常琐碎的相处，才能见得人心的善良和温暖。孤独了一辈子的桃姐，在人生的最后岁月，因有罗杰斯的相伴，并不孤单。

养老院是一个大的社会背景，在城市生活越来越发达的现在社会，人口的老龄化现象严重，很多老人的人生势必要在养老院度过，养老院是观察老年人人生岁月一个再好不过的窗口。和桃姐在一起的养老院的老人们，孤单比居住、吃饭、睡觉以及日常疾病都更让人害怕。老婆婆没有人从心底给予安慰，发疯一样每日吵着要回乡下，性情活泼喜爱跳舞的杰叔因为孤独常常去找洗头妹度过无奈的岁月；九十多岁的老婆婆，养老院最老的一个老人，全家迁居国外，只留她一人，在别的老人都回家过节时，孤零零的。老人的人生在这样的类似实录的画面中，真的让人感慨。也正是在这样的背景之下，桃姐因为有人牵挂和问候，其实也只是牵挂和问候，但这点牵挂和问候，却为养老院的其他老人羡慕。人生真是在悲凉中才得见真正可贵的，才得见真正需要的。和其他的孤独老人相比，桃姐是幸运的。据说，此电影根据真实的人间故事改编，现实中的桃姐远没有影片中的桃姐幸运，现实中的桃姐原型一个人孤独地离开人世，可见，比起现实，影片的底色要温柔和浪漫很多，这或许是导演的一种热切的呼吁吧。呼吁一种传统的道德关怀，“老吾老及人之老”，即使不能做到旁人般的寄予关爱，最起码，呼吁那些老人的儿辈和孙辈，从心底里关心和爱护自己的亲人。老人，如桃姐一样，在辛苦劳碌一生之后，也需要起码的生命尊重与理解。因此，我很尊敬那些有孝顺之心的人，即使这人人格有缺陷；也因此，我更欣赏儒家的先祖孔子大人提出的由孝及仁的道德模式。

真情依恋其实不需要太多的故事，也不需要太多的煽情，只是从平平常常、普普通通中来。日常的交流，仅只是相顾无言，也有别样的感动。桃姐老了，病了，但桃姐并不絮絮叨叨；罗杰斯关爱桃姐，也并不事事亲力亲为，一味叮咛，唯恐照顾不周，因而从艺术的角度来看，《桃姐》虽演绎生活，但远比生活素朴简单。《桃姐》就是这样在素朴而类似于单调的生活中讲述了这样一个触动很多人内心的故事。由此看来，最能通达内心的不是喧噪，不是夸张，不是矫情，而是朴素的生活流一样的一点点的漫延，然后让细节触动内心。叶德娴演得真好，刘德华也一改往日的动作与打斗，他们都沉静下来，进入到这样的故事之中，沉静收获大美。

1900的梦想

孩子敲门的时候，我正在看《海上钢琴师》，我打开门，迎孩子坐在小板凳上，一张蜡黄的小脸，满是疲惫。这几天总是这样，虽然今天他们学校开了表彰大会，孩子获得了征文比赛一等奖，可是，这也没使他显出高兴。我调笑说，数学竞赛没给你发奖状，就开始闹脾气了，他说我才没呢，声音仍是软软的，我顺势抱他入怀，虽然都十岁了，可仍感觉是那么让人疼惜。电视上的钢琴师还是个婴儿，因为屎尿沾了一身而放声大哭，孩子总能吸引孩子的眼睛，儿子的眼睛就盯在电影屏幕上离不开了，我也就这样抱着他。黑人锅炉工给这个遗弃在钢琴上的孩子起名1900，1900就这样在热闹喧天的环境下无忧的长大着，虽没有户口，没有身份，没有父母，可是总是有继父疼爱，有继父周围的人逗趣，总是热闹着。他的锅炉工继父总是那么爱笑，后来脑袋被大的铁钩撞击，躺在病床上的他听着1900给他念报纸上不着边际的词语，仍是笑，全然不顾忍着悲痛的孩子。看着这个黑人爸爸逗他的儿子笑，我的儿子也在我的怀里捧腹大笑。我告他妈妈去做饭，他却要看电影，就这样坐在我怀里，看着船上的海上钢琴师一点点长大。

1900坐在钢琴上无师自通地弹着钢琴，孩子一遍遍问，没人教，他怎么会弹，我说，他的生命里本就有音乐，琴键只不过把他心中的音乐传递了出来。不止孩子惊奇，船上的人都惊奇，1900找到了钢琴，找到了他生命的伴侣，这点我的孩子并不理解，可我勉强知道。美妙的琴声还是把孩子吸引住了。海上钢琴师每年从欧洲到美国往返两次，却一次也没有下船，他在船上经历他的人生，他看得懂每一个人的行动、眼神甚至心理，他把他所有的感受体会最后都化成了美妙的音符，音符在他手指尖跃动，演绎他眼睛所能见到内心所能体会到的无限的人生。他在琴键上找到了永恒的生命，所以，他最后选择留在了船上，因为，在他看来，人生可以穷尽，再复杂的人生也会有终止的时候，可是在音乐里，在钢琴琴键上，却可以让生命的感受无限演绎，钢琴就是他生命的伴侣。这真是一个让人感动的影片。现实生活中，没有人能像他那样对生命的理解如此超然，所以他说，他选择了生命的永恒，和他的钢琴一起，哪怕失去生命也可以。这是一个理想的生命状态。

孩子还坐在我的腿上，我不知道他看没看懂，只是因为电影我们已经耽搁了吃饭时间。是呀，凡俗的生活还得继续，海上钢琴师只不过是一个理想的幻梦存在于脑中很短暂的时间，我还要做饭，炒菜，开始我的日常生活。孩子要吃饭，饭后还有作业，理想的人生状态确实逍遥，可是，即使是孩子，本应是天真烂漫的时光，也被各种负担压抑着，脸色苍白，神情萎靡。要让人轻松，真的很不容易！

岁月穿梭看《野山》

《野山》看了好多遍，最早是在十多年前，电影院里看的，画面很清晰，特别欣赏扮演惠兰的女主角，一点不像农村媳妇的样，美丽大方，敢说敢做。我出生于农村，在我的记忆中，像惠兰这样的女人真的很少。大多数女人都是在男人的裤腰带下生活，男人们都被称为掌柜的，出劳力的活男人们干得多，所以在家里也总是很优越，女人们总是处处受指派，大多数女人拉扯上孩子后容颜也不再美丽。那些不能生育的女人更是没有地位，而且久而久之男人们也就有了外心。隔壁家的婶婶不能生育，一辈子低声下气，丈夫在外养了孩子，连家也不回。只生女孩不生男孩的女人在家里也没有位置。丈夫嫌弃，婆婆不待见。我的一个姑姑一辈子生了六个女孩，就是为了等最后的男孩，为了生孩子，不仅身体上受折磨，而且还要躲计划生育，总是挺着大肚子，到这家里躲几天，那家里躲几天，生下女孩多了，自家养活不了，多是将女孩送人。在农村中，女人总是弱小的，也天生的要负担传宗接代的责任，从生到养，好像孩子们都没有父亲似的。蓦然在电影里听到惠兰的台词，“我除了不会生娃，我啥不会”“有本事，你自己生去”，大有将男人们踩在脚底下的势头。惠兰敢说敢做，在影片中也和麦荣和其他的女性明显不同，不同在于她从来没有将男人们放在眼里，男人们能做的事，女人们也可以做，虽然这样的女人在当时的农村还很少，但正是这样的女性勇敢地呼出了要求和男性平分秋色的愿望。也因此，我喜欢上了这个形象。

再看《野山》，是看了贾平凹的小说《鸡窝洼的人家》之后，对着小说看电影，自然地看到了两个家庭的分分合合，分合的背后，是因为各自性格和观念的不同。这是农村现实版的寻找各自合适的爱情的故事。只不过，电影比现实更理想更单纯一些。现实生活中两个已然成长的家庭，要再次重新组合，除了需要绝对的勇气破旧立新，还需要接受舆论的考验。况且破坏已有的家庭关系总比建设一个崭新的家庭要难得多，这中间不仅仅是只有爱情就可以的，也不是像推倒一面墙再重组材料重新盖起一样简单，因为，人性本是复杂的，一旦成立一个家庭，就织成了一个人与人的关系网，其复杂难解是可想而知的。于是反觉贾平凹这样简单地构筑故事情节未免太过简单，其想要表达的东西多少有些幼稚。电影中麦荣的一句台词："咱们两家就合成一家吧"，看似是出自主人公之口，实际是作者单纯思想的体现。

再后来，因学生要求，再次观看电影《野山》，虽则电影的品质受剧本的影响，决定了其本身不能成为经典。但再次观看，还是被影片如实记叙所打动。《野山》拍摄于1986年，那个时代，主流的影视叙述还是以写实为主，辅以细节辅助传情。《野山》中有多处画面、配乐加上细节的灌注，强化了单纯叙事的抒情性。比如，禾禾和前妻麦荣水桥边相遇，惠兰和禾禾再次相见，本身就是抒情性很浓的情节，再辅以音乐，主人公复杂的内心极易和观众产生共鸣。

近两次，要讲贾平凹，《野山》为辅助教学，又看过两次。很多学生感慨，影片中记录的故事和生活已然远离现实。影片结束在禾禾一家新购了电动磨面机，野山村中，村里人家刚刚拉上电线，那是20世纪80年代初的农村生活景象。时隔三十年，中国农村经历天翻地覆的变化，近几年农村经济的发展，在外务工人员的增多，农民人家的物质生活已然提高，多数人家早已弃旧房盖新房，新家里也早已不养猪牛羊鸡，更不用说用磨子磨面。如今，城市人在农村收购磨盘磨子，石头做的栓马桩、长块的条石、碾子，这些曾经传统农村生活的象征，已经成为具有传统文化意味的历史遗留物，装点过度发展的城市。《野山》，因其写实的拍摄技巧，恰恰完整地保留了相对现在来说，一个完整的农村。虽贫穷落后，但民俗和民情却相对质朴的农村现实。看着一幅幅的画面，我的思绪回到了过去，那里鸡鸣狗叫，小孩哭闹，绿树环绕，小河清澈，石板铺就的街面，辘轳与井绳，青石砌就的磨盘与磨子，牛拉车慢悠悠晃荡在土路上，门前的槐树上吊着线绳一般的叶虫，正努力地一伸一曲往上爬……多少的记忆，只能成为记忆！

华美中的颓废

太过突进的时代，一切都走向自身的反面。

《了不起的盖茨比》让我看到了这过度的、飞速的、旋转着的现实和历史其实是完全的不切实际。热闹繁华的背后是虚空，真诚执着换来的是虚假与欺骗。一切都抓不住，电影越是通过夸张的影像表现这奢靡与繁华，现实越是跌落在狼藉和虚无的沉渣中无法捡拾，繁华热闹虚荣奢靡上演在盖茨比家的午夜豪宅中，太阳出来，光鲜华美转瞬即逝。这或许就是现实，繁花的外在终将以污垢狼藉的现实所代替，一切都以极富戏剧化的悖谬存在而存在着，历史或许就是这样，人生或许也是这样。这是经历繁华岁月，经历奢靡时代的《了不起的盖茨比》的作者菲茨杰拉德独有的深切感受。

看过一张菲茨杰拉德一家三口步行在纽约街头的照片，作者如同他作品中的主人公一样帅气，曾在纽约度过了一段时间的奢华生活，作品中有作者自己的人生经历，包括作者曾经的感情生活，我们能在盖茨比和黛西的情感经历中感受到作者曾经的浪漫爱情。因是个人经验和情感的真实参与，所以现实的浮华和浮华背后的虚无才如此的真切。电影基本是对小说故事的真实演绎，夸大了酒肉情色的奢华装饰，然夸张的放纵和奢靡背后则是极度的虚空与无聊。我觉得这是我今年看过的最好的解释爱情的电影，因着原著的坚实的基础，我们在华美的影像世界中感受那如同悖谬现实存在一样的感伤无奈。

故事的主人公出身低微，精力充沛，他在现世中拼搏努力的一切目的都是为了五年前的梦想。但执着于心中梦想的故事之所以不是一般的励志传奇，而是存在虚无的呈现，主要在于主人公盖茨比用全部智慧和精力所追求的梦想并非是建造于坚实的地基之上，而是虚无缥缈于亭台楼阁之上。他对爱情存在梦想，梦想五年后的露西和他一样钟爱对方，他只是沉醉在爱的幻想中，至死都心存幻想，并带着这幻想离开人世。而现实是残酷的，当他满怀憧憬等待情人时刻，他的情人露西和丈夫汤姆却在谋划如何转嫁罪恶，盖茨比最后死在了自己的幻想之中。当他抱紧露西，以为就此可以回到过去，其实他抱紧的只是他自己单纯的对爱的渴望，当他要求露西说出“从未爱过汤姆”时，他要求的只是他心中对爱的执着。岁月变迁，物是人非，而盖茨比只想沉醉于虚幻、沉醉于梦境——如同他要抓住那码头对岸闪烁着的盈盈绿光一样，他抱紧的只是虚幻。此时此刻，我想到了徐志摩的诗歌《云游》中所说：“有一流涧水，虽则你的明艳 / 在过路时点染了他的空灵，/ 使他惊醒，将你的倩影抱紧。/ 他抱紧的是绵密的忧愁”“一流涧水”和他倾慕的“云游”两者是志同道合的，所以，当梦想不能实现时，其感情是忧愁的。然则，盖茨比所爱的对象露西已然不是五年前那个深爱着他的少女，变得庸俗、市侩，盖茨比的富有能满足她内心的空虚，相比于盖茨比的内心情感，她更欣赏的是他的富丽堂皇的外在。所以，盖茨比的悲剧，是充满着绝望与幻灭的。

在一个快速发展的时代，在世界被丑陋、奢华、虚伪、阴谋所掩盖时，真的感情难得而绝望，这是非浪漫主义的感伤所能表现的。菲茨杰拉德表现的是现代人的巨大的空虚感和虚无感，是一种复杂的现代情绪。不仅仅是盖茨比，影片中的所有人，无不沉醉在一种膨胀着的虚华的幻灭中，这其实也是时代的幻灭。越奢华越虚无，越浮躁越孤独，越想要抓住和攫取，生活的希望越离越远，越存有真心越被可憎的现实涂抹得遍身污浊，这是一个华美却颓废的时代。

“北京”遇上“西雅图”

仔细掂量薛晓路的电影，其在简单的故事之外，都有令人深省的感慨。《北京遇上西雅图》并非简单的言情小制作，故事本身有指涉现实的力量。汤唯和吴秀波的精致搭配，让一个原本单纯的故事，更具可观性。

文佳佳从北京到西雅图的地理位置的转移源自对孕育着的小生命身份得不到认证的抵抗。影片中，汤唯饰演文佳佳，文佳佳的身份是所谓的“小三”，其孩子自然就是私生子，私生子在北京就不会有户口，没有户口，孩子将来的入托、上学、坐车、工作等等都是问题，其肚中的小生命在“北京”不会获得正当的身份认证。从“北京”到“西雅图”，只是为了给即将出生的生命一个正当的身份，为孩子争得平等的生存机会。所以，这里的两个地方，“北京”与“西雅图”，其实是两种不同的体制和文化背景。西雅图所在的美国境内，对生命是一视同仁的，不论何种种族，只要降生在美国的土地上，都会获得生命身份的确认，给予生存的权利。文佳佳挺着肚子，不远万里，从“北京”飞往“西雅图”，这一引子，使薛晓路的作品不同于那些单纯的小剧情制作，充满着指涉现实的力量，也充满着对生命的反思。

故事的主要情节是以吴秀波扮演的Frank和文佳佳情感的微妙发展过程为线索。在“西雅图”地理板块上，一个西方的现代化大都市，不是Frank的人生指向倒向了文佳佳的物质至上观念，而是文佳佳的物质欲望被Frank的情感人生所吸引。Frank是月子中心的司机，其落魄并非因为他没有才干，而是他更珍爱女儿在美国的健康成长。初来美国的文佳佳是完全的物质女孩，唯钱是图；相反，Frank面对佳佳的颐使气指，表现出谦恭和低调的姿态。在佳佳心烦喝酒，Frank提示佳佳关爱肚中的生命。从关爱佳佳肚中的生命到关爱佳佳波折的人生，佳佳在Frank身上感受到的是人情关怀的力量。影片插入一段情节，佳佳依靠的物质靠山倒塌，也使佳佳从自身的经历中对拜金观念反思，在月子中心和Frank的帮助下，佳佳靠自己的劳动养活自己，同时也感受到周围人的人情关怀。月子中心的妈妈因故离开，Frank主动承担起照顾佳佳责任，并和佳佳一起享受生命出生的快乐。故事中，佳佳是唯利的，Frank懂得生命更需要真情的浇灌。正是在西雅图这个现代大都市，佳佳重新认识生活，改变观念。在小说的结尾，回到北京的佳佳，如愿从“小三”归“正位”，但已经改变了观念的佳佳再也难以适应原本向往的物质生活，而是选择独自抚养孩子，靠自己的劳动赢得生命的价值远比依靠别人的物质施舍更重要。佳佳与Frank的重逢，是爱情的归位，也是导演人生观念的表达。在情与利的天平中，情感，与生命息息相关的亲情、友情和爱情，是现代物质社会人的精神归属。物质社会里的生命成长，更需要情感的浇灌。

《北京遇上西雅图》电影一上映，就赢得众多电影迷的好评。影片不乏小制作电影中所谓的小清新小浪漫 ，单纯凭借小清新和小浪漫是难以打动越来越挑剔的现代观众的。薛晓路导演在一个表面普通的故事之中，渗透着对生命的思考，对现实社会的婉曲批判，虽在影片的节奏推进上不能平衡，作品开始汤唯的表演有点过火，这样加大了其改编的难度。影片最后情节的延宕，虽可助推佳佳在选择时的两难性，但稍显多余。影片结构虽有拖沓，但也不能否认电影作品本身的魅力。特别是看惯了汤唯一向隐忍的表演风格，不论是《色·戒》，还是《晚秋》，影片中的汤唯有着矛盾、痛苦的内心世界，内在的感情没办法释放，因而汤唯一向以塑造人物性格的凝重丰富而著称。在《北京与西雅图》中，汤唯走向了她的另一面，塑造的是外向、热烈、不愿隐藏自己的人物性格。不论哪一面，汤唯都能很好地把握。无怪乎，她是众多影迷中的金牌人气明星。

《致我们终将逝去的青春》，致青春

青春是永远的神话！她是年少时的憧憬和希望，她是年老时的历史和回忆，她是正当青春的岁月绽放！

青春是无敌的，对每个人而言，都有关于青春的理解。赵薇的《致我们终将逝去的青春》，影院里边，异常火爆，不仅仅因赵薇本身是一代人青春时期的偶像，《致我们终将逝去的青春》里有赵薇本人对于青春特别的阐释和理解，而这些个电影画面和镜头，或多或少的会勾起人们对这一永不会老的词汇的别样的理解。

影片围绕走过青春年代的一群大学生，对自己曾经过往的青春岁月的致敬而展开。影片结构分为两个部分，一是回忆曾经过往的青春岁月，整体的怀旧色调，略带夸张和戏谑的镜头，那时的大学生活，是恣意放浪的。薇薇一无既往、无所畏惧地爱情追求，虽有失真和夸张的成分，但在薇薇疯张言行的背后，张扬着青春的热情。郑薇在大庭广众之下表达她的爱情宣言：从今往后，你再说“我不喜欢你”，意思就是说“我喜欢你喜欢得不得了”，你要是说“烦不烦”，就是说“你很漂亮”，你要是说“你到底想怎么样”，就是说“我想你了”，你要是说“无聊”，就是说“看见你真好”。面对陈孝正的拒绝，郑薇的言行带着青春期的疯狂：“不管前面是刀山火海还是万丈深渊，我将义无反顾，勇往直前！”其对情感的真诚与放肆，让我们看到了赵薇当年的小燕子风格。那时的青春岁月，有郑薇火般热烈的情感追求；有阮莞单纯浪漫的爱情坚守，也有朱小北般的自尊和倔强；有张开的真诚的暗恋，即使是富家子弟许开阳，其对爱情的追求也很自私。林静和陈孝正的爱情线索是主线，林静对郑薇的爱是咀嚼着痛苦的爱，陈孝正从感情的压抑到情感的释放，都彰显出那时正当青春时岁月的恣意，青春的快意，情感的放恣。无奈，在陈孝正功成名就之后，再次面对郑薇，他说，只有在那时，我是一个人，一个直立行走着的人。青春的情感、青春的真诚，青春期张扬着的生命活力，这永远的青春魅力，或许是赵薇想要追忆的吧。

影片的第二部分讲述这群大学生在现实生活里的真实生存。以真实的生存现实，回望曾经过往的青春岁月，回忆因感情成分有夸张和戏谑，使曾经的历史更为生动，但现实却是残酷的。现实中的郑薇咀嚼着感情的伤痛，只在事业上要强；阮莞终于放弃了坚守着的爱情，只因这单纯的爱情在现实世界中是渺茫的；许开阳过上了平淡的家庭生活；朱小北易名刘阳，不愿回顾曾经的青春岁月。陈孝正成功了，但却感情空白；林静压抑着对郑薇的感情，却又伤害着深爱他的施洁。在现实的生活中，每个人的感情生活都妥协着，痛苦着，挣扎着，感情的苍白突显真实的现实。现实生活中的爱情，不再那么决裂，那么伤痛。面对现实的无奈，青春就是用来怀念的！

郑薇和陈孝正可以再来一次吗？即使走在一起，又怎么能找回青春的疯狂呢？所以赵薇说，致我们终将逝去的青春。不论憧憬，不论怀念，正当青春时期的真诚和热情，是我们不论什么时候都渴求和希望着的。看过《致我们终将逝去的青春》，我感慨我曾经平淡但真实的青春岁月！那么热情，又那么茫然！

捕获心灵的人

心灵捕手其实就是能捕获内心的人，是心灵慰藉师。心灵捕手在影片中有双重意义，这主要源自这部电影的结构。故事讲述的是一个有数学天赋的青年在心理医生的帮助下最后找到自己的感情，寻找到适合自己的人生道路。饰演心理师的罗宾·威廉姆斯不仅解开了迷途青年威尔（马特·达蒙饰）的心理障碍，其辅导威尔的过程，也一点点地解开了荧屏前观众的内心迷途。所以，这个心灵捕手捕获的不仅是威尔的内心，也捕获了影迷的心。影片将威尔行为的叛逆与心灵辅导的过程穿插叙述，整个观影过程中，不仅问题青年威尔获得心灵的慰藉，影片抛出诸多关于成长、情感、友情、爱情等问题，触动观者内心。

比如成长。成长的过程各个不同，因而就会有不一样的心理诉求。威尔早年遭受继父暴力，如心理师所言，在应该受到关爱的年龄，体会的是受虐待。在暴力下成长，也会用暴力对付社会。所以法官在陈述威尔成长经历时，是密集的打架、斗殴、偷窃，诸如此类。影片用长镜头呈现威尔斗殴的画面，这其实也是在宣示着维尔的内心，保护自己不受伤害的唯一方式或许就是暴力。威尔和朋友们出入于酒吧，喝酒、泡妞、说粗话，因而会本能地排斥循规蹈矩的生活。威尔的数学天赋在这样的成长环境中无法施展，如何使成长步入正轨？是操控还是引导？

比如对爱情的理解。问题少年最初对爱情是没有意识的，所谓的男女关系，只是一些粗鄙的词语，如同影片开始时的对话。而关于男女之间的粗鄙的词语也出现在威尔后来与几位心理师的对话中。桑恩（罗宾·威廉姆斯饰）在威尔再次对他已逝妻子口出秽言时，扼住威尔的咽喉，以暴力来捍卫真情。这样的大动作使威尔诧异，但也正是这骤雨般的行为产生使人惊奇的力量。桑恩道出了自己和妻子的邂逅，为了这次的邂逅，桑恩错过了棒球世锦赛，世锦赛在桑恩的描述中如此精彩，如同身临其境，如此的世锦赛与青年男女的邂逅相比，不值一提，关于爱情就这样让威尔憧憬。影片关于爱情的叙述是将心理师的爱情故事和威尔自己的爱情体验穿插叙述，强化了主人公威尔对爱情的体验。真爱也有邂逅、有粗话、有甜蜜、有分歧，但最珍贵的是彼此珍视。如同桑恩所说："没有一个人是完美的，关键是两个人能否完美地适应彼此。爱一个人不是夸夸其谈，而是付出真情，就像我不后悔跟南希结婚 18 年，不后悔为照顾她重病而放弃辅导，不后悔她生病后的默默坚守，更不会后悔当初为了她而错过球赛。"

比如友情。威尔的朋友们没有他有才华，他们时常失业，干粗活，说粗话；他们也能出生入死，肝胆相照。影片中关于朋友的对话令人唏嘘：我告诉你我懂什么。我每天到你家接你，我们出去喝酒笑闹，那很棒。但我一天中最棒的时刻，只有十秒，从停车到你家门口，每次我敲门，都希望你不在了。不说再见，什么都没有，你就走了。这也正如臧天朔歌词里唱的：朋友啊朋友，如果你正承受不幸，请你告诉我，如果你正享受幸福，请你忘了我。

比如能力与知识，学位和才能。影片中的插叙，威尔泡妞成功是因他渊博的学识。而他奉劝给对手的那一席话也值得我们思索：花 1.5 元钱在图书馆学到的知识远比花 15000 元花费四年时间在大学里学到的知识多。数学教授林保虽然获得全美数学金奖，可是算题能力远没有威尔强。诸如此类，影片中处处有这样的戏谑镜头，同时也是引人思考的话题。

成长、友情、爱情，这些真正能触动我们心灵的东西，恰是影片所要讲述给我们的故事。百度一下，才知道，影片的编剧、威尔的扮演者马特·达蒙，也是一个天才青年，出生于 70 年代，哈佛英语文学系毕业，此影片改编自他大三的一篇短篇小说，他和另一位编剧本·阿弗莱克的朋友情谊如同威尔和查理的关系一般，成为好莱坞的传奇故事。他本人也是后来《谍影重重（1～3）》的主角，《心灵捕手》中寻求好的心理疗救师也是年轻时马特·达蒙的一种心愿吧。其实，我们每一个人都需要心灵捕手，在辅导别人的同时，也是在辅导自己，在为别人寻找出路的同时，也在为自己寻找出路。影片最后，威尔去寻找他心爱的姑娘，桑恩决定在旅途中发现人生的意义，林保教授与桑恩也杯酒话桑榆。影片结尾，也颇多艺术的悬念，充满诗意。桑恩邂逅一个姑娘的故事，成为威尔寻找姑娘的经验，一个故事在桑恩那里结束了，又在威尔这里开始了，成长的过程或许就是这样，是心灵的引导，而非行动的操控。

关于李安的“奇幻漂流”

一段漂流，多层意味

去电影院看《少年派的奇幻漂流》，使人兴味盎然的莫过于对奇幻漂流的解读。

故事消减了少年派在沉船之后的丧亲之痛，而是正面呈现少年派与孟加拉虎在茫茫大海中，既是你死我活的敌对的两个角色，又是在孤独大海中相依生存的朋友。少年派如何在茫茫大海中自救，如何与猛虎交流，又如何保持与猛虎的平衡关系，既不自伤，也不伤及老虎，这个故事，有非常大的解读空间，且充满了奇异的想象。这段奇异的航程本身就包含丰富的人生寓意。茫茫的人世，如同茫茫大海，人寄存于世，如同漂流于大海。最初与少年派同寄一舟的有斑马、猴子、狼，狼咬死了斑马和猴子，老虎又咬死了狼，在茫茫大海的独舟上，少年派看到了动物们的兽性和残酷，当只剩下少年派和老虎时，就只剩人的少年和兽的老虎的对峙，在对峙中如何生存，李安就是在这个对峙中看到了故事所包含的丰富的意蕴。如果看过兽性的残酷的少年派也成为一个只为生存的兽，那就演变为少年和孟加拉虎的正面决斗，那就会落得两败俱伤的结局，和那些莽身鱼腹的沉船上的人一样，不论是少年还是虎，都被内心邪恶所伤害；如果少年一开始恐惧老虎，那么也会像那些斑马、猴子等动物一样，成为饥饿的老虎的盘中餐。电影情节设置的巧妙之处在于李安让少年派和老虎平衡相处，演绎奇幻漂流的故事。少年从最初的恐惧老虎躲避老虎而求自救，到后来懂得和老虎和谐相处，再到驯化老虎，甚至在暴风雨之后，在老虎筋疲力尽奄奄一息时，怀抱老虎，内心依恋老虎。少年用他自己的方式完成了和老虎的海上漂流。少年派的方式并不是所谓的和老虎从敌人到朋友的过程演绎，老虎最后上岸后，看也没看少年派一眼，虽然少年派希望老虎再看他一眼，但老虎还是走向了丛林。经过这一段漂流，老虎仍是老虎，少年仍是少年，老虎对少年而言仍是他人。所以少年和老虎是两个不同的个体，经过这段漂流，谁也没有驯化谁，只是一种存在关系。在这种原本充满恐惧的存在关系中，在少年派和孟加拉虎同样面临生死危险的背景下，如何生存，呈现少年和孟加拉虎的海上漂流过程，其实就是一种人生态度和价值观念的展示。

少年派是充满人性的，用人性的智慧和理性甚至信仰，使少年派化解了海上漂流中遇到的难题。一开始的少年派是绝望的，绝望于茫茫大海和令人恐惧的孟加拉虎；后来的少年派认识到与其在绝望中度日还不如战胜绝望，从书本中找到生存的法则，并付诸实践，这是积极行动的科学理性精神的指引，是西方文化的精髓；当得知老虎是善游水的动物，少年派认识到要生存必须为老虎找食物，并在老虎因饿极而扑入水中吃鱼上不了救生艇时，少年派想办法让老虎上船，并为老虎捕食，获得两者的相安无事，这是人性中的宽容和和谐，是东方文化的真谛；在海上的浮岛上，少年派看到一颗人类的牙齿，意识到浮岛并不是他人生的归宿，而是死亡之地时，他心怀慈悲，带走了孟加拉虎。所以，少年派与老虎的奇幻漂流表面看似奇异，背后所呈现的仍不复人性的温暖，是生命的奇异而美丽的呈现。所以，奇幻漂流就不仅仅是少年派一段真实的人生经历，其实是作者和导演的一个美丽的梦，一个关于人如何生存于世，怎样和他人交流，让内心充满理性与和谐的梦。与此奇异的漂流相对的是少年派后来讲的另一个故事，一个关于妈妈和我、水手、厨子的相互残杀的故事，这是对应于现实生存的。现实中人与人的关系，为了存活，每个人都把别人的生命当作自己生命存活的食粮，充满厮杀和争斗，而我正是在这种争斗中战胜了内心恐惧，从茫茫大海中走出来。人性恶的现实和内心的幻梦在少年派的两个故事中交织，是两种生命观的演绎。

一段漂流，两个故事，多层意味。李安的叙事张弛有度、画面唯美，通向了每一个人的内心世界。

结构成就故事

不论好的电影还是好的小说，主题意蕴都是多层次的。但大多数小说或电影都是通过一个故事呈现故事的浅表层，同时这个故事本身包含深层意蕴，因为如果一个作品故事太多，也会显见凌乱。

李安的《少年派》在结构处理上非常巧妙。类似于双线故事结构，三十岁的派向作家讲述他自己少年阶段的经历，派的少年经历通过派的两种方式演绎，一种是极具幻想色彩的少年与老虎的奇异漂流，被作者放大，并全程演绎；一种是间接地向沉船勘察人员叙述，这个故事更为真实可信，只是在结尾缩略叙述。其实，李安完全可以通过回忆式的讲授，向读者讲述一段派少年时代的冒险故事，这样，故事就可以结束于少年派和老虎的安全靠岸。这样的故事也好看，还有关于老虎、大海以及朋友与孤独的一些电影元素，仍然可以成就一个经典。但是，李安没有就此结束。在老虎上岸后，老虎看也没看这个和它一起漂流的少年，一去不回头地走向了丛林，海岸上只留下了少年，就好像老虎和少年的故事从未发生一样。少年回到陆地，也就是少年回归人群。人群里的少年要在现实的世界里生存，所以关于海上漂流的故事也就有了另外一个版本，那就是派与人类在争斗中存活的故事。比起少年派与老虎相安无事的故事，这个故事更残酷因而也更符合现实的真实，也就容易使人相信。李安让少年回到陆地，让他接触更现实的人生，让他讲述更现实的故事。因而，在派的讲述中，就是一次沉船事件，两个故事摹本。派与人类在争斗中彰显人性之恶的本源，是后来的故事，后来的故事是对派与老虎奇幻漂流故事的延伸，同时，这后一个故事的讲述，也将少年的关于人生冒险的主题引入到关于生命意义的主题之中。李安是一个善用影视讲故事的天才，他将两个故事对比，在对比中让人们去思考关于生命价值与意义的话题，将一个原本富有冒险的故事引入到关于人类精神领域的探讨之中。

在画面节奏的处理方面，李安游刃有余。详叙派与老虎的奇幻漂流过程。这个过程中派被激发出来的各种或聪明或善良或慈悲或勇敢的行为，都可以和派少年成长时代的经历贯通起来。在派和老虎同寄一舟的境遇下，派逐渐懂得要和老虎和谐相处，否则最终会成为老虎的盘中餐，所以派学习海上生存法则，为老虎找食。派用非敌非友的态度和老虎相安无事，其实，是与派儿时对各种信仰的接受有关。派的父亲教派生存的法则，务实的态度，但派却相信抽象的信仰。他接受了基督教、伊斯兰教和印度教，每一种教派都是相互排斥的，可是，在派那里，这些教派是可以融合的。就如同派对待非敌非友的老虎一般，作为敌对的老虎，让派心存恐惧，但是虎对派来说，又是孤独求生中的朋友。派和老虎的奇幻漂流，因有后面的现实摹本，更像是作者内心中关于和谐、理性与感情等的一个幻梦。因而，就如同沈从文所说，好小说是现实和幻梦相交织的。李安在叙述中，奇幻是梦，残酷是现实。但在残酷的现实中，每个人的内心都会有幻梦。

诠释的一种

《色·戒》是有故事的小说，欲说还休的叙述中，有足够的空白读者尽可以去填充，李安作为读者，同时也是高明的诠释者，发现了故事中的空白，用影像的方式，达到了另一种艺术表现的高度。如果说张爱玲的小说文本是原型，电影《色·戒》则是对这个原型艺术的表现方式。按照伽达默尔的诠释学，艺术作品正是在被表现和被解释中，获得了新的意义。电影版《色·戒》就是在对小说文本的重新理解和诠释中获得全新的艺术经验。电影通过影像画面再现生活场景，小说文本通过语言来传情表意，两者似乎在再现生活的方式上不同，但在诠释学认为，所有的再现都是解释，是对被理解对象的解释。“真正的历史对象根本就不是对象，而是自己和他者的统一体，或一种关系，在这种关系中，同时存在历史地实在和历史真实的存在”。（汉斯·格奥尔格·加达默尔，《真理与方法——哲学诠释学的基本特征》）张爱玲的文本对于李安来说，是一种历史的存在，张爱玲通过富有弹力的小说语言来描述对原始生活的理解，而李安正是用熟悉的影像方式对文本的再理解，文本的生命活力和意义也就在这种不断的理解和解释中获得了新的意义。

文字表述和影像表述是两种不同的表意系统，同一个故事，运用不同的表意系统，会导致不同的意义阐释。从张爱玲的小说文本到李安的电影版《色·戒》，基本的故事骨架未变。在40年代战时特殊背景下，主人公王佳芝作为剧团的当家花旦，因着青春和爱国的心理动机，以美人计为局，暗杀特务头子易先生，在暗杀即将成功之时，王佳芝转变想法，放走了易先生，而自己和同伴却成为易先生的牺牲品。在文本中推动小说情节发展的是作者精心安排的场面描写和主人公的心理描写，在小说情节发展的转折点上，作者也是通过女主人的心理描写，“他的侧影迎着台灯，目光下视，睫毛像米色的蛾翅，歇落在瘦瘦的面颊上，在她看来是一种温柔怜惜的神气。这个人是真爱我的，她突然想，心下轰然一声，若有所失。”（张爱玲，《色·戒》）如此美妙的语言描写，是决断当头的王佳芝内心情感的外现。文本的看点也就在这里，王佳芝的选择就是小说的逻辑动机，一方面，主人公的选择本身就是一场本能与理智的较量，同时这场选择也是一场两个人之间关乎生命得失的战争。小说的复杂之处在于两个人的角色设置，一个是身兼政治内容的爱国女学生，一个是卖国的特务头子，两人各有目的，如若王佳芝在此刻杀死易先生，则突出政治内容，如易先生放走了王佳芝，则昭示了人性的温暖，但小说的意义也就会太过简单。在政治、身体、情感内容复杂交织之下，王佳芝在决断当头放走易先生，不仅意味着王背弃了最初的政治目的，另一方面也突出了男女之间的复杂的情感关系，同时也表达了人性的复杂。小说文本的意义就在于提供了这样一个关乎人性复杂的范本。

同样的故事框架，同样的人物背景，在话语方式和影像方式的表达上会出现意义和主观企图的完全不同，重要的在于作者或导演对作品结构安排和切入点的不同。如果说张用富有象征意义的心理语言和巧妙的逻辑结构表现了一个真实的历史，那么，李安的电影版《色·戒》在叙事结构上通过对张文本的重新设置和编码，充分发挥电影语言和电影修辞的长处，是电影对文本的现代诠释。

李安的电影版《色·戒》以影像的方式放大了主人公的身体目的和身体展示的全过程。如果说，文本只是交代了两人的关系在于借色诱达到刺杀的目的，所以文本对情欲的表达很隐讳，涉及性的部分只有五十字。电影版《色·戒》不惜使用完全暴露身体的情色展示，通过两人的身体展演过程，突显两人情色欲望的发展过程。电影以画面和强烈的视觉效果展示了两人角逐过程的三场情色戏，在近乎赤裸、扭曲的身体中，得以窥见男女主人公内心的变化。对身体的放大，就是电影叙事和文本叙事结构的不同，身体叙事，彰显了身体的功能。通过身体的接触，女主人公王佳芝忘记了最初的家园、政治目的，直抵两性的情感世界。一般人认为，六克拉的钻戒，使王佳芝的心理防线失控，其实，在电影情节发展过程中，情感发展为情节的转折提供了铺垫。正如主人公的一句独白“他已经像一条毒蛇一样深深地钻进我的心里”，王佳芝身不由己地陷入了自己所设置的这一游戏网中。正如同导演所说的“情难防”，在那样的时刻，她左右摇摆，那是使命与身体直觉在搏斗。只是那一时刻，直觉和女人的本能占了上风，那是通过女人身体深处的情欲记忆，情欲通过身体铭记在女人的心灵上，也铭记在本能中，它促使王佳芝用身体做出决断。这是超出理性，超出利益和责任的决断，也超出了历史和政治的决断。在这里，身体语言代替了心理描写，成为情节发展的推动力，完成了李安的现代目的，即通过性——身体的记忆传达时代历史事件，同时也使情欲战胜了责任，篡改了文学，既凸显了人性的复杂，也使作品主题蒙上了一层温情脉脉的人性之光。

张爱玲作品的写作背景是20世纪40年代的上海，结合张爱玲所处的时代和自身的经历，我们也就会更多理解那个年代诸多的历史真实。爱国学生以色诱骗，本身就是一个荒诞的选择，因着刺杀的目的而与被刺杀者产生情感关系，更似荒诞，在生命攸关之际，以自己和同伴的死而换取被刺杀者的生，更是不可思议，但所有这一切看似不可的行为背后，却有着生活和生命最复杂的真实。张爱玲以身历者的身份，既目睹了历史的真实，又以这种真实为背景，编织了人性在政治与历史、情感与理智中存在的艰难与复杂。

李安对作品的改编是在五十年后的今天，这是一个崇尚感性，唯身体是从的时代。张爱玲及张爱玲作品就成为李安电影的大背景，李安借助这样一个政治背景，将主人公王佳芝放在身体与政治、感性与理智的矛盾中，来说明人类道德本能与道德理智这一永恒的命题。既是在50年后对张爱玲的致敬，又充分运用身体理论诠释了人类永恒的矛盾。消费社会追求感官解放，讲男女情爱的电影，仅仅靠思想深厚是不够的。西方马克思主义的传人马尔库塞认为艺术的任务就是探索人类的感性精神，而身体的解放是人类感性精神解放最生动的体现。感性精神的解放，在后现代社会更多的是通过大众传媒文化来实现的。借助后现代电子工业，借助图像艺术和声响艺术，把后现代时代的感性解放推到极限，李安的电影版《色·戒》是一个代表。李安用身体诠释感性，让主人公的道德本能战胜道德理智，这是李安对人类感性世界的尊重。从电影发展史的角度而言，电影版《色·戒》也是这股感性解放思想潮流在现阶段华人影视文化作品中的一个标志性产物。李安作为具有世界影响的华人导演，通过身体展示人类的本能意识，通过感性而又细腻的影视画面表达自我对人类存在的理解，将会在很长一段时间影响中国大陆电影的发展。

李安电影版《色·戒》的成功，不仅在于从现代意义上对作品主题的重新诠释，更重要的还在于作者对艺术的理解。“电影不是讲道德，电影探索的是模糊地带”。（李安，《在〈色·戒〉发布会上的讲话》）我们把《色·戒》作为艺术片，原因就在于电影版《色·戒》表达的正如米兰·昆德拉所说的“不确定的智慧”，我们能从张爱玲作品中找到引起人类思考的空白之处，同样地，我们也能从李安作品中找到生活的某种永恒的真理，“相互矛盾着的相对真理”，李安把艺术表现建立在“人类事件的相对性与暧昧性”（米兰·昆德拉，《小说的艺术》）的本质上，而这正是我们生活世界的最好诠释。

电影的叙述线索非常清晰，王佳芝是个敏感人物，身担家国责任，又兼具个人情欲，本身就是一个矛盾的焦点。李安正是看到这个角色的特殊之处，通过王佳芝分享人性的复杂和模糊。因此，全剧围绕王佳芝这个人物，对整个文本的情节做了结构化的处理，以便凸显“矛盾”着的王佳芝。

导演创造性地设置逻辑性情节，凸显艺术作品的情节张力。逻辑性情节是创造者特别强调的，情节前后之间有强烈的因果逻辑的推理过程。在李安电影版《色·戒》中，因果关系的逻辑设置，将主人公王佳芝一步一步推向矛盾的深渊。王佳芝自愿献身、王佳芝二度参与刺杀行动，王佳芝最后放走特务头子易先生，诸种情节，都是作者设置的极富艺术表现张力的情节。

作者通过王佳芝身上的诸多矛盾，诸如情感与理智，欲望与行动之间的矛盾，想说明，其实在我们每一个人身上，都有一个王佳芝。李安用电影写出了一个人的内在灵魂的真实境遇，所以，李安是高明的。

《西游降魔篇》的超越

看完《西游降魔篇》，感叹这个将电影视为生命寄托的人，不论从前的演电影，还是现在的导电影，都能那么极致。或许只有在影像的世界里痴迷、沉醉，才能完整地将现实和影像完全的契合融入。

周星驰是香港导演，香港文化比大陆文化更具世界性。所以在《西游降魔篇》里，看到了一个完全不同于大陆的电影思维模式。有多少人翻拍《西游记》，更多的人在原故事的周围加饰一些现代花边，使故事本身变成庸俗的说教，或是无聊的搞笑，既失其正，又流于俗。十八年前的《大话西游》算是彻底地颠覆了西游故事，但又基本消解了《西游记》的内核，放大了无涯无际的时空观念，且在这无涯无际的时空观念中逼真至尊宝的情感故事，并通过至尊宝与紫霞仙子的爱恨情谊感动世俗众多男女。此剧中的至尊宝，大圣的前身，其斩断情缘的情节过于生分，无厘头的影像将西游故事完全颠覆。

今日的《西游降魔篇》要在《大话西游》的基础上再次颠覆，其难度要比颠覆原本的故事更难。好在经过十八年的潜心修炼，如今的星爷有了更多的现实感悟和人生体验，对电影也有自己的理解。《西游降魔篇》超越《大话西游》的地方，不仅在故事，更在故事中融入了对生命的理解。无厘头的场面少了，现实的人性内涵多了，搞笑戏谑的成分少了，严肃残酷的成分多了，《西游降魔篇》的故事并不是以《大话西游》为参照，可以说，星爷直接跨过《大话西游》，而和《西游记》的故事接轨，演绎师徒四人西游取经前朝往事。妖魔横行，因而催生驱魔人，陈玄奘是现实的驱魔人之一。不论驱魔人还是妖魔，在《西游降魔篇》里都消解了怪异神话的色彩，多了一些现实平民的味道。我觉得这就是周星驰受香港文化的影响所致，魔并非超越现实人生之上，而是现实人的秉性。不论水怪、猪怪还是猴怪，也即后来的沙和尚、猪八戒和孙悟空，都是现实生活中的恶魔膨胀，因而催生为魔。作为驱魔人，不论陈先生还是段小姐，一个靠的是真功夫，一个靠的是真勇气、真信仰。真功夫碰上真信仰，真功夫要靠武力解决，将恶魔一并消灭，在驱除猪魔时的场面畅快淋漓却未免残酷；真信仰要从心底驱除魔性，并不严惩恶魔，只是驱逐出恶魔身体里的魔性，使之归于真善。陈先生早期的儿歌演唱未免戏谑，但心性向善，内心存佛，陈先生最后对猴魔的收服其实就有佛法无边的意味。且不说这两人的爱情演绎，单是驱魔的行为，就是比《大话西游》严肃多了，其讨论的人性话题也更深刻。俗人凡世有真善美的一面，也有恶魔的一面，恶魔性因子会得种种现实际会膨胀发展，只有周星驰才会想出用儿歌三百首化解。其实也是说明大勇之人是童贞的坚持，永葆真诚，一心向善，就会佛性成熟。想象此时的星爷已是看透世事人心，平淡很多，也包容很多了。

从故事而言，真正和《大话西游》接轨的则是陈先生与段小姐的情爱姻缘。周星驰就有这样天才的本领，既能触到《西游记》的真正内核，又能颠覆原本的西游故事，衍生出既普度众生，又儿女情长的人间感情。即此，就颠覆了西游故事，想象《西游记》中的师徒四人，都是无欲则刚型的，又比《大话西游》思想更超前，更具有现代意识，更接近凡俗人生。《大话西游》中的至尊宝为普度众生，决绝的斩断情丝，而《西游降魔篇》中陈玄奘在段小姐舍弃生命为救爱人时，传达的是只争朝夕的爱情。这种情感观念放在现实的故事中，并不很出色，但在西游故事中，和无欲则刚的价值观念，和求大义舍小爱的价值观念相比，是一种改变，也是颠覆，更是超越！

一个人，演电影是一回事，导电影又是另外一回事。难能可贵的是，周星驰将他的演艺风格持续到他的导演风格中去，这虽是电影风格问题，其实是一个人对电影艺术的态度问题。记得柴静采访星爷时，谈到童年时期影像中的英雄形象，那种高大英武的英雄形象在星爷孩童时即觉很假，所以在《喜剧大王》时期，周星驰演绎的虽是小人物，但是放大小人物滑稽的一面，比当时大陆的很多演员夸大小人物英雄的一面，更能接触人性的真实。夸张的表演，戏谑的意味，一段时间成为周星驰的个人风格。在《长江一号》中，周自导自演，一度想要扭转无厘头的风味。到了《西游降魔篇》，有笑场，又严肃，有无厘头，但无厘头却不是天女飞花，都能落地生根的。戏谑、笑料背后都有现实和人性的根柢。直到这部《西游降魔篇》，周星驰华丽转身，成为真正一流的导演。

能将影像和现实如此融合，又不感觉到造作，还能体会到诸多的人性内涵，星爷能在两周之内赚得10亿票房，不仅仅是商业操作的功能，而是真正实力的展示！从喜剧大王到实力导演，不仅是身份的华丽转变，《西游降魔篇》的成功，其实是导演实力的证明。

不尴不尬《白鹿原》

王全安扛着《白鹿原》这部小说的大旗，拍摄电影《白鹿原》，中间经历几番阵痛，甚至于夭折的可能，最后搬到荧幕面前的仍是遭到诸多删节的不完全版，观众看到的是零碎的、支离的小说片段，失小说的原貌，更不用说传达原本厚重的中原传统文化的韵味了。

对于当代中国最厚重的小说，要改编是要有非常的勇气的。是传达原小说的题旨，还是在原小说这棵大树上开辟新枝；是以原小说的人物事件为主，还是另辟故事，生发演绎，这都是一个很难把握的问题。删节版《白鹿原》共155分钟，从故事情节而言，是以原小说为基础，做减法演绎。不论是人物的设置，还是事件的发展，导演王全安都是以简化小说人物和事件的手段，脱离了小说原本的叙事轨道，成为依照葫芦画瓢的不成熟的电影复制品。

删去了小说中原本众多的人物，只留下了白嘉轩、鹿子霖、鹿三、黑娃、白孝文、鹿兆鹏、田小娥等主要人物。这些人物，是小说《白鹿原》中白鹿两家的父子两代（可疑的是，原本小说中白鹿两家子嗣甚多，但在电影里，都变成了独生子女，好像白嘉轩只有白孝文一个儿子，鹿子霖只有鹿兆鹏一个儿子），或许作者的有意删减，是为了让故事线索更加清晰，毕竟在电影中，不论孝武还是兆海，都与电影中的另一女性田小娥没有命运纠葛。单从这些人物而言，能够将众多人物联系在一起，构成复杂矛盾关系的，唯有田小娥，因而，在电影中，田小娥就成为白鹿原上最主要的人物，成为连接白鹿两家的重要线索，成为鹿子霖报复白嘉轩的棋子，也成为黑娃与白嘉轩矛盾纠葛的主要媒介。从人物设置这点而言，导演王全安的意图基本明确，就是傍着《白鹿原》这棵大树，凭借这些侥幸留下来的人物，通过田小娥这个妖艳的女人，连接起白鹿原上众多男人们，彰显农村中原本就存在着的男女之间的欲望之烈火，男女情爱自然而然成为电影的主题。所以从这个角度而言，删减人物，并不是电影《白鹿原》的败笔。

删减了人物，而又要让人物站立，让人物活灵活现，必须要以相应的事件辅助。从作者保留下来的人物来看，导演压抑了白嘉轩与鹿子霖的矛盾线索，而放大了黑娃与白嘉轩的矛盾线索。导演的意图其实也很明显，就是要将白嘉轩和年轻一代人的矛盾冲突置于不断更迭与变迁的时代背景之下。电影的时代背景基本清晰，从袁世凯称帝到国共两党政变，再到30年代社会混战，结束于“七七事变”，基本是30年的历史。在30年的历史发展中，白鹿原上的白鹿两家人物命运的纠葛，不是导演所要呈献给大家的，突出白嘉轩与年轻人思想分歧的事件比较多，比如，白嘉轩不让黑娃进祠堂成亲；白嘉轩作为老族长立白孝文为新族长并要求惩罚田小娥的通奸行为；白嘉轩眼见白孝文与田小娥私通而气晕在地；白嘉轩建塔镇压田小娥的鬼魂；这些情节，凸显了白嘉轩的族长形象，和白嘉轩背后陈旧而威严的祠堂形象一样，白嘉轩成为抵制和破坏农村男女自由欲望的守旧人物，因而这个人物身上本应有的文化蕴含被大大简化。至于白嘉轩和鹿子霖的矛盾冲突，导演没有正面展示，因而，本应通过白嘉轩和鹿子霖的对比，突出白嘉轩在时代巨变中对传统文化的坚守，和对乡约的忠诚以及用乡约法则来对抗各类政治的变化，成为一个屹立不倒、又硬又刚的汉子，因为没有相应的事件支撑，白嘉轩这个人物就减色不少，只沦为一个破坏男女自由恋爱的顽固的族长。

导演一方面简化了白嘉轩和鹿子霖的矛盾冲突，另一方面则突出了白嘉轩和黑娃以及与白孝文之间的矛盾，而这一矛盾的中心则是电影《白鹿原》的灵魂人物田小娥。黑娃和田小娥的婚姻关系不符合传统农村的宗法制度规范，黑娃和田小娥正常的婚姻程序受到压制，这使黑娃对白嘉轩心生怨愤，其实也是个人反抗强大宗法规范的开始。黑娃注定就是白嘉轩所维护的农村宗法或乡约制度的叛逆者，受鹿兆鹏的启发，黑娃在新成立的农协第一个领头打砸白鹿乡祠堂，因而在国党革命的反扑中被迫逃亡。生活在白鹿原上的田小娥还得继续生活，因而至此之后，电影基本成为以田小娥为主角的情节冲突。田小娥为救黑娃求鹿子霖，鹿子霖顺势欺辱田小娥，并设计要田小娥勾搭白孝文以报复白嘉轩，白孝文因而弃家卖田卖房，终日厮守田小娥，完全背离了白嘉轩从小所教的一套宗族规范，沦落为乞丐，并卖身充军。白孝文二十多年的乡约教育使白孝文的生命遭到阉割，电影通过白孝文尘根无法崛起说明传统乡约对个人欲望的压制，而田小娥唤起了白孝文的个人欲望，这也说明，传统乡约在个人情感欲望面前的溃败。这样，白嘉轩作为族长和传统宗法文化的代表，面对两种不同方式的反抗与冲突，一个是黑娃，反传统乡约，一个是白孝文，背离传统乡约，这两种反抗方式都与田小娥息息相关，这样，田小娥就成为电影里面至关重要的人物，在小说中原本以白嘉轩为主要人物，在电影里变成了以田小娥为主要人物，联络起白鹿原上最为重要的三个家庭，搅起了白鹿原上不同人物之间的矛盾冲突，并以自己的血肉和生命之躯，奏响了最响亮的反抗传统宗法的号角，并使白鹿原上最优秀的下一代臣服于个体鲜艳生命的石榴裙下。

因为导演对电影中情爱情节的倚重，情爱情节是商业大片吸金的重要砝码，所以有小说经验的读者再去观看电影，就会有支离破碎之感，这种支离破碎，不仅如上分析，是人物的不全面，事件的删减，还有就是导演在处理与这七个主要人物相关的事件时，因为既要兼顾原小说的题旨，又要突出情爱反抗的主题，所以，在整个电影叙事中，就有些拖泥带水。比如，原小说的主人公是白嘉轩，更注重将白嘉轩放在整个时代发展的背景下，不仅让白嘉轩和白鹿原上的各色人物发生矛盾，而且突出表现白嘉轩在时局变动中，对朱先生乡约原则的实践，白嘉轩不仅仅是一个只知抵制自由婚姻的守旧人物，他身上有更重要的传统文化内涵，他是乱世中中原文化的践行者。而要成就这样的形象，就必须如同小说一样，在广阔而深厚的时空跨度中展开，如果仅将白嘉轩当作一个保护传统宗法制度的守旧人物，那么，在情节的设置上，广阔的时空跨度反而成为人物和主题的阻碍。所以，导演王全安既要兼顾白嘉轩形象的完整，又要突出田小娥的欲望，所以在情节的发展中就显得交代不清，这都是因为中心人物的不统一而致。

简化的手法如若成功表现，也可以成就不一样的主题。我觉得电影《白鹿原》对小说《白鹿原》最成功的演绎就是通过田小娥联络起白嘉轩、黑娃、鹿子霖、白孝文之间的矛盾。黑娃和白孝文都是因为田小娥而发现或成就了作为男性的强烈的生命欲望。黑娃是在做郭举人的麦客中爆发情欲的，这是电影的看点之一，但也是因为这个女人，黑娃不能像白鹿原上的其他农民一样过简单的生活，不得已打砸祠堂，逃离白鹿原，最后变成土匪，回来打折了白嘉轩的腰杆，黑娃的这一举动，是对传统压抑人性族规的报复。白孝文也是因为田小娥发现了作为男性的雄性生命力量。在女人身上发现男性的生命欲望和生命力量，这可能是导演王全安对小说《白鹿原》的最好的阐释。因而，田小娥不仅仅是一个悲剧的女性，而被赋予了一种全新的意义。和白鹿原最有威望的族长对抗中，和传统的族规对抗中，和传统社会的男性世界对抗中，彰显着个体生命欲望的价值，彰显着个人生命意识的价值，这种个体意识一旦生成，则如熊熊烈火，不可阻止，就如同白鹿原上一眼望不到边的麦浪。

不可否认的是，《白鹿原》在拍摄上继承了第五代导演张艺谋以及陈凯歌的很多拍摄技巧。《白鹿原》中因风鼓起的一眼望不到头的麦浪，就如同《红高粱》中那如同烈焰燃烧的红高粱，只不过，在《红高粱》中，红高粱的生命象征更强烈而鲜明，这是因为电影的象征主题和电影的人物形象，包括情节故事紧密地融为一体，《白鹿原》的麦浪虽然壮阔，惊人眼目，但说到底，也多不过是一种引人关注的手段而已。但是就氛围的营造而言，不可否认，导演还是加入了相当多的陕西文化元素，莽莽苍苍的白鹿平原、大碗的陕西擀面、条石盖起的厚重的祠堂、乍起的嘶吼的秦腔、戏剧化的皮影等，应和着男女主人公的浪漫生活，恍若历史的重新映现。总之，在挑战这样一部富有浓厚历史沧桑和中国悠远文化韵味的史诗级作品上，王全安做出的努力还远远不够。

网络上很多人对电影《白鹿原》多有诟病，认为导演将电影剪辑得支离破碎，但就这支离破碎的一部分，我们略微能窥见导演所要表达的声音。一个从陈忠实的《白鹿原》上生发出来的故事，虽经删改，但还是有自己见解的；虽经简化，但也能传达导演自己的声音。王全安的声音与陈忠实的声音在对待白嘉轩的态度上是不同的，王全安是以肯定田小娥而否定白嘉轩而建立他构架故事，塑造人物的支撑点的。从这点上说，面对小说《白鹿原》，虽有复制，也有阐发，王全安面对陈忠实，应该不尴尬吧！但若要成就经典，就有一定的距离。王全安作为经典小说的影像阐释者，成功地解读了田小娥这一形象。小说《白鹿原》中的白嘉轩、黑娃、白孝文、鹿子霖，每一个人物都是成就小说成为经典不可或缺的人物，希望有更多的导演以不同的侧面解读《白鹿原》，从而发现小说的多重意蕴。

游历殷墟

驱车来到殷墟，已是下午五点，门口的旅游大巴纷纷驶离殷墟，这偌大的古都城遗址静谧安静。

和博物馆的人员交涉之后，我们得以参观殷墟博物馆。殷墟博物馆建在地面之下，要经过长长的青石板铺就的过道，如同穿越历史的隧道。博物馆中陈列着多是古都城殷出土的文物遗存，与这些几千年前的历史遗迹蓦然相见，仿佛一个热闹繁盛的久远的历史在眼前显现。古商朝青铜制造业发达，这里陈列的多是青铜器物。说到青铜器，人们想到的是方鼎，是作为礼器祭祀的鼎。在殷墟博物馆，陈列的青铜器物比较全面地反映了商朝青铜制器的门类。有人们日常生活、烹煮食物的圆鼎，也称甗，有三足的、两足的，大甗主要烹煮肉食动物，青铜甗器可反映老百姓日常生活水平。殷墟博物馆有一大型甗器，可蒸煮上百斤肉食，定是王公贵族墓室出土。除了青铜食器，做工比较细致的有酒器，酒器也是带足的，而且还有青铜小勺，可见那时人们生活的细致和讲究。除此之外，看到了在别的博物馆少有的青铜调色器，一个青铜调色器上可调四种颜色，调色器的出现，反映早期雕塑业和美术技艺的高超。除此而外，青铜制器以青铜武器居多，青铜矛、铜剑、铜刀、铜戈和铜铲。印象比较深的是饰有龙纹的龙纹铜钺，重达 9 公斤，是商王武丁王后妇好征战四方使用的武器。这些尘封在历史深处几千年的器物，召唤起人们对那个时代的想象。

青铜制器从民间老百姓的食器发展到用于祭祀的礼器，甚至国家宝器，其过程是漫长的。在殷墟博物馆看到的青铜礼器方鼎多是四足的、三足的。方鼎比起圆鼎制作考究、造型凝重，显示威严鼎盛的气势。祭祀是古人生活中必不可少的仪式，据著名考古学家张光直先生的考证说，鼎上的纹饰是巫祝在祭祀时用来通天地鬼神的，如饕餮、夔龙、虬，都是由生活中的鸟兽人类变化而来。鼎的铸造除了通过祭祀驱除邪魔，还有为人民祈福的创意。如今的殷墟遗址，出土了迄今为止最大的祭祀鼎器——后母戊鼎。大鼎高达133厘米，器口长112厘米，器口宽79.2厘米，重量达832.84公斤，是至今世界上发现最大的青铜器，代表了中国古代青铜文化的最高水平，原件现存于国家历史博物馆，殷墟博物馆存有复制品。后母戊鼎造型庞大雄浑，纹饰精美细腻，通体以雷纹为底纹，饕餮纹、夔纹为主体装饰，给人以稳重、庄严而又神秘的感觉。大鼎的恢宏和庄严，其实也是皇权力量的象征。

比起陈列在博物馆中神秘威严的青铜礼器，殷墟之中，能直面感受几千年前商代祭祀酷刑，使现代人触目惊心的是殷墟墓坑中的累累白骨，穿透几千年尘封的岁月，敞开在现在人的眼中。生命成为祭品，是那一时代礼祭制度的野蛮。据史料记载，殷商时期人们尊崇的鬼神非常多，除过定期的祭天地神之外，对祖先神的崇拜尤为突出。殷墟出土的甲骨卜辞表明，殷人对自上甲以来的祖先进行频繁复杂的祭祀活动。殷人的祭祖活动会用人祭，手段也是非常残忍的，如砍头、活埋，焚烧、肢解就更是常见。每一个坑中，都有普通老百姓的冤魂。同一个时代，文明与野蛮并存，在青铜制器上，能感受到老百姓在科技、雕塑和美术上的高超技艺，但同时，正是这稳重庄严而神秘的祭器，又见证着制度对生命的摧残。

每一个来到殷墟的人，都免不了要来瞻仰几千年前的巾帼英雄妇好。妇好的雕像是汉白玉雕塑的英姿飒爽的女将军形象，面容俊俏，不怒而威。据传妇好是商王武丁时期，拓疆开土的功勋人物，妇好不仅替武丁开拓疆土，征兵打仗，更是国家的主要祭司，经常受命主持祭天、祭先祖、祭神泉等各类祭奠。在三千多年前的商朝，“国之大事，在祀与戎”，是说国家大事，除了祭祀与占卜之外，就是保卫边防、开拓疆土。武丁时代，妇好应是一个极具权势的人物。殷墟的妇好墓，出土文物3000多件，有妇好征战用的龙纹和虎纹铜钺，尽显妇好的英勇善战。同时还有一个玉凤饰品，应是妇好生前喜好之物。玉凤通高13.6厘米，壁厚0.7厘米，高冠勾喙、短翅长尾，似亭立回首欲飞状，飘逸洒脱。舒展的长尾自然弯曲，尾翎有合有分，素洁无纹。凤的形象美丽、精巧，与甲骨文的凤字字形相像。这一玉凤形象，和妇好形象联系在一起，顿使妇好这一权势人物美丽无比。自古以来，人们总是以男人的依附和陪衬形容女人，男权社会下，女人只是美丽优雅的代名词，可是，在中国有历史记载的源头，有这样一个既优雅美丽又英姿飒爽的女中豪杰，让我们在她身上看到了女人的诸多魅力。

离开妇好墓，已是夕阳西下，斜阳穿透层叠树叶，为妇好的汉白玉雕像铺上一层金色的光芒。几千年前的墓地遗址，为我们敞开了关于一个伟大女人的丰富资料。在历史的烟尘中，有些东西会灰飞烟灭，有些东西会以种种形式遗存下来，妇好墓，一个相对完整的商代王室墓冢，经过了几千年历史的更迭与岁月的更替，她还是来到了人们的眼前，以一种华丽的姿态，就像她几千年前的英姿飒爽一般，再次走到人们的记忆中。历史，在这样的伟大人物身上，也是格外垂青的。

赋诗楼中空喟叹

许昌是曹操当年挟天子以令诸侯、招贤纳才、称霸天下的地方。在许昌停留不到两个小时，参观了曹丞相府。眼见到的丞相府是当代仿建的宫殿，三进院落中分别建有求贤堂、议事堂、赋诗楼，这或许是现代人对当年历史现场的想象。仿制的建筑外表一律朱红漆上色，木质厚重，格局仿制汉朝建筑，有较雄阔的基座，庄严恢宏。里面史料记载了曹操一生征战四方，不仅具有雄才大略，而且极富诗才。有一组曹操和两个儿子曹丕和曹植的雕像，坐落在赋诗楼的底层，似是曹操和儿子在谈论诗词歌赋。曹操虽被人们称为一代枭雄，却也是以身作则的父亲形象。曹操在征战沙场的间隙，招揽天下文才诗人，谈词弄赋，形成相对活跃的文人群体。其对诗词的喜爱也感染和影响了他的孩子们，曹操和曹植、曹丕共称建安三雄。对于曹操纵横战场的史料记载虽有历史的真实，但不够形象。况且“滚滚长江东逝水，浪花淘尽英雄，是非成败转头空”，历史人物的历史功绩随着岁月的淘洗终究会灰飞烟灭，只留存人们对英雄的膜拜。但是，文学却不一样。三国时代，曹操和他的儿子们在征战沙场，平定中原的同时，留下了脍炙人口的诗篇，因而产生了对后世文学具有重要影响的建安文学。曹操的《观沧海》、曹植的《洛神赋》、建安七子的优美诗篇，形象而传神地留住了人们对那个时代的想象。进入府门，一座大型的石雕《观沧海》气势雄伟，虽然不是很喜欢现在旅游景点的各种浮雕，只要有一些历史的遗迹和名人的佳话，为了吸引游客，很多地方搞现代雕塑和浮雕，有些雕塑为夺人眼目，歪曲历史事实，雕塑作品夸张、丑陋。但是曹丞相府的大型浮雕，站在山石之上的曹操，一身戎装，雄姿英发，山石下面莽莽波涛翻涌，映射着诗人吞吐于天地之间的气势。经过千年的岁月沉淀，三国时代的英雄已然是“楚王台榭空山丘”，而曹操依然映现在历史的沧海中，其豪迈的精神和狂妄恣肆的诗情依然可以如同“屈子辞赋昭日月”，撞击着现代人的灵魂。这就是文学不同于史料的原因，文学、诗词能更鲜活地还原历史人物。

三个楼阁中印象比较深的是汉魏时期画像砖的拓片，画像砖复活了那个时代的细节，人物和情景多不是英雄场面，更多的是普通人。汉代画像砖上老百姓劳作的场面，线条简单但形神兼备；《骑射武士画像砖》中，奔跑的骏马身上，有骑士搭弓射箭，激起尘烟四起的画面，流线型的画面，简单而朴素的风格突显；《建鼓乐舞画像砖》中，男乐师单腿跪地击鼓，女舞姬裙幅飘飘，如若凌波仙子，舞者腰身纤细，发髻动人。看过这些画像砖，直觉汉魏时代不论建筑，还是文学和艺术，都崇尚简单素朴之美，比起如今过分装饰的奢华之美，汉魏民间的画像砖线条流畅、人物生动，确是美的艺术品。

赋诗楼中还珍藏了如今现存的曹操唯一的一幅墨宝的拓片“衮雪”二字，这是建安二十年（215 年），曹操西征张鲁到汉中，经过栈道咽喉石门（今陕西褒城）时，看到河中景象所书，字刻于河水礁石上。“衮雪”二字表现了河水汹涌澎湃的流势，河水冲击石块水花四散溅出，水大石众，犹如滚动之雪浪，故云“衮（滚）雪”。此石现存陕西博物馆，左端书有“魏王”二小字。专家认为，从书法艺术上来评判，“衮”字一撇一捺颇有动态之感，“雪”字则有静态质感。将这幅字和《观沧海》并列想象，直觉胸有大气象者，才有大作为。

自古时势造英雄，英雄爱美人。三国的美人档案我们也可在曹丞相府略作遐想。这里有三国时期八大美人的简单记载。神女仙子甄宓、媚仙子貂蝉、诗仙子大乔、曲仙子小乔、琴仙子蔡文姬、剑仙子孙尚香、贵仙子曹节、将仙子祝融。这些美人虽留存于历史，但是关于美人的故事多比英雄凄美。仙子多指姑娘时期的美丽，但一旦成家，就成为男人世界里的陪衬，无一人命运不曲折坎坷。悲貂蝉之美，凋谢于男人世界的权势之争中；悲蔡文姬之美，凋谢于无人识得女子的旷世奇才；悲甄宓之美，本具有“翩若惊鸿，婉若游龙”的洛神美貌，却死于后宫争宠之中；更遑谈大小乔，虽得一时的宠爱，但命运同样令人哀伤。红楼美人的美貌，散落在历史的烟尘之中，只留下后人的唏嘘感叹。

如今的丞相府里，只见历史遗存的仿制，不复历史的遗迹。坐车离开许昌，这个曾经的魏国都城，如今现出发达的迹象。到处都在拆迁，到处都在盖楼，路过的街道，再也感受不到曾经滚滚硝烟烽火的场面，一切都在翻新，即使我们看到的曹丞相府，也是现代的仿制。在一个具有悠久历史文化韵味的城市，找不到历史的味道，这是我经过曹丞相府最大的遗憾。

鹿 犬

昨晚在河边溜脚，忽见一小动物，大家吵着说，是鹿，它是四蹄跳着跑的，速度比一般的宠物要快很多，等走近了，才看清它的真面目：全身棕色，样子似猫般大小，嘴巴似鹿嘴，板长形的，基本没有尾巴，四条腿相比身子来说又细又长，围观了很多人，大家都颇称奇，主人说是鹿犬。原来不是鹿，是狗。再问问，它能长大么？主人回答，它只能长这么大。像猫般大小。一路走着，看到很多的犬类，有狮子犬，小巧而可爱，这类家养小狗最多；有又大又凶的牧羊犬，威风凛凛；幸运的话，还会见到藏獒，全身乌黑，身形硕大，离很远就很吓人。牧羊犬和藏獒都是要主人牵着，否则会咬人。几次都看到一纯种的牧羊犬，在丹江河里撒欢，波光潋滟的水面上，瞬间银光四散。

比现在再远一些的时候，人们说起狗总会想起狼，那时候狗是凶猛的。狗是人类的朋友，人们养狗是为了防患凶猛的动物，牧羊犬就是这类，帮助猎人袭击企图靠近的狼们；后来，人们养狗，是为了看家和守护财产，一般还是要样子凶猛的狗类。这类狗们基本还是比较纯种类的，是狗和狗们的繁殖。狗的外形大体没变。

再后来，人们富裕了，家里小动物也就多了，于是，街道上、公园里、住宅区随处可见到小狗。晚上，狗就成为家人一般，也在夏夜的晚上运动、纳凉。于是，适应着人们的喜好，纯种狗的变体也多起来了。狮子犬、羊犬、鹿犬等等不一而足。这些犬们大多失去了纯种犬们凶猛的本性，无一而外的驯顺、可爱和乖巧。

鹿犬，因形态似鹿，始称鹿犬，是由中型犬种改良成小型犬种，不嗜吠叫，体型小不需要太大的饲养和活动空间，毛短，不需要专门护理，是优秀的家庭犬，是优雅的仕女们喜欢的宠物。看到鹿犬，我不免突发奇想，或许，不久的将来，我们还会看到猪犬、猫犬，鸡犬、鼠犬等等，因为它们都非常驯顺，且受服从。再加之现代高科技的基因技术，只要人们喜欢，只要有宠物市场，狗们就会被变种成不同的变体，被人们喜欢着。

犬们有太多的变体，其实是犬们的悲哀。不管是哪一个种族，动物也好，植物也好，杂种的、变种的总是不好。犬们的变种改变了犬们的生活习性和性格喜好，由威猛善捕猎变得乖巧善服从，变种们之所以发生变化，是基因的变化，改变基因，羊们也可以被克隆出来。植物的命运也一样，现在不是有转基因食品吗？转基因食品也是利用高科技的手段，改变了植物内部的分子基因；动植物们的基因在发生着变化，其实人何尝不是一样，现在不是有很多基因重组的药品吗？等到有一天，人类也因某些人们的喜好，衍生出很多变体，这可能就是人类的悲哀！或许，狗们会在一旁看热闹，原来，人也会变呀，不是只有我们狗被人变着玩着，人也会自变自玩！

平常只见抱狗的女孩，你见过抱狗的男孩吗？一日在和平社区吃饭，见一抱狗男孩，二十出头，抱一黑色长毛狗，狗脸特大，腰细而长，短腿，这应是犬的变种，适合抱在怀里，短的四肢如何能跑？狗在男孩怀里骚动不安，如同哄孩子般，男孩变换各种姿势，耍狗逗乐。此男孩单薄瘦弱，豆芽菜般，不知为什么，看到这个抱狗的男孩，我忽然想到了鹿犬。

生病了，有朋友推荐说，试一试基因免疫，我决不这样，我只想保有自己的纯正血统。于是，再次在街道边看到那些样子非常凶猛的牧羊犬和藏獒，我就会对他的主人尤生敬意。毕竟，这个时代，还是有人喜欢威武而又凶猛的犬品的，我要向他们致意，他们在做着神圣而高尚的工作，用他们的喜欢来延续犬品的纯正本性。

父亲的目光

那天，看着我的三个大大在一起打牌，不禁想起，如果爸爸还在的话，凑在一起，正好一桌，兄弟们其乐融融，那该多好呀！其实，三兄弟们都已儿孙成群了，都到了知天命的年龄，其间，我二大感叹，如果哥还在的话，现在也已六十有一了。也就在那一天晚间的时候，我翻起家里的抽屉，无意中看到爸爸的工作证，上面写有他的出生日期，那是1951年6月22日，日期上面有他的一寸肖像，那时的他还很年轻，眼神温暖而良善。可是这么多年，我竟连他的生日一次也没记住，他的面影一次也没在我眼前清晰地浮现。

父亲离开我们已二十一年了，记忆中和他在一起的事情真是寥寥。今天坐在这里，思绪翻涌，回忆起与父亲的点点滴滴，禁不住泪脸潸潸。最温暖的记忆还是关于吃的，父亲上班，印象中没有给我们买过零食和玩具，总会在下班时捎一些灶上蒸的馍馍，那个馍馍有碱，吃起来很香，我喜欢吃馍，特别是放碱的馍，它或许是父亲留在我记忆中快乐时光的映现吧。

父亲从没有打过我，唯一的一次，还是七八岁的时候，那时候，我和妈妈亲，父亲对我说话不管用，不知什么原因，惹他非常生气，他当时正在用锨铲土，那锨就朝我头上挥过来，可最终停在了半空，为那件事，我和他感情更疏远了。从此之后，再没有被父亲打过的记忆。

直至现在，仍然忘不了的是父亲的目光，注视我的目光。现在想想，那就是一种爱。因为他总在外面，不怎么回来，所以我和弟弟都和他显得很生分。某一时候，他会呆呆地注视着我，眼里是一种我当时读不懂的情感，现在怀念，应该是满溢着慈爱吧。我记得这目光，是在一次考试成绩出来后，我的分数考得还可以，别人在他面前夸我，等那人走后，他就这样定定地看着我，什么也没说，但他这包含着复杂感情的目光就牢牢地印在了我的记忆中。

父亲的一生短暂而又坎坷，他是家里的老大，家庭环境又不好，他身上的担子很重，上要照顾生病的老父亲，下面还有一群比他小很多的弟妹。他的生活从没有宽裕过。记忆中，父亲总是穿着很朴素，也没有吃过什么山珍海味。当三个大大都人至老境，感慨过去的岁月，回忆起父亲的时候，我深有同感。现在兄弟姐妹还有儿女们的生活都过得好了，回想起从小吃苦受累，却没有享一点儿孙福的父亲，怎能不感慨万分呢？

在含辛茹苦帮所有的弟妹们成家之后，父亲却病了。在当地的医院看，在西安的医院看。父亲得病期间我小学刚毕业，为这病，父亲和母亲奔波于医院和家里，我和弟弟基本是由亲戚托管，就这样，不到三年，在我上初三的一个星期六的早上，父亲去厂里领取年终劳保的路上，遭遇车祸，从而永远地离开了我们。还记得，那天放学回家，我是从学校走回家的，十里的路，我一般都坐车，可那天却和同学一起顺着公路走回来，路过杨村车站的时候，看到有交通事故，可我没有停下来看一眼。人们说，其实当时，我父亲还有气息。就这样，我和他近在咫尺，却从此阴阳两隔。等我和妈妈去医院的时候，那是我们最后一次见他，他躺在那里，好像睡着一般，脸上没有得病时痛苦的神情，也没有无法承担劳累的无奈，那么的平静，或许这是对生的解脱。他走了，带走了他内心的苦。

父亲走了，二十多年了，其实我和妈妈在艰难中过着日子。生活太忙碌了，基本都没有时间停下来好好想一想父亲。只是在偶尔的清明节，回去给父亲烧烧纸。去年一年都很不顺，恰在这年的冬至节前夜，梦见父亲。梦中的我，还是一个不谙世事的小女孩，人们告诉我，父亲不在了，我不相信，回家遍找父亲不着，恍惚中房子突然暗了，头顶的一盏灯在眼前灭了。睁开眼睛，房子也是一片黑暗，分不清是现实还是梦境。父亲照耀在我头顶的那盏灯灭了！原来，冥冥之中，父亲就是我们心中的那盏灯，在我的记忆中，只有父亲在默默注视着我，而我却从未给过他亲昵温柔的回报。

每到阴历十月一日，霜降冬至日，人们会焚烧纸做的寒衣，俗称送衣。蓬蓬火烧之后，在灰烬上撒上薄酒一杯，以示祭奠。父女血肉至亲，但却阴阳相隔，难道是在冬至节日，这个传统的祭祀日子，千里迢迢来看望女儿。我按照这边的风俗，就在大路边上，用白粉画上圆圈，为父亲送去寒衣和钱财。财纸燃烧，火焰乍起，我仿佛看见父亲的目光，就那样定定地看着我，我在内心祈祷，祝愿父亲一切都好。

雨　后

听着窗外的雨声，如同阵阵音乐。

持续了好多天的高温，这些滴滴答答的雨声，下在了人们的心里，空气是凉爽的，人却很温暖。只有经历过干旱熬煎的人，才会感觉雨水如同甘泉，沁人心脾。我想，此刻我母亲一定很欣慰。

也还在昨天，她还在发愁，愁树上的花椒被骄阳晒黄了，红红的花椒颗粒落了一地，她的希望也掉到地上难以捡拾。花椒从长芽到结果再到变红，其间要经过多少坎坎坷坷。如果冬天是个小阳春，到春天又乍暖还寒，那么椒芽就会冻死，来年也就颗粒无收；如果春天蚜虫上树，稍不及时清除，那么椒粒就会在没长成熟时颗颗掉落；如果在夏季，花椒颗粒正需要水分，而天公又不作美时，椒粒就变得瘪小；我母亲发愁的就是，颗颗饱满的花椒在即将归仓时，也还是要遭受最后的一劫，骄阳热辣辣地晒着，它并不懂劳作的人们的辛苦。好在，下雨了，如果椒树恢复了生机，我母亲脸上也会有了笑容，我也就很高兴。听着窗外的雨声，如同听着阵阵音乐。

这雨让我想起了我的母亲，她此刻也一定进入了梦乡。睡梦中的母亲不知道会不会做下雨的梦。但是，我知道，她会做别的梦。

有一段时间，家里很多事情都不顺。那段时间，母亲和村子里别的命运多舛的女人们就信了教，一种民间的天主教。一周有一次讲道的时间，我母亲因长年劳作，很多字都忘了，可就是查字典，她也给不会的字注上音，我能想象，她会虔诚而认真地听人讲善恶报应的故事。我的母亲一辈子都是辛辛苦苦过来的，从没害过人也从未有害人之心，可就是时运不济，家里总是不顺。我想，她就是这样将她的一颗心交给那个惩罚分明的主，期盼有一次好运垂临的机会。过年期间，我回去，那些个晚上她总是长吁短叹，有时睡到半夜就被惊醒，也总是睡觉不稳。近一年来，家里情况渐渐好转。但是，有一点点事情，就不能好好入睡，我希望我的母亲睡着了，小雨点就像那童话中快乐的仙子，带给母亲好梦，不管现实如何，让她在梦里展露笑脸。

多少往事纷至沓来！记得母亲年轻时的样子，扎着两个小辫子，脸上没有皱纹，那时我八九岁的样子。恍惚间，我也已经成为十岁孩子的母亲。回家的次数少了，母亲总是惦记她的小外孙。上次回家，母亲是高兴的，可那眼角和额头深深的皱纹，是那样清晰，那是沧桑岁月和苦难生活的见证，几十年了，那一双劳动的双手，从未停歇过，那一颗心，也从未真正放松和平静，为儿女，也为生活。母亲的一生真是艰难，从未过过一天舒心的日子，困难而艰难的度日，使脸上的皱纹一天天加深，真让人心痛。可是我又为母亲做过什么呢？到现在，我的生活仍然让她惦记，让她发愁，虽然在女儿面前只是宽慰，可是强装笑颜的背后是一颗多么煎熬的心，而这又使母亲的脸上平添了多少皱纹？每一缕皱纹的背后又掩藏着内心多少的无奈与不平？我只有深深的自责与心疼，很想抬起手来抚平那一缕缕深深的皱纹，可是那又怎么可能呢？若能抚平皱纹，又怎能抚平母亲内心那一份不甘与操心呢？母亲爱着子女爱到无能为力，子女接收到那份爱时同样也是无能为力！世界上真正的感情有时候就是这样无能为力！

昨天下楼梯时，一句诗句萦绕在我脑间，“母亲凝注在我脸上的目光，注满了整个天空”，一个母亲的心，就这样长在孩子身上，深邃广博。我现在也是孩子的母亲，我明白我对孩子的那份爱，可是有时候，我就是不知道怎么回报我母亲对我的爱。我只知道一味地爱着自己的孩子，不知不觉就忽略了母亲那颗等待的也需要被子女爱着的心。我爱我自己的孩子，忽略了母亲，而我的心也同样被我的儿子所忽略。爱的重心就这样一边倒，母亲那像天空一样广博的心换来的只是儿女们不尽的索取。

她的一生真是太苦了。我真愿她日日做个好梦。明天醒来，看到雨后的椒树充满生机，能给她带来哪怕丁点的快乐，也是好的。

记 梦

这两天，夜晚梦中超级忙碌，白天醒来，恁是怎么也想不起梦中景象。梦是什么？倏忽而来又疏忽而去？不禁想起年前回家时所做的梦。那景象是那样清晰，至今想起，仍能感到冰凉的泪珠就挂在腮边。天快亮时，一个人兀自哭泣，非常伤悲，拉着我姑姑的手，问她近来生活过得怎样？那边日子好吗？时日正当中午，和两三个同学逛街，逛街是为排解烦闷，没想到就碰到了多日不见的姑姑，还是那个样子，絮絮叨叨告诉我在这里好好生活，她的日子不好过，因是多日不见，两人说起往事，不仅泪从悲下。我拉着姑姑的手，不想放开，说起我这里生活过得不好，很想和姑姑在一起，说着说着，悲声大作，醒来，却是在妈妈的床上，妈妈仍在睡觉，孩子的鼾声响亮。原来，我是被梦惊醒，躺在被窝里，等着曙光渐白，回味梦中情景。

姑姑离世已经三年多了，自我上学，后来工作在他乡，和姑姑见面的机会就少了。三年前的国庆节，和孩子爸回家一趟，没想就正赶上姑姑车祸离世。那天，下着雨，风很大，妈妈正给我们煎油坨，姑姑的孩子敲门进来，扑通一声，就跪在地上起不来，孩子这一跪，就是不祥的征兆。按我们那里的风俗，只有家里老了人，家中的孝子才会一家一家跪请亲朋好友，以示尊敬。我和妈妈当下心里大惊，姑姑和姑父年岁还小，怎能就有罹难？我表弟栋儿是姑姑的心头肉，掌上珠，此时早已不能说话，旁边村人才告知实情。姑姑因车祸已离开人世。那几天正是姑姑的第三个女儿要出嫁的日子，姑姑姑父兴冲冲地骑车为女儿置办嫁妆，因为三三从小在别人家寄养大的，姑姑总觉内心歉疚，所以事事时时都要最好的。那年，姑姑家里养猪，经济还是比较宽裕，本来说好由姑父一人去看新房的窗帘，可是姑姑又怕不放心，还是一起去了，就这样坐在姑父的摩托车上，才出村子不久，车子就颠簸了一下，就是这一颠簸，姑姑就从车上摔了下去，后脑着地，当时就不省人事，等到医院，开颅手术之后，就再也没有醒来，从出车祸到人离世，不到一天，真是晴天霹雳！

就在栋儿离开的第二天，天仍下着雨，冷风习习，我和孩子爸一起去姑姑家，家里慌乱不堪，姑姑一生生养了六个儿女，前面五个是女儿，就是为等最后那个儿子，在姑姑身边养大的只有四个。姑姑的儿女中，一个少年夭折，一个结婚成家，两个送养别人，姑姑走后，如今家里还有一个女儿一个儿子还在上学，家中光景甚是凄凉。姑父被劝到另一个房子，即使这样，还是眼泪成线，见人就哽咽悲哭，一脸憔悴。来到姑姑面前，已由村里人为她穿戴完整，躺在那里，脸上头上，仍是以往光景，恍惚中，这样的情景似曾相识。我爸爸也是这样，在我小的时候，躺在那里，一动不动，如同睡着了一样，我不能忍受就这样以这种方式站在亲人面前，匆匆别过。

恍惚间，三年了，在这三年里，我每年回家，过年时，总会碰到姑父，如同姑姑在世一样，每到春节，就回家来，带着儿女，中饭吃毕，就到地里，为我长眠的爷爷和父亲烧纸。去年，姑父是和已经毕业的女儿小宁一起来的，说起儿子栋儿，一脸无奈，栋儿是在姑姑离世第二年考上我们那里的重点中学，为了姑姑，栋儿拼命学习，可是到了学校之后，眼见着一些富贵子弟，整天吃喝玩乐，还被老师娇宠，很是不服，要求换班，却被拒绝，于是开始逃学，终至弃学。姑父说起，一脸无奈，又加之那年养猪事业不顺，姑父看起来越加单薄。姑姑走后，姑父有多劳累，不想也能知道的。

今年回家，说好今天在大大家相聚，大大的二儿子给孩子过满月，起床后，我没有给妈妈说刚刚做的梦，可能是亲人之间要见面了，姑姑才托梦给我。到了大大家，果见到了我的姑父，姑父周围聚着他的儿子女儿和女婿。儿子女儿的身段长得很像姑姑，瘦高苗条。两个女儿和女婿都有了车，儿子现在在一家技术学校学习焊工，还有两个女儿，一个毕业在西安工作，很有姑姑的风韵，面庞白皙，很是干练，一个女儿，也是送给了别人家的，第一次见面，长得也很时髦，也已经工作。姑姑生养的这些儿女现在一个比一个干净利落，姑姑辛辛苦苦抚养了，操心了，可是等到儿女们要回报她的时候，这份福气她却再也享受不到了。看着姑姑的这些儿女，想到早上姑姑托梦给我，姑姑莫不是知道今天是亲戚们聚会的日子，怕不是要让我替她看看她的这些儿女，一个一个笑语嫣然，只是姑父真的老了。到这时我才觉得，活着真的很累，离开或许是一种解脱。

坐在电脑前，想到这梦，就觉得，生死之间是有感应的。要不，姑姑怎么偏偏就在大家要相聚的时刻托梦给我，怎么唯有这样的梦醒来之后不能忘掉？生死两茫茫，但不思量，自难忘的情谊却可以梦的方式相互寄托，未尝不是人生的一种宽慰！

为亲人的快乐而快乐

又一个新生命诞生了，我的姨和姨父有了自己的宝贝孙儿了！孩子是迫不及待来到这个世界的。

正月里回娘家的时候，宝贝还在妈妈肚子里，姨说，预产期在阳历三月左右。那是我第一次见孩子妈，陕北姑娘，长得清秀迷人，走路说话都很利落，由姨父亲姨陪着，来参加我弟弟孩子的百日宴。那天人多事杂，我、姨和姨父并没有好好唠嗑，筵席结束，姨父和姨就回去了。晚上等到一切收拾停当，和妈妈谈起了我亲姨家的日子。妈妈对亲姨的儿媳，我表弟的老婆大加赞赏。读过书，又知书达理，还懂得节约。表弟在山西工作，表弟媳妇是陕北人，刚怀孕那阵，在山西生活，水土不服，就回来和我姨姨父一起过日子。夏天时候，我姨忙着摘花椒，都没时间照顾有孕期反应的儿媳，可是每当亲姨从地里回来，媳妇早已经擀好了面，抄好了菜，等着给老人下面了。农村家里的日子苦焦，大学毕业的儿媳妇一点也没有抱怨。今年冬天冷，我们那边家家都盘热炕，媳妇的新房里没有热炕，表弟在外工作半个月才回来一趟，弟媳妇就是在亲姨的大炕上度过了整个冬天。一家人亲亲美美，和和睦睦。我于是想起了我在亲姨家的幸福时光。我爸爸离世早，姨父亲姨对我像自己女儿一样，从高中到大学的假期，我在亲姨家的日子比我家还要多，亲姨家的土炕大，姨父睡在备板底下，亲姨睡中间，我和表妹睡在土炕离火最近的地方。现在听妈妈这样说，我没有想别的，那是因为亲姨和姨父把儿媳当作自己的女儿一样疼着，媳妇也把亲姨和姨父当作自己的爸妈一样的孝顺，他们才会这样亲密无间。

我的亲姨姨父都是普普通通的农民，我姨父都不识字，可是他们恩恩爱爱生活了一辈子，两个儿女也很孝顺。回到自己的家，我还在为我姨父有了这样知疼知热的好儿媳而高兴，不想，表弟打电话过来，说生了个儿子，壬辰年二月初一下午六点四十分，比预产期提前了有四五天，表弟说的时候，难掩内心的快乐，说孩子是顺产的，还没等他赶到，从推进产房到孩子的第一声啼哭，不到半个小时。表弟说宝贝是着急见家人呢！所以这么快！是啊！亲姨的孙子还在娘胎里的时候就整天生活在这样一种和睦亲密的家庭环境中，他怎能不想着早点来到这个世界呢？

今天早上，我打电话给姨父，姨父的声音里满溢着快乐，姨父爱孩子，我想，从此之后，他就有了自己的隔代亲了，怎么疼怎么爱都来不及呢！

我为那些至亲的亲人的快乐而快乐！

缝被子的男人

四五年前做过一次棉被，那时东关整条街，就一家弹棉花的。棉房里就一个小伙，瘦高个，脸黑黑的，见人爱理不理，那时候棉花絮落得满地都是，可也没见他戴口罩，一笑起来，龇一口白牙，身上头上满是棉花絮子，人就像从面瓮里出来一样。做一条棉被，工序复杂。先把棉花弹好，然后再将弹好的棉花一层一层铺好，这个时候还要准备个很长的竹棍，试试被芯是否平整，这里就有师傅的技术因素。平铺的棉花要两边薄，中间厚，然后是手工上网套，整个下来，要四五十分钟的样子，我那时候做棉被，嫌等得着急，还顺便到菜市场逛了一圈，定棉被，买菜，两全其美。今天下午，走进棉被作坊，先出来的是一个女人，问干啥？做棉被，要什么样的棉花，有十块一斤的，十一块一斤的，还有十四十五块一斤的，现在的棉花分类细致多了，人总想着一条棉被要用个十年八年的，就选了价格稍贵的。这女的很麻利，三下两下就把棉花称好了，随即放在滚筒机器上，这边放上，那边出来，这个机器比五年前的技术性能好多了，棉花放进去，五分钟不到，你需要的尺寸就整个弹好了，不需要人手工絮被了。弹好的棉被芯放在房子内间的另一张大床上，床上早已铺好了网罩，弹压机器很快将被芯罩上网罩。网罩做好，这是被芯的第一道工序，然后你可选择罩在被芯上的布料，布料的尺寸及花色铺里有备好的，根本不用拿回家，师傅就将棉被用线引好，虽然做工粗糙，但是省去了自己拿回家缝被子的工序。拿回家，套上被罩，晚上就可以盖上柔软的棉花被子。被子弹好之后，我惊讶不是女人缝被，而由男人操针引线。师傅缝被期间，我不由得问起现在这机器多少钱？两万六。一年能回来本吧？不行，得个两三年。一天能缝多少个被子？旺季在冬季，大约也是二十条，淡季也就不到十条。一斤棉花利润少，门面租金太贵，一个月成千块，不包水电费，现在竞争激烈，原来一个街面就一家，现在就三家，而且超市里的棉被还便宜，挣不下什么钱。师傅嘴里答着话，可一点都不妨碍他的手上功夫。穿针引线，麻溜整齐。如果说以前人们注重的是棉花弹得好不好，现在，所有的东西都市场化了，棉花价格也都差不到哪里去，想做一条棉被，比的就是穿针引线的手上功夫。又快又整齐，就在说话的当儿，男人已经将被子的四周引好。

其实我并不想啰唆这棉被的制作工序在现在这个社会如何快速，也不想将现在的制被程序和以前相比，我只是想记记这个做棉花的年轻小伙子。几年前，还是一个毛头小伙，虽然做着工，可是明显看出对这行业的不爱见，买菜经过，总是晃着瘦长的身躯，就那样斜倚在门墙上，看来来往往的人流。或许，那时候，一个人整日做一件程序单调的事，总觉得没什么意思。也就前两天，买菜的间隙，偶然瞥了一眼，看见这家弹棉花店里新增了两个人口，一个女人一个孩子，难得见到孩子父亲的影子。今天弹棉花，也是女人出来接待，在棉絮满屋飞的房子内间，晃动着男人劳碌的身影。男人言语及行动间，总有一种决断的样子。成了丈夫，有了家庭，从表情到神态到语气到动作，都和几年前判若两人，这或许就是成长。弹棉花，不是个好活，挣钱也不容易，可是终究还是可以养家的。养家是可以让一个人成熟的。

其实像这样的人在我身边是很多的，特别是在农村，在妻子没有什么经济收入的背景下，家庭的重担就这样落在男人的身上，要承担就要有责任，责任使男人成熟长大。不由得记起一个大婶谈论他儿子的情形。大婶们在一起，就容易说起自己的儿女，谈到刚结婚的儿子，大婶一脸的感慨。自己的儿子没娶媳妇时，不懂得体贴爹娘，家里满地的活也没眼色，非得父母跟在后面，就是做样做起来还是不情不愿。结婚后就不一样了，将儿子分家后，儿子儿媳一块过，一次趁儿子吃饭去儿子那里，看到儿子正在用馍擦锅底，儿子说，刚炒过菜，锅底有油，洗了是浪费，看到儿子这样，为娘的真是欣慰，直觉那个永远长不大的儿子成熟了。这是一个细节，这也说明，结婚生子，让男人们有了生活的负担，想要过得好，就要有承担负担的心理。我的弟弟也是这样，没结婚时，家里啥事也不操，娶了媳妇就不一样了，要挣钱养活儿子，要承担家里的农活，还要挣钱供孩子上学，平日里还要接送孩子，结婚前原本空荡荡的时间，结婚后全被这些事情填满了，可是弟弟并没有感到劳累，总是乐意去做这些事。就是在这样的承受生活的负担中，弟弟成熟了，懂得体贴父母，懂得关爱儿子，懂得过日子的艰难。看到这个弹棉花的年轻人，就想起了自己的弟弟，心里也无不欣慰。现在弟弟日日不论上白班、晚班，都会回来，有时上晚班，白天有空还到地里锄锄地，上上肥料，上次，打电话说，他也在网上申请了一个 QQ 号，网名是幸福居所，虽然日子忙忙碌碌，可是内心充满快乐。

棉被做好了，我说了声谢谢就要出门了，听得男人打电话的声音，说接孩子的时间快到了，接完孩子如何如何……听着这样的声音，我总觉得亲切。比起那些大富大贵者，虽然生活劳累，虽然日子艰难，可是他们却很快乐，在他们身上，有一种很难得的品质，他们懂得什么叫责任，他们还敢于承担生活给予他们的这种责任，为了让家里的人过得更好更快乐，他们不去逃避，而是迎难而上。比起那些无力养家和那些有家却逃避去养的人，我真的很赞美这样的人，也羡慕他们在承担生活中享受着生活的快乐。有责任、能快乐，就是一种清正清明的生活态度，没有富贵之分！

表哥的生活

今年过年回家，一眼看见表哥，长及肩膀的头发，凌乱中略显潇洒，我的第一句话脱口而出，你真像一匹北方的狼，造型可和年轻时的齐秦媲美。表哥几近不惑，可脸上仍闪烁着孩童般的光芒。性情善良温柔，又有粗犷豪爽的一面。

过年去表哥家玩，还没进门，就被屋顶的两只大狗的吼声吓怕。表哥家房子东北两进，房顶为水泥平板，平板上盖有一小小的储物间，农家晒过的干粮在雨天来不及运输时经常暂寄在储物间。这样的储物间在当地的平板房里几乎家家都有，稍大一些，还可以支张床。小的时候，经常和小朋友在下雨天躲在楼顶的储物间里玩纸牌，这样的房间给我留下了非常美好的回忆。不过，表哥家的储物间有两间，现在是两只狗的住所，两个房间斜对着，离得很远，对狗来说，足够宽敞，还有干草做褥。可以想象，两只狗早晨起来相向而叫，像是朋友间打招呼，透着默契。这两只大狗，都是有故事的，一只纯种黑藏獒，我们叫它黑背，体积硕大，是一朋友离开此地时专程交给表哥养的，谁知那朋友此后杳无音讯。刚到表哥家时，还咬了表哥一口，鲜血直流，此后就只认表哥是熟人，吼叫起来，声响震天，无比凶猛，极具威慑，他人不敢近旁。无奈之下，就给养在房顶。

另一只狗是一只纯种牧羊犬，是我大表哥开长途走夜路时在路上捡的，全身棕黄，样子也极威武。我表哥很喜欢，就把它养在了黑背的隔壁。没想到两个狗居长时日，逐渐产生了感情，还生下一对可爱的宝宝。我见过其中的一个，虽则只有六个月，其英勇不减其父母，背部是缎子一般的黑，继承了其父的优点，头部和背部以下则是母亲的血统。见人也吼，声其高亢。我很喜欢表哥家的两只狗，也很庆幸他们找到了表哥，表哥爱狗，为它们提供居所，使它们相亲相爱。妈妈说，这两只狗一月的生活花销和养一个小孩的花销差不多，但表哥却舍不得丢弃它们。其间，有一商人，想以一万元买下黑背，表哥摇头不允。时至今日，黑背在表哥家已住了几近十年，有了舒适的家，还有了妻子儿女。每到晨光微曦，黑背就起来了，站立房顶，吼叫几声，其声传播很远。眼目俯视，很是英雄！

表哥性散，不太服管教，上学很少，初中都没毕业，早些年间，日子过得也很随性。有一段时间，农村收集蝎子，表哥那时还没娶妻，背着个黄军包，带着些干粮，就往山深处钻，每每一天下来，他卖的蝎子足有上百元，附近的山沟野岭怕也留下了他的足迹。后来，虽不去到处抓蝎子，可蝎子还是派了大用场。那时，我老姨手脚蜕皮，不能洗衣，表哥就让老姨用泡蝎子的水洗脚洗手，没想，这个老办法，治好了老姨的病。也有一段时间，整日提着自制的土枪，穿梭于山间野巷，追逐野兔，兔子挂满了老姨家的山墙，每到年节，也能卖一些，去买子弹。表哥少时就这样在山野间晃荡，虽被别人称为不务正业，但现在想想，能让青春就这样自由自在，不奢求也不贪财，随性地过日子，也是一件很好的事。表哥年轻时干过很多事情，但始终没正事可做。最后和朋友一起，捡收垃圾，亲戚们都说此孩子怕没大气，要连累父母。不料，一开始表哥走街串巷收集所谓的废纸废塑料，后来了解了其中的门道，家家户户收集废铁废铜废金属，进而收集已经不用的废古董。韩城是文化古城，不论铜器，瓷器或是古式桌凳、床椅、家具，也收集了很多。慢慢的也收藏了古董。家里专门置一柜子，放置收集的古董，从一收破烂而变成一古董收藏，我表哥其间走过很多路。从未刻意去干什么，对人对事也不贪，性善，人笃，从不想着发财，财就会自己找上门的。

表哥尤其酷爱各类机器，拆卸安装，无师自通。从没花钱学过什么，但总会无师自通，买过一辆别人废旧的三轮车，自己鼓捣，修焊拆装，也开在了路上。如果表哥生在了有钱的人家，如果父母对表哥的人生再稍加规划和设置，表哥或许会考上大学，现在或许也已经成为一名出色的工程师，住在城里，开着小车，过着人人羡慕的生活。可是他会在上班的时候头顶着凌乱而飘逸的长发，走在众人间吗，他会放养两只喜爱的大狗在房顶上吗，他会享受在追逐野兔时的那份豪放与自由吗？我想，表哥恐怕不会用整日呆坐在书桌旁算题作业来换取那些个自由无羁的少年时光吧！

春日三件事

吃白蒿

今天阴历三月初四，我和孩子一回到家，婆婆就拿来烙好的饼子，让我和孩子都吃上一点，再三强调，这里面和着今年春季刚采的白蒿，白蒿学名茵陈，是一种中药，可以清肝明目，山里遍地都是。每到清明前后，家家户户的小孩都会到野地里挖白蒿，白蒿可蒸，可煮。我们那里经常用白蒿和面和在一起，放上调料，蒸麦饭。我有时候会在市场上买白蒿，并不讲究非得在某一天吃。可是婆婆却说，三月三，吃白蒿，可避邪，可防病。也确实，就在这几天，白蒿不老也不嫩，刚刚好，等到了四月，你想吃的时候，白蒿大多长老了，长老的白蒿也就没有什么药用效果了。中国人特别讲究节气的变化，人的身体在某一个节气里缺乏什么，很自然地就会有相应的大自然的作物来弥补。吃着婆婆烙的饼，有一股子淡淡的草的清香，很久都没有吃到这样的饼了。随着农业科学技术的发展，只要有钱，就可以买到随便哪个季节的蔬菜，可是这样的反季节蔬菜，吃到嘴里，早已没有了物品本来的味道，也打乱了身体和自然及节气的对应关系。

一棵蒲公英的想象

吃完饭，和孩子一起去地里采荠荠菜，阳光暖暖地照着，目色所及都是绿油油的麦苗，流光溢彩，在大片绿的间隙，有一些土地裸露，我们就在地上挖菜。今年的麦苗，长得旺盛且水分充足，孩子多时不到农村，刚到地里，浩浩和圆圆就为麦苗儿争吵，浩浩说是韭菜，圆圆说是蒜苗，现在的孩子整天吃着麦面，却不知道麦苗长什么样，我和朋友只有大跌眼镜。不过，挖荠荠菜对孩子来说却是一件有趣的事，田地里，空间足够大，任孩子走到哪里，都走不出大人的眼睛。孩子的心也就跟着自己的脚步，在足够大的空间放飞。太阳热烘烘的晒着，我们和孩子走出了田地，走到河练上，一边是河水，一边是麦地，河练两边栽满了槐树，这时节，槐叶还没长出来，但是地上的草色已绿，偶尔有细小的花开出来，紫色的、黄色的，这里一朵、那里一朵，随意地开放，走几步，就会碰到亮黄色的蒲公英花，在满目土褐色的地上显得格外亮眼，蒲公英叶也极细小，就那么趴在地上，可是并不妨碍它的花直直地竖立，在草色遥看近却无的三月初春的时节，亮黄的蒲公英就那样肆无忌惮地开放在初春的日子里，在不被人所注意的乡间的小路上，东张西望。为什么人们赞美蒲公英，它真的很敏感，能感受并应和春天的脚步，当别的花姗姗来迟，争相竞艳时，蒲公英已经带着饱满的种子，随风儿将季节的变换带到风所能及的地方。

倒塌的铁索桥

在路上，还和孩子说着，从刘一到棣花，我们可以走铁索桥。铁索桥在我的记忆中深刻。孩子两三岁的时候，经常牵着他的手过桥，桥下是滔滔江水，有一次牵着孩子的手过桥，孩子两脚踏空，多亏我拽紧他的手，才没有掉进江里，却再也不敢过桥。无事时，带孩子到河练上散步，经常会看到有小孩飞车经过，还有的骑摩托车经过，拉架子车的，背着背篓的，忙节，还有人拉着满满一架子车的麦子从桥上经过，如履平地，很是羡慕。孩子的婆婆在桥对面有一块坡地，凡到地里，桥便是必经之路，过桥是直线，可省去很多弯路。桥基是架在滔滔江水之中，水流至桥下，形成一个漩涡，从桥上往下看，非大胆者必会头晕。桥身及桥面都是钢铁铸造，三角形的钢板连环焊接，在钢板上则架有木板。长年累月的负重，有的木板就会被风吹雨蚀，这样就会有一些木板坏掉，形成空当，我的孩子那一次就是走在空当上差点掉进河里。近几年，联产承包之后，大家都忙着自己挣钱，对于公共的东西没有人主动去维修，在我三年前过年回去，腊月的棣花集上，还在铁索桥上双腿颤抖着走过，那时的木板大多已是岌岌可危，可是人们只是自顾自的走着，谁也没有将自家木板架在桥上过。今天，采完野菜，领孩子到铁索桥边，却只剩下桥头的两块大石头，铁索桥却好似拦腰被截掉，浊浊流水从旁经过，漩都不打一下，就那样直直流走了。断桥周围难得听到喧闹的人声，没有风，静水深流，四周寂静得可怕！

清明记事

我是相信人死之后，灵魂常在的说法。某一年的春季，我的腰椎莫名的疼痛，还去医院拍片，折腾了好长时间，最后无声无息的好了。事后回想，那段时间，正是表哥亡故，我未来得及送行，怕是表哥惦记的原因。后来的一次寒食节，久已不在人世的父亲晚间托梦，怕是想我了，于是，在第二天的晚上，忙采买阴间的钱票，按照这边的风俗，在十字路口为父亲送上。记得当时家里孩子爸爸没在，我还专门拜托系上一年老的同事，为父亲打钱，用白粉在十字路口画上圆圈，在圈里烧上阴票。这一段时间，我莫名其妙的咳嗽，整日整夜的睡不好觉，吃遍了西药和汤剂，总是不见好，在没有办法的情况下，我在想，是不是我的父亲想我了。春节没回家，没给父亲送祝福，怕是他老人家惦记了，我跑了大半个街道，买了足够的阴间钱票，寻找一个僻静的十字路口，为父亲送上问候。是夜，风很大，用火柴点了好几次才点着，火光蓬起，又因风力，烧着的纸灰又被吹起到圈外，匆忙之中用树枝将蓬起的纸灰拨拢到圈里，生怕在那边的父亲收不到。沿途顺着街道往回走，看到一圈一圈的未亡人为已亡人送去惦记的烧纸的痕迹。清明节，就是以这种思念的方式去纪念亡故的亲人。或许只有那边的亲人安好，才会有这里人间的安稳。

清明节的前几天，跟随孩子的爸爸去祭祖。因为女人不能上坟的风俗，只好远远地看着。我的孩子，不到十二岁，也跟着他的爷爷、伯父、父亲和哥哥，来到自家的祖坟前祭拜，或许孩子并没有见过这地底下葬的是什么人，但这每年的祭拜，却给了他一个常识，这里面住着的，是他已经亡故的家里的老人。这或许是一种尊老仪式的启蒙教育。也是用事先打好的纸钱，打纸钱必须是家里的男丁来打，先采买手工制作的烧纸，折叠好，将一百块钱，也可以用五十块钱，按顺序用手掌拍打在纸上，掌力必须均匀，才能保证阴票的质量，这是印钱；在印好钱的纸上写上所要祭奠的家人的姓名，这样，就能保证阴钱的归属。孩子的爷爷拿着印好的钱，孩子的父亲和伯伯拿着市面上采买的阴票。市面上的阴票按照现实社会里的钱的画面印制，而且统一印制的阴票可以将票面价值印到无限大。孩子的伯伯就拿着一厚沓票面价值为10亿元的票子。看到这么大的票面，我不禁插了一句，这么大的票面，到阴间的银行能换开吗？记得小时候，我们那里印制阴票比这里要复杂一些，要准备墨水，还要有刻好的印版。将印版蘸上墨水，在纸上复印。印版有方形的，只刻一种票面，或五元、或十元，还有滚筒式印版，刻上不同的票面，也可一百，也可一千。那时，家家都有印版，每到逢年过节，在现世里过节高兴，同时也要想着阴间的祖先。慢慢长大，印票就成为我的专职工作，所以关于那时印票的记忆仍是非常清晰。有一年，妈妈讲，我家坡下的邻居为省事，专门找了一个木工，刻下很大数目的印钱，没想到，过年过节烧过后，先人托梦告诉其孙辈，钱票太大了，到哪里都换不开，这家人后来又刻了一副小数目的印版，此后，再无节外生枝。

如今，随着时代的发展，印刷技术的提高，既不需要手工印票，也不需要打钱，只需市场上采买，一切都方便多了。不过，传统的打钱和印票中，本就存有一种对先人的虔诚和尊敬在里面。我甚至在想，那些较早年代的先人，能认得现在统一印刷的币面吗？

清明时节，花草生发，到处都是生长的迹象。我跟随家里祭祖的人去祭祖，不论是关中还是陕南，祖坟往往是离家很远的，而且往往在山坡的阳面，挑选祖坟也是有讲究的。好的墓穴可以福荫子孙。墓穴好的人家，其家族往往人才辈出。我没上去，只是在下面观望。于是就看见，在家里祖坟的旁边，有一个柏树环绕的亭台，亭台周围绿树掩映，在这初春季节，百草丰茂。我想，这里必定是个好穴位。后听孩子爷爷说，这里葬着一位女人，其儿孙已是周围百里的大人物。今年祭祖，家人带去了一棵柏树，预示长青。我想，这样年年栽树，怕是到十年之后，也是树木丰茂的景象，或许也可如同葬在旁边的这位女人一般，福荫子孙吧！

摘艾叶

摘艾叶有一种讲究，必是端午这一天采摘，才有驱毒辟邪的作用。说是驱毒辟邪，其实是艾叶中含有一种芳香油，有杀菌作用，端午期间，时近夏至，正是寒暑气交互转换时，人们容易感染时疫，所以古时各地流传在端午这天，以菖蒲作宝剑，以艾作鞭子，以蒜头作锤子，又称端午“三武器”，可以退蛇、虫近身，也可除菌驱毒。不过现今，人们摘艾，更多地讲究实用。艾叶晒干之后，用其洗浴，可以驱蚊防暑，还可兼治各类皮肤病。

采艾要在鸡未鸣以前就出发，老人们说，沾有露珠的艾叶最好。所以，端午这天，特起了个大早，一路上，看到的尽是熟人，大家打着招呼，手拿镰刀或剪刀，走在山间偏僻的小路上。也有起得更早的人下得山来，手里拿的，肩上扛的，一捆一捆的艾叶，院子里的三个大妈，用绳子捆着艾叶，抱在怀里，健步如飞，从我们身边经过，浓浓的清香，直钻入肺腑。

上山的路上，艾叶这里一簇那里一簇散落着，因为天干，路边的艾叶大多长得低矮，大妈告诉我们，上到山的高处，才会有丛生的艾叶，不用费力，就能摘得一大捆。朋友的孩子和我们一起上山，一路欢欣如雀鸟，报告着山间哪里的艾叶最旺盛。其实，上得山来，无须寻找，哪里有人群，哪里的艾叶就茂盛。

山尖上，杂草丛中，到处有采摘艾叶的人影。在这里过了十多年的端午节，每年都是匆匆到市场上买一束艾叶，放在大门外面，专为避邪，从没有想到艾叶可防菌治病。今年一进夏季，可能是换季的缘故吧，皮肤偶有瘙痒，采摘艾叶，有更迫切的愿望。

我拿着一枚小刀，在杂草丛中，搜寻艾叶，我的手上和腿上划伤了，可我听到从这块平地进入那片山沟，有更高更好的艾叶，还是赤脚穿着凉鞋，踏过丛生的杂草，找寻更好的叶子。我采艾叶，是我爱我自己的皮肤；一个和我一样的，穿着裙子的，趿着凉鞋的年轻妈妈为自己的孩子采摘艾叶；一个年龄稍大的阿姨，告诉我们说，老伴一到夏天，脚气严重，采撷艾叶，泡泡脚，驱逐脚气。虽然端午节采摘艾叶已经没有了传统的避邪一说，可是，这样的节日还是和平时不一样，炎热的夏季，走很多的路，爬很高的山，出很多的汗，但依然因为这个节日而会有很多的情感和快乐伴随着，回去的路上，朋友的孩子说，明年他还要来采艾叶。

采摘艾叶，是端午节的传统习俗，除采艾以外，还要在手脚各处拴五色丝线。在中国传统文化中，五色分别是青、红、白、黑、黄，象征五方五行的吉祥色。端午这一天，在手腕脚腕系上由父母精心配制的五色丝线，可保安康。小的时候，妈妈会刺绣，家里有各种颜色的丝线，往往在端午这天，妈妈将五彩丝线搓成麻花辫的带子，系在手腕上，但更多的是系在脚腕上，妈妈说，这样，不容易丢，而且每每下雨时，也会提醒我们将脚腕上的带子剪掉，扔到小时经常洗衣的河水里，让河水将福祉带到更远的地方。小时候，孩子们经常比试着谁脚腕上的丝线粗，谁的颜色好看。香包，也是那时妈妈经常做给我和弟弟的，妈妈手巧，能将各种颜色的布头变成活灵活现的动物，什么小狗呀、小猫呀、兔子呀，如今，这已成为美好的回忆。后来我有了孩子，每到端午，也会偶然想起给孩子也拴个丝线什么的，但经常买起来比做起来方便。每年都买，又会厌烦，于是，今年想着给孩子和家人做个丝线和香包，线的颜色不全，搓起来也很麻烦，专门从市场上买的香料，但因为手拙，做出的小狗样子难看，孩子也不愿佩戴，于是越发怀念儿时的端午情景，也想念妈妈。不论艾叶、丝线还是香包，传达着亲人之间那种浓浓的情感。

中国人本就很注重情感的表达，中国的传统节日又将人们之间的情感维系用习俗的方式固定下来。春节，重家亲人，从腊月二十三开始，在不同地方工作的人，都要回家来相聚，父子母女们在一起，兄弟姐妹们在一起，享受在一起的快乐；清明，祭祖怀根，不远万里的人们纷纷回来祭拜自己的祖先，插柳、上坟，传达对已逝亲人的思念。中秋节，月圆夜，将思念的情感通过月亮带给远方的亲朋。重阳节，亲老尊孝，人们插茱萸，登高顶，传达亲人间的彼此思念。每一个节日和习俗背后，看似烦琐的行为细节，如若深深体会，都是亲人之间深厚情义的表达。

也因此，我从心底里越来越喜欢传统节日里这些看似无用的习俗，比如在端午这一天，自己蒸粽子、采艾叶、搓丝线、缝香包，在做这些本可以在市场上买到的东西时，我的内心总会充满爱恋和思念，并将这种爱恋及思念通过手上的活计表达出来。我忽然很想写出这样一句话，这是《小王子》告诉我的，“眼睛永远看不见最本质的，眼睛所见的远不及我们内心体会的”。

静泉山上木槿花

商州多山，山上多庙。

静泉山是一座竖直的山，山上有一泉眼，泉水纯净清冽，山因泉得名。

上得静泉山很多次了，每次都是匆匆而归，从未细品静泉山水之神韵。此次和同事一起，细雨蒙蒙，山上空气清新，自山上往山下眺望，树木掩映，层峦叠翠，空谷山间鸟语莺莺，山下庙宇佛音袅袅，真如世外桃源一般。上到半山腰处，迎面一座庙宇——七星菩萨楼，夹在两山间隙，庙宇檐上疏疏落落长着檐草，黑漆漆的檐瓦和深绿色的苔藓两相对应，可见屋脊年代久远。据说，山间庙宇为清乾隆时知县罗文思修建，距今也有257年的历史。除了土木建筑的庙宇，山上凿有石窟，窟里设有祭坛，每逢初一十五，香火不绝。

静泉山间凿有一井，此井冒泉，至井口而止。据说此泉千百年来，不涸不溢，以静、清、澈、冽著称，故称其为“静泉”。当地人专为此泉建一亭子，亭上书有专为静泉而做的对联：静泉山上山泉静，清风洞里洞风清。从此亭往下去，眼目开阔。 不过，如今，在静泉的东边，一条高速公路已经建成，时有车鸣从耳旁呼啸而过，静泉怕是从此之后，再难寻静。

因是雨天，一路上未碰见善男信女，山间安静许多。满目所及，除了葱翠的绿叶，就是裸露的山石。此山之所以能凿石窟，是因为这里石质坚硬。上静泉山顶，有两条路，从我们所处望对岸庙宇，裸露的石脊层层叠叠，一路向下，石脊和庙宇的屋顶紧紧相连，有同事说，上次，她还顺着石脊盘上屋顶。不禁惊叹，如此竖直的山，如此狭窄的地方，竟也屋宇相连，山水不断。

山至半腰，忽见朵朵粉花，轻盈瘦佻，散落在绿叶掩映之中。雨打湿了花瓣，花容欲显盈盈可怜。朋友说，这是木槿花，韩国的国花，其花可食。因摘一瓣尝了尝，其味清淡。木槿花，品性高雅，但其朝开暮落，日日常新，因而唐朝诗人崔诞融的《槿花》描述："槿花不见夕， 一日一回新。东风吹桃李，须到明年春。"木槿虽然朝开暮谢，但常开常新，比起一年才开一回的桃李，不知要强多少倍。所以，韩国的国花，又寓意无穷花。在静泉山上第一次看见木槿花，就很喜欢，与牡丹玫瑰相比，因太多见了反而俗气，不如木槿清气怜人，花意无穷。手触木槿花瓣，花瓣薄如蝉翼，花瓣上的丝丝缕缕清晰可见，不觉感慨，如此精致，却只为绽放一天的美丽，真有一种宁与光影争辉煌的韧劲。

下山时，雨已住。石头做成的台阶上青苔斑斑，我和朋友相扶下山。以前，深秋时节，来到静泉山，归去时总会采一大把的野菊，如今，我的手上空空如也，可是我却觉得很有收获。在热闹喧闹的城市的角落，在山水相连、绿木掩映的清幽之处，我还是一睹山花的风采，和这样美丽而精致的生命蓦然相逢，我感到很高兴。

随 感

上得秦岭山来，见满山的黄叶凋零，才知秋风肃杀，才真切地感受到季节的变化。当我感受到季节的变化时，我才觉得，我和自然的距离是那么的遥远！

在城市，整日是方寸之内的一片天。只感觉到阴晴的变幻。太阳出来，能照得见影子，不出太阳，连影子也找不到。不管有没有太阳，周围都是烦嚣的吵闹声，歌声、车声、小贩的叫声，伴随着匆匆而来又匆匆而去的急切的步履声。或许，就是这太过吵闹的城市的声音，就是这太过匆忙的日日的奔波，钝化了感觉，麻木了心灵，感受不到大自然的节气的变化。

所以，站在秦岭的高岗之上，我分外感动，向下俯瞰，山脉纵横，层层树木，纷纷萎黄。今年的五月，我也经过这里，我看到的是生长着的浓浓春色，桃花点点，在枝叶间怒放，漫山遍野的是旺盛的生命生长的力量。如今，五个月的时间，站在同样的地方，却是片片黄叶，寸寸凋零。秋风肃杀生机，在萧杀中也见力量。斗转星移，生命更迭，可见自然乃是掌控世间万物的神灵。

只可惜，城市越来越大，人距离自然越来越远。只能偷得浮生半日，相晤自然。

于是，就在这秦岭山间，这才看得见秋色肃杀，哪怕是阳光明媚的日子，光影也不似夏日那般漫长，仿佛长着长脚，匆匆从指缝间穿过。背光的地方总是充满阴影。有时甚至怀疑，不是风，而是阳光，偷懒的阳光使万物得不到充足的光照，树叶才纷纷萎靡。

于是感叹古人悲秋，悲秋之萧瑟，其实正如人生年华，匆匆一瞬，转眼即过。我忽然想到幼小时看到在冬日的墙角晒太阳的老翁老媪，他们鸡皮鹤发，用整整一生的岁月追赶阳光，却没想到，阳光是越追越短！

秋色不易呀！

冬日下午的随想

人本赤裸裸地来到这个世界上，从第一声啼哭，第一次穿衣，第一次说话开始，便被规定要在什么时候哭，在什么时候笑，某种场合该穿什么衣服，在什么时机说什么样的话，最初是父母，再者是学校教育，最后是社会，人活在种种拘囿和规范中。人生不过百年，有人希望自己能像鸟儿一样，挣脱世俗的羁绊，拼命往高空飞升，体会到飞升的快乐，也在高处看透了芸芸众生的烦恼，带着对未来世界的向往，离开人世。在这世上，大彻大悟的人毕竟是少数。有些人，天生有大能力，如同海里的鲸鱼，劈波斩浪，吐纳自如，成就了自己的大气魄，这样的人，多有运筹帷幄的经世之才，在现实的世界中，仍是凤毛麟角。大多数的人们，如草芥、如鱼群，在这世上挤挤挨挨，经历着喜怒哀乐，体会着悲欢离合，人生如同旅程，出生如进站，死亡如出站，不同的站点，都有人上车和下车，长命的，在这车厢里多坐几站路，短命的，也不过是提早下车而已。看开了，生死也就不过如此而已。

什么东西，习惯了，便成自然了，对待生死的态度也一样。死，对于一个人来说，也只是闭眼睁眼的事，闭上了，能再次睁开，世界对于他便是美好的，闭上了，再也没睁开，便是以死亡的方式对活着的解脱。这样的生死观，是五年前朋友经历了多个亲人生死别离后的体会。那时，他的母亲刚刚离开他，母亲患恶性肿瘤，在医院里痛苦挣扎了两年半，等到母亲离开的时候，他对生死已经看得很开了。在这期间，四个至亲之人相继离开了人世，先是哥哥被查出白血病，化疗了一年多，曾经壮硕的身体被病痛折磨得只剩筋骨，他是亲人中第一个离开的。哥哥的离世在他是一种解脱，对亲人却是打击。不久，母亲就住院了，母亲住院期间，父亲摔倒在家，是仓促离世的。他还记得，那是秋天，他从医院回来，心里想着到超市给父亲买两双袜子，父亲总是舍不得吃穿，给父亲的时候，父亲还抱怨他乱花钱。就在离开父亲不到两个小时的时间，父亲就摔倒了，再也没有起来，家事祸难连连，父亲觉得对不起儿子，父亲那无奈而抱歉的眼神令他悔恨不已。父亲离世不久，他的嫂嫂也得病而死。两年的时间，他奔波于家庭和病房之间，目睹了一个个鲜活的生命在暴风雨般的疾病面前一点点衰弱，最后，看着它洋洋得意地带走他的至亲而他却无能为力。死亡如此密集地出现在他的身边，他要经受亲人离丧的痛苦，还要强忍笑脸面对幼小的侄子女儿，他感受到生命的脆弱，同时又要用强劲的生命面对现实的磨难。生和死只是一步之遥，一夜起来，还能睁开眼睛，对他来说，就得活着，一夜起来，即使闭上眼睛，他也无怨，这是超脱的生死观，只有经历过死亡，才会将生死看得淡然。人生世界，转瞬即逝，死亡是一件无法躲避的事，送亲人到达他们的站点，然后在生的路途奔波，这是人生在世的宿命。

现实中，有我朋友这般，在经历了死亡之后，了悟生活的人，还有如我婆婆般，理解生死之命，从容地准备自己未来世界的人。上周回家，正好碰到我婆婆做寿木。我婆婆今年不到七十岁，早已准备了他和公公的寿材，在冬天阳光正好的一天，请来师傅，为自己做棺木。棺木做了将近一周，木板很厚，板头有雕刻的门楼，其实预示着未来世界的住所，棺木做好后，会请师父吃大餐，还要响炮，向上天预示，这是一件有意义的事。我回到家，婆婆还专门拉我仔细看这棺木，说话间满嘴的笑意，好像完成了人生一件大事。能自己亲手给自己做棺木，想象自己将来的世界，在老一辈人那里，也是生命完满的表征，从此之后的岁月，多活一天，便多赚一天的岁月，阎王爷不叫，也是福报。一般人家，在老人六十耳顺之后，便开始计划和想着死后世界的事。人到好话坏话都能听进去的年龄，谈论死后的世界，便是一件不必避讳的事，这便是非常自然的生死观。

冬天的丹江河边，天如蓝宝石，没有风，丹江河上微波荡漾，波面上闪烁着碎银般的光芒，一棵柳树，斜仄在河边，叶子还未落尽。朋友说，一年中，柳树是树木中发芽最早的，也是落叶最晚的，可最终还是要落尽叶子，经历天寒地冻，才会有来年生命的重新开始。万物如此，生生死死，方生方死。世俗中人，又怎能跳脱这一生死轮回呢？死是所有人从出生的那一刻开始，便注定要发生的事，我们每活一天，便是向着死亡迈进一步，就如史铁生所说，死是一件不必急于求成的事，也是不必惊恐的事，在走向死亡的征途中，我们不过一个旅客而已。

在《商洛文化研究》上看到有人摘录的陕南阴歌中的一段："人生在世有什么好，墙头一株草，寒冬腊月霜杀了。人生在世有什么好，一树老核桃，叶子没落它落了。人生在世有什么好，河里鸳鸯鸟，鹰把一只抓走了。人生在世有什么好，说一声死了就死了，亲戚朋友不知道，亲戚朋友知道了，死人已过奈何桥。"说的真好。生与死都是自然而然的，有种种的不可预料，生命来到人间，我们恣意生着；对于死亡，我们也无可奈何，坦然接受。

在岁末的冬季，在阳光如此美好的日子，我想到了生死，便记下了上面的这些感受。我也意识到，只有懂得了死亡的秘密，才会更好地生活。我愿自己生得充实！

雪

一

有些事物，你天天都见到，便不觉得有什么特别珍惜之处；有些东西，一年就那么一次，在该来的时候，总是姗姗来迟，这样的事物，总会让人心里惦记。

已经一年了吧，不仅仅是那些喜欢玩雪球打雪仗的小孩子们心里盼着，连我这对四季并没有特别感觉的人今年也特别盼望雪花，在心里想象着雪花的样子，一想起雪花，内心也会泛起莫名的感触。

只有在寒冷的季节，万物肃杀，雪花才会凝结成白霜般的形状，一瓣一瓣，贴在枯涩的树木上，贴满屋顶和道路，让天地一色，莽苍空阔，洁白干净。这样看来，雪花是派到人间的天使，当天地枯槁，万物死灭之时，雪花就会带着她的美丽，遮蔽污秽和渣滓，给人们关于素美纯净的想象。

想起雪花，就会想起“质本洁来还洁去”的诗句，这样的诗句才配得上她的清凉透亮。雪花没有温度，任何关于热情、温暖的想象都与她无缘，想象她接触皮肤的感觉，清凉冰霜，愿张开双臂抱她入怀。特别是寒冷季节里第一瓣雪花，粘在你的发丝上，贴在你的面颊上，也会融化在你的心脾里。雪花落在你的手掌里，晶莹的霜花，顷刻之间，消散了她的颜色，消失了她的芬芳。这是鲁迅先生笔下南方的雪，虽“滋润美艳之至”，但也因为太难得了，令人想起些微冰冷的林黛玉？等待雪花纷纷扬扬下得天地莽莽苍苍之时，这样的轻盈透亮就变成了别样的风韵。

想象雪花的样子，不论是六瓣的，八瓣的，不论是盈盈的，奋飞的，在天与地之间，“翩翩地、潇洒地起舞”，陶醉在自在的自由的世界里。想起雪花，内心想象着雪花的纷飞，好像自己也如雪花般飘飞了起来！

想起雪花，就想起了几年前孩子与雪的趣事，大冬天的，上小学的孩子脸冻得红惨惨的，吃完饭，孩子上床睡觉的时候，脱了孩子的衣服，衣服的口袋里却是还没完全融化的雪块，孩子是否太爱雪了，才会把雪装在口袋里，就像把他珍贵的玩具珍藏在他的口袋里一样？

想起雪花，每天的第一件事就是打开窗户，看下雪了没？天虽阴着，可是雪却迟迟不来。那天晚上，和朋友去操场，感觉丝丝凉爽贴入脸颊，断断续续的，会有那么冰凉的一点融入眼睑，你还以为是雪花呢，等了好一阵，才会有化成的水随风飘着，雪在这大地上疏忽即去，抓不住一点踪影，因此，也只有想象着，第二天的雪花能纷纷扬扬起来。

天空依旧阴冷着，干燥着，雪花，也只能成为想象中的美好，存在在我的盼望里。

二

寒冷而枯寂的冬日，雪花是可以给人温暖的。

一整个冬季以来，都没有什么使人激动的事情。日日走过的小路上，先是银杏树叶，落地之前很是绚烂了一阵子，紫薇叶子远远望去全掉光了，只剩下扭结的布满疤痕的藤萝根系挂在水泥铸就的栏杆上，春天的时候我还将鼻尖触到释放着淡淡清香的紫色花瓣上，转眼之间，花凋谢了，叶子落尽了，一年也到头了。学院路上那笔直的法国梧桐，夏天的时候，叶子片片舒展着，如同伞盖在枝头茂密着，深秋迟暮，看着柳树的叶子落了，桃树也光秃秃的，梧桐树的叶子片片萎黄，西边斜阳穿过楼层，射到这一片梧桐树上，那闪亮的金色，在蓝色的天域下，使四围的秋景瞬间黯淡。我曾站在远处，看着这金色一点一点，和天色一起渐渐灰暗。如今的梧桐也是树叶落尽，只留下灰黑色的秃树枝丫，树木没有了树叶的风景，没有了叶的茂密和生机，就只剩枝干丑陋地裸露在灰色的天宇下。

灰黑是冬的风景。天是灰的，风携带着沙尘弥漫在天地之间，天看不到地，湖水照不到蓝天的美。地上万物枯寂，人心也寥落。雪花，就是这冬日里的天使。就在这样的期盼中，雪花翩翩而至，风携带着雪花，吹散了沉积在天空中的雾霾，雪花在天空中飞舞，长袖舒展，灰黑的世界顿时变得光辉圣洁。

去年的雪日，阳光白得耀眼，雪也洁白耀眼，我站在洁白的世界里，身心通彻，好似灵魂要飘离地面，洁白的雪，覆盖了遍地污秽，洁白的雪，也给灵魂披上了洁白的纱幕。一年以来，我都在期待，期待冬日的雪，洗涤终年沉积的污秽，好给内心注入澄澈洁净的想象。

2015年的第一场雪是在午时飘飘洒洒洒落大地的，雪花密集，粘着在人的衣服上，头发上，凉丝丝的钻入你的皮肤里，真是透心的凉！我希望这雪一直在下，直下到整个世界都被洁白覆盖。然后，我睡了，希望明天是一个被雪包围的世界。

三

大自然真的很神奇，看遍了污浊遍地，于是，长袖翩翩，满世界都成了洁白的颜色，雪，飘飘洒洒地遮蔽了这世界的污秽，一时间，给人们关于澄澈洁净的想象。洁白遮住了青山隐隐，洁白覆盖了绿水迢迢，洁白了人家的屋顶，也洁白了路边的树木，一个完全粉妆玉砌的世界，一个童话故事里的世界。白的美遮蔽了黑暗与污浊。于是明白，人们为什么那么爱雪花，赞美雪花，雪花有神奇的魅力，给人们关于洁白世界的想象。

不可能永远的洁白，永远的洁白只能存在童话里。雪，是自然的警醒，美丽的雪，在装点了整个世界之后，在给了人们洁白的梦想之后，阳光，亘古不变的阳光，日日常在的阳光，又一点一点地消散了这雪的湿润，雪的洁白，留下依然污秽的世界和现实。于是明白，大自然，乃超凡一切的哲人，给了人们雪的美丽，美丽却短暂。短暂美丽之后，是接踵而至的日日的烦琐和习惯，是生活回归到平常，于是，越发觉得，美丽的事物应该倍加珍惜。

站在这洁白的雪地上，脚踏着的雪在一点点的融化。昨天，走在雪地上，纷纷白雪随即覆盖了脚印，脚印被雪尘封。今天走在同样的小路上，脚印随即随雪融化。雪在阳光的映照下，竟是如此的脆弱？

远处，薄雾袅袅，阳光穿透薄雾，天空也一点点透明起来，于是看见了银装素裹着的山，看见了山头的塔楼，好似时光的魔幻，在阳光映照下，自山头而下，白色渐渐消散，黑色而贫瘠的山峁逐渐显露，阳光将那一层白色的薄膜吹破，世界又恢复原样。

孩子堆的雪人，好似这童话世界里唯一的印证。可是在暖热的阳光下，先是消散了红色的嘴唇，再是模糊了黑色的眼珠，随即身形缩小，化成一摊冰冷的水，只留下狼藉的红色塑料袋和红萝卜，那原本是雪人鲜艳的红色围巾和突出的大鼻子，如今散乱在地上。

明天，如果阳光继续普照，那么，关于雪的印迹将消失殆尽。雪来到这个世界，原是美丽的梦，是现实世界里短暂的美丽的想象。

暑期去重庆

从一个山城到一个山城，中间又经过些许山城。在山城住得久了，想着应到平原开阔的地方走走，不想，等到腾出空闲，拔脚而去又是山城。

从商洛到重庆，早上十点出发，晚上七点到达，中间耽搁了一个小时的吃饭时间，一路上，车子在高速公路上飞快地奔驰，恍惚而过的小城诸多，柞水、镇安、安康、紫阳、镇巴、达州……镇柞山系雄伟也骨架突出，镇巴山系多俊秀，树木也挺拔，到了达州境内，山势渐平缓，但穿山隧道一个挨着一个，高速路坡道较多，车子总归是在上坡下坡，不时有大弯道，坐在车里总是前俯后仰。返回来从达州回安康一路上，时间已是晚上八点，高速路上鲜有行车，一朋友下车蒙上车罩，车速开到几近 170 多码，一个大弯迎着另一个大弯，几近飙车，惊险的三十多分钟使在车里的我惊惧不定，下得车来，即有了一番关于车速的讨论。在我认为，开慢车是一种修养，是对坐车者的尊重，朋友认为，开车贵在车人一体，快车、慢车随自己个性，高速路也可以开到 130 码以上，关键是司机对车子的把控。年轻人喜欢激情，而中年人喜欢稳重，很多事情并不能随诸人愿，诸如这次出游，想着到重庆去，只是被重庆这个城市名称吸引，并未想到重庆乃是山城，等到经过了一座又一座山城，到达重庆这个山城，才觉自己从未出山，商洛看重庆，只不过是小巫见大巫而已。

商洛从地理位置上说，属秦巴山区。秦乃秦岭一脉，衍生秦文化，巴山属楚水一系，衍生楚文化，秦巴山区乃秦楚文化交融之地。越往楚渝方向，应是楚文化愈加浓厚。秦人质实，楚人浪漫，这是历史评价。不过楚人确比秦人重饮食。每到一家饭馆，饭是送的，菜则精细，饭是吃饱的，菜是吃心情的。秦人的辣子也是一道菜，川人是要将辣子变换花样，融到菜里去，吃出性情和味道。麻辣是川菜味道，其实也是重庆甚或四川的文化。一路所经之地，见到最多的是各种不同的竹枝，巴山地区山多沟深，气候比较潮湿，麻辣是提升体内阳气的。道地的重庆火锅，则是将麻辣留驻口舌之间，成为一种愈久弥香的味道。一踏上重庆的地盘，满空气里都弥漫着火锅的麻辣香味。宾馆旁边有一矿火锅店，店面不大，但是店里异常热闹，虽是伏暑天气，每个人都汗流浃背，每个桌前充满着高声的喧闹，店里弥漫着火锅的浓郁的麻辣味，我们一行十人，还未等坐下，旁边桌上几个年轻人划拳声音此起彼伏，犹是两个女孩的声音，盖过男孩的声音，拎着整瓶的啤酒，十分的惬意。人说，重庆出美女，美女却比陕南女子性情豪爽。等到我们的锅底上来，涮牛肉块、牛肚、黄喉、腰片、鸭肠，其菜色品种与其他店面没有不同，只是麻辣锅底是送的，一块肉涮下去，麻而不辣，舌喉生津，香味是浓郁的，且越吃香味越浓。据说，重庆的锅底是真正熬出来的，几十种材料长时间地熬制后味道融为一体，熬制越久历久弥香。火锅的麻香在舌口间久久停留，甚至第二天舌头里还能生出股股麻香味道。到重庆必吃重庆火锅，才真的不虚重庆之行。只可惜，重庆一日游结束后，到解放碑附近的胖子火锅店想要再次留驻火锅味道，店里人满为患，排队等候的人似比店里坐着吃火锅的人多，看来，想要再次体验舌尖上的火锅味道，只怕是要到下次的重庆之行了。

刚刚进入城市，汽车上的现代化科技仪器导航仪就失去了效用，顺着导航仪走，只能原地打转。这是因为重庆乃山城，其城市构造并非如西安古城一般，四四方方东南西北方向明确，就连城市的旅游车司机，自小在城市长大，也对重庆的方向摸不着边际，只能根据渝中、渝南和渝北等不同的板块开车行走。重庆山城道路曲折，高楼鳞次栉比，所以能通过楼层电梯从渝北直接到渝中。自小在黄河边长大，所经之地黄土厚重，黄河乃浊流，有父亲般的雄阔豪迈；一直向往长江，长江哺育着多少江南小城，江南多清秀，古来多少诗句，是讴歌长江的，“楼下长江百丈清，山头落日半轮月”“天门中断楚江开，碧水东流一日还”，想象中的长江定是清流，来到重庆，眼见穿城而过的长江仍是浊流。重庆有两条水系横跨，嘉陵江水面开阔，却是清流。

山中城市，两条大江，高楼林立，现代的重庆在飞速地发展，四十年前的解放碑在众多高层面前显得非常矮小，在这个城市巨人面前，历史终究是要被记忆抹去的。曾经的重庆，抗战时期的陪都，多少的历史佳话，没有了渔樵传唱，淹没得无声无息。现在重庆的长江和嘉陵江，白天黯无生机，夜晚灯火辉煌，人们买着票，为的是在江面上一睹重庆夜景，没有渔樵晚唱，沿江两岸，栋栋高楼，拔地而起，楼上灯光辉映，变换各种形状，长江和嘉陵江的河水伴着一拨又一拨的游客在见证着这座城市的发展。

桂林山水醉人

山奇险，水灵秀，山水形胜全由自然造化。

看惯了连绵的群山，一座一座，挤挤挨挨，连绵不绝。来到桂林，桂林的山与北方的山不一样，是一座一座，各不相连，就那样平地拔起，巍然耸立。广西多山，这样平地而起的山，遍布所属区域，七山两水一分田就是形容广西地貌的。行程五个小时，从桂林到南宁，车窗外的风景，也以这样一座座突兀的山居多。不过，其山形状，远不如桂林属地阳朔的山形状多意。人常说，桂林山水甲天天，阳朔山水说第一。阳朔的山，天然造化，如同大地上生长出的画布，可以给人无限丰富的想象，无怪乎当地人形容，桂林阳朔的山，三分形象，七分想象，这样的山景，可以如诗、如画。

有山有水，山质实，水灵秀，山突兀，水渺渺，山转水随，山水呼应。站在山上看水，水流脉脉，整个城市都被山水环绕。立在船头观山，山回水转，山形变幻多姿，没有一秒钟的重景，山水胜景随流水移动变换，不论从哪一个点看山看水，都会获得不一样的视觉美感。桂林山水，远观会有别样的韵味：碧水茫茫，了无边际，群山如林，隐约在浩渺的绿水之间。山形多姿，可以给人无尽的想象。有五峰络绎相连的，称为师徒取经；

有一峰卓然高超的，又似望夫回归；山形高低起伏的，又似水上骆驼，漓江江面上，或卧或站的三匹骆驼，各个形态各异，导游戏称，那是西北沙漠地方的骆驼向往漓江的秀水，不远万里跋涉而来，千百年来，幻化成石山，就这样永远和漓江日夜相依了。站在船尾极目远眺，碧水迢迢，青山隐隐，纷然隐没于人们的视线之中，如果有幸，你会看到在山水狭窄之处，几艘竹筏，飘荡于山水之间，从竹筏上传来的悠扬的歌声，回荡在山水之上。原本清脆的山歌调子，经过层层的山的涤荡，顺着脉脉流水传递，等钻到游客的耳朵里，那就余味悠远绵长了。这才会觉得，为什么在磁带里听山歌总觉干巴不对味，原来，山歌，还是要在近山近水的地方听，山的回声，水的流转，加深了山歌的婉转多姿。“唱山歌哎——山歌好比春江水哎，不怕滩险湾又多湾又多”，无怪乎，刘三姐在山水之间的放歌是那么的美轮美奂，想必那是天地间山水造化的结果。

晴天观山水和雾霭天气又不一样。在阳光的反射之下，群山倒影于水中，水面开阔处，山影随碧波粼粼而变换丰富，你真觉得是在画中。如果你是诗人，定会遗憾，即使最美的词句也无法形容此山此水的美丽与神韵。漓江的风景名胜黄布倒影，中外驰名，其实也只将漓江美丽的一面展示出来而已。漓江山水形胜如同幻境，那是要在烟云雾霭中才得真见。特别是下过一夜的雨，第二天天晴，从半山腰间就生出层层雾霭，如同白色透明流动的白纱，附着在山体之上，似真似幻，层层升起在山间，分不清似山似云；又好似纱裙纷飞的白衣仙女，伸展臂膊，在月宫瑶池舞蹈。烟雨中的漓江，虽没有晴天时的娇娆多姿，却也分外妩媚多情。烟雨蒙蒙中，水天苍茫，幻境层生，那一峰独起的望夫山，远远看去，楚楚可怜，这纷飞的烟雨，似她的眼泪飞溅；那层峰连绵的骆驼山，在烟雨朦胧之中，似在移动步履，跨江而动。烟雨漓江，虽缺少晴天的那份明丽，但多了一种朦胧的情致。烟雨漓江是一首诗，朦胧而多义，烟雨漓江是一幅画，绰约而丰富。

漓江两岸，生长着枝叶散开如同凤凰尾巴的竹子，俗称凤尾竹，导游介绍，这江面上随处可见的竹筏，大多用其枝干做成。其细小的部分，还可做芦笛，一种可吹出音乐的竹管。还在船上时，就听得远处似有鸟鸣，下得船来，才看到有十岁、八岁的孩童，在吹着一种简易的竹管，其声悦耳，如同鸟叫，忽觉，刚刚听到的鸟鸣声即从这竹管中流出。用竹管吹出的音乐远不如用随处可见的树叶吹出的好听，后在蝴蝶泉听到了真正的天籁之音，那是一种由树叶吹出的音乐，声音清脆悦耳，直穿苍穹，表演者虽是上过中央电视台的名人，可是，在这里的苗族，基本上每一个男孩子女孩子都会用树叶吹出音乐来。生活中充满音乐，自然也就充满了情趣。山水灵秀，山歌和山乐俯仰之间即可获得，生活在山水之间，这是多么丰厚的赏赐。后听导游讲解，漓江两岸，多有苗族和侗族等少数民族的独立山庄，苗族人性格朴实，能歌善舞，苗族姑娘尤为美丽。侗族人多生活在两山之间，吃苦耐劳，侗族人心灵手巧，雕刻的银饰生动活泼，其建筑的木桥木楼，更是坚固耐用。我们耳熟能详的刘三姐的家就在漓江岸边，我想，此去，再听山歌，怕是别有一番感受。

桂林地处南部，气候温暖湿润，地面多生桂橘等南方果木，特别是以桂为最，俗称桂林。在阳朔十里画廊，两边丛生的桂橘，苍翠悦目，如果桂花飘香的季节，则多的是耳鼻生香。如今，我看到的是大如掌似的橘柚，从旁经过，都会轻摇你的衣袖。晨起，雾霭层层从地面升起，将远山包裹，真的如同在神仙的世界里。无外乎，阳朔有许多境外的人在此定居，更多的人选择度假式旅游，在这里租住一间房，多则三年五载，少则三月五月。其实，在很多地方，有山的地方缺水，有水的地方又无山，总是山水不能两得。桂林山水，有山有水，山挺拔，水灵秀，山水之间，是人间福地。我虽只是过往观光，却也被这里的山水胜景所吸引，匆匆一见，即可生情，那么，想象在这里世代定居的人们，生活在这山水之间，该是多么的幸福！

再去棣花

再去棣花，是因为棣花是贾平凹的故乡，跟着一群贾研专家去的，此时的棣花也因为作家贾平凹的存在今非昔比。

贾平凹的老家在棣花，在其文字中有较多关于棣花的记忆。在《商州初录·棣花》一文中，贾氏就详细记叙了棣花的地理位置，棣花四围是山，连山到此荡开去，形成一个小小的盆地，州河从此穿过，既灌溉了沃土，又兴盛了水路贸易。上次中秋节和我 70 岁的老公公一起游历棣花街，听他说，小时候这河道是过船的，如今水浅，浮不起简单的排筏，但可想象州河曾经走舟过船的热闹景象。棣花周围的山大都携土而来，山顶广植松柏，因而风景秀丽。山上有著名的“松中藏月”景象。“那月并不是月，是山峰，两边高，中间低，宛若一柄下弦月，而月内长满青松，尽一搂粗细，棵棵并排，距离相等，可以从树缝看出山峰低洼线和山那边的云天。”毗邻丹江，是一塘挨着一塘的莲池，有红莲和白莲，一朋友拍摄的红莲，在大片大片的荷叶之间，莲花怡然独立，风姿绰约。棣花的莲藕，经济价值很高。如此丰茂之地，给养了百姓，又收获了美丽。贾平凹有着浓厚的爱莲情结，写莲、画莲，他称莲是生命的精神之花，如同火而有焰，文是人的精神之光，怕是生养在这钟灵毓秀之地，才有这如莲般的超凡脱俗之才吧。此次同游的仵埂老师第一次来这里，就山形地势而言，棣花接四方脉气，类似聚宝盆，且此地水土相宜，应是人间难得之地。

棣花东南边山岭，就是秦时四皓的隐居之地商山。陶渊明的《饮酒》中一句："采菊东篱下，悠然见南山"，这南山如果和四皓先生联系起来，应是指商山。商山恰居秦岭南麓，陶渊明的南山遥望，恰是几百年后以同样的隐士心态对前辈的致敬。商山、南山已经和追寻平和静穆的田园情趣连接在一起，和逃离现世的隐士心态联系在一起。商山，有着优美的自然风光，"商山雪霁"为商州八景之一，在《续修商志》中，有一段文字叙述商山景物的美好，"当积雪初暄，山明树秀，倍增清洁，直如茹芝高洁，并傲岁寒"。陈道久先生认为，这座山被选为商州八景，并不是因为它形如商字，而是因为四皓曾在这里隐居，它在积雪里更能代表四皓的"茹芝高洁"和"并傲岁寒"的精神。

棣花自古便是"北通秦晋，南接吴楚"商於古道上的驿站，棣花街也是重要的商业集散地，南来北往的不仅有客商，也有官员和文人。诗人王贞白《商山》诗中，曾有"商山名利路，夜亦有人行"之感叹。诗人途经商洛，留下脍炙人口的诗句："遥闻旅宿梦兄弟，应为邮亭名棣花""秀眉老父对樽酒，蒨袖女儿簪野花""历历山川连楚豫，纷纷贾客杂樵渔""万壑有声含晚籁，数峰无语立斜阳""横空绝磴晓青苍，楚水秦山古战争""我有商山君未见，清泉白石在胸中""鸡声茅店月，人迹板桥霜""关门不锁寒溪水，一夜潺湲送客愁"。商洛学院有一群组黄铜浮雕，形象记载了这一辉煌的从传统到现代的文学艺术的历史通道，从西周四皓起，至当代贾平凹止，历史上的诗人群像姿态各异，这是一条丰富多姿的诗文通道，只有穿越这些传统历史的华彩篇章，才能找到当代作家贾平凹创作的源头。

棣花古街最有群众基础的是戏台和庙宇，二郎庙是有历史年代的，建于金大安三年（1211年）。据传，宋时，金兵入侵商州，遭宋兵抵制，秦桧为求和，割商地给金，建二郎庙为立界之标。宋金分界石也在棣花。棣花也是丹凤和商州的分界。二郎庙供奉的李二郎是秦朝修都江堰李冰的次子李二郎。我们看到的仿二郎庙建的是关帝庙，关帝庙在各省州县都有，适应了不同人群对忠勇信义的膜拜。关帝庙在棣花，也叫老爷庙。不论李二郎，还是关羽，在历朝历代的更迭过程中，被老百姓神化，成为神灵般的人物。婆婆中秋节和我同游棣花街时说，老爷庙香火旺盛，初一十五，前来跪拜的人很多，甚至有农家婆婆为自己求孙子也来拜老爷。老爷庙对着古戏台，戏台比起关中农村的戏台要小得多，贾平凹酷爱秦腔，在其多种版本的回忆录里也记叙了小时候听戏的情景。唱戏、听戏是老百姓的民间娱乐，其散文《秦腔》中犹可见老百姓对秦腔戏曲的痴迷。小说《秦腔》以戏曲秦腔为线索，隐喻农耕文化的破败。这些都与儿时在戏台边成长的经验是分不开的。不论戏台和庙宇，都映射着老百姓的精神生活，一个是民间的娱乐和狂欢，一个是民间的宗教信仰。庙宇和戏台在棣花街上如此建造，说明山地人狂欢还忘不了祖宗神灵，让供奉在神龛里的老爷、神灵也来享受民间的乐趣。这点，就可见出山地人的忠厚来。

此次棣花扩建，将分散的荷塘连成片，气势更为壮观，沿荷塘修有亭台、阁楼，人工改造的痕迹很大，不如最初那一塘一塘，百亩连成一片有自然意味。新修了棣花古街，改名为清风街，取的是小说《秦腔》中的街道名称，更有文化宣传的价值。

戏台周围也有了做工精细的栏杆，庙宇也是修葺一新，二郎庙作为宋金时期的建筑，融合了南北建筑之长，庙檐本就吸收了南方建筑的华丽色彩，此次新修，颜色更为鲜艳。在清风街的尽头就是棣花驿站，两进的房屋，院子里，东西分别建有屋舍，东边建有白居易栈，里面摆设有长桌和木床，门口的石狮子为水泥雕刻。比起戏台和庙宇这些古建筑，新建的房屋在建筑设计上缺少文化韵味，在细节上也少了文化寻访的味道。贾平凹的老家原本是土木建筑，现在也都是青砖起底，韩鲁华老师说，走进去，如走进了新农村。在贾氏老家已然找不到贾平凹儿时成长的痕迹。好多专家来贾平凹故里，想要寻旧，看到的却是按照策划者思路改造过的古街、故居。

之所以说再去棣花，是因为婆家就在刘一，距离棣花也就一条水的距离。从刘一到棣花，要走近路，就从丹江河上的铁索桥上经过，再走五百米就到棣花街。孩子小时，经常带孩子去棣花上集，街道是石板铺就，两边的商铺是蓝色、黑色的木板门面。每逢赶集，人群熙攘。近几年回去，想要经过铁索桥再去棣花，这个屹立在丹江河上近百年的铁索桥也被拦腰折断，据说开挖河道沙子，铁索桥失去了根基。铁索桥上铺的是木椽或木板，之前每到农忙时节或春节即到，有人从自家扛来木板铺在经年累月已经朽掉的板子上面，刘一村很多人家的祖宗是埋在河对面的山岭之上，没有了铁索桥，不论赶集或祭祀，都要走比平常多三四倍的路程才能到达。

再去棣花，没有了贾平凹笔下曾经的棣花样貌，即使丹凤县政府出巨资打造具有文化风格和历史底蕴的棣花，曾经的棣花样貌仍是难以寻复，如同铁索桥一样，很多东西在商业文明的发展中被拦腰折断。如今的棣花只能是现在的样貌，如同贾氏小说中夏君亭打造的清风街商铺一样，是发展着的文化产业。今昔对比，感慨万分，其实，现在的棣花才是现代社会发展下的棣花，专家们想要找寻的不过是停留在记忆中的、留存在书本上的、使人心生怀念的棣花。所以，再去棣花，我觉得，清风街这个名字用得好，棣花街是过去的，贾平凹记忆中的，清风街才是现实的棣花。最后，抄一帧清风街上的对联，“清风徐来犹见商於汉唐柳，秦腔乍起且醉棠棣宋金人”，就算再去棣花的美好愿景吧。

雨中南山行

一路的山，蜿蜒曲折，车子其实就是在山中穿行。商南的山，一座接着一座，于是从两山的间隙，就流出一条河水来。车子穿过一座山，又是一条河，高速路就这样每过一座山便跨一条河，真是山水相连，绵绵无尽，也可以说山高水长，知音难觅。这是去商南的路上。在山里待得久了，四目望去，山就是唯一的风景，喜欢看山，看山水的形状和走向。从商洛往西安方向，过了牧护关，古称峣关，这是战国期间秦楚割据的军事据点，牧护关以北，秦岭北坡，山高雄壮，山与山之间几无大的开合之势，是千里纵横，秦岭的雄壮就在这绵延不绝山与山的刚硬的交流中。我去过阳朔，那里的山俊秀，山的俊秀是在水的柔情下衬脱出来的。那里的山一座一座隔水相望，站立成各种姿态，共饮一江漓水。阳朔的山虽高，也挺拔，但山山相望，因水滋润，富有柔情。有千里江波相送，再雄俊的山也有韵味，所以人称，秦岭南坡的山，有秦风的雄壮气势，也有楚魏的俊秀韵味。如今我就坐车行走在这秦风楚韵间。

商南，商邑南部，南接湖北，其距商邑 138 公里，多条丹江支流从此穿过。山走水送，山水连绵，目之所及，已完全是长江水域下南方文化圈的地理环境。此是乙未羊年谷雨时分，我家门对面的山才披上淡淡的青纱，这里的山已被新绿覆盖。桃花已谢，柿树已长出二三寸的芽儿，风吹白杨，叶已能沙沙声动，远远地能看到桐树上大朵桐花如喇叭吹放。大巴车倏忽而过，眼前掠过白花，似是槐花已开，朋友坚称不可能，商县槐花多在谷雨后十天左右始开放。树木应时发芽、开花，全在气候的差异。如同内蒙古阿拉善的朋友所说，他的家乡此时草原还未返青，河道才开裂。东北佳木斯的朋友说，他们那里现在还下着雪。四时殊异，皆气温变化所致。商南，古时有阳城驿站，怕也是这里温度湿度更近亚热带季候吧！

一路上，天下着雨，王老师说这是老天爷眷顾，为这趟商南之行倍添诗意。雨中观看商南山高水长，还真是如临仙境。这得缘于山上的雾。前年夏天，得缘去桂林，那里老天阴晴不定，有时一天会下三场雨，因而有缘看到雨中漓江，簿雾氤氲，山色空蒙，如真似幻，那是人间奇景。去年在安康，也是下过一场雨，眼前就是团团雾气在山间消散，青山朦胧似仙女裙裾飘散，感叹这大自然的神奇。今次，坐在车里，绵延的群山上云雾缭绕，近处还得见山形，远处只有层叠的白雾，幻化成山的形状，山高云低、直觉山在雾的托举下向天飞升，天山一色，随山绵延。太阳出来，这袅袅簿雾，如棉絮撕扯般，渐渐消散，山形淡出，天与山又变得触不可及。商南雾山是自然美的造化。雾山的形成也得于一定的湿度和温度，商南雾山是亚热带季候的征兆。人说，商南文人多俊秀，怕是沾染了这倏忽多变、富有灵气的南国山脉的余韵吧。

记得王阳明先生游南镇，一友指岩中花树问曰：“天下无心外之物，如此花树，在深山中自开自落，于我心亦何相关？”先生曰：“你未看此花时，此花与汝心同归于寂，你来看此花时，则此花颜一时明白起来，便知此花不在你的心外。”得美景于心，皆在缘分，雨下得淅沥，南山自静静在那里，只因我无心的观览，就又打开了关于山雨云雾的大自然的奇景，此山从此不在心外。

此山宜隐居，也恰叫南山。有望南山之心，便得悠然于世俗外的美景。

小牧童沟

小牧童沟，是一个很有诗意的名字。商洛山多沟大，像这样让人有无限猜想的山沟可不多。

小牧童沟犹如葫芦的形状，山沟口较窄，通过一座小桥，是簇生的又密又高的水竹，房子紧挨山根修建，屋檐后面就是突出的山石，有大石头就突兀地伸出来在屋檐上面，看着让人紧张。这里人家的房子多是土屋，怕是后面的山石结构松散，不能像陕北高原人家一样，直接在山上打窑，看到这样的房屋，不免有些担心，暴雨下来，山上的石流对山根的住户就是威胁。沟口的七八户人家，没见一个人，只有门口的狗吠声，怕是在这里生活和经过的人也比较少，狗看见人来，也兴奋地显出狂欢的模样。

路很窄，小三轮车能勉强经过，赶上附近逢集，偶尔有一两辆摩托车从这里经过。一条小路将人家分为南北两面，路北面较为开阔，房前有庭院，院子里种着核桃树、杏树、栗子树，这里的人家都没有院墙，能一眼看到院中的摆设，大多是一明两暗的房屋，房子高出地面很多，一溜剥过的玉米穗整齐地摆在屋檐底下，院子里用大石块垒成的猪窝，狗屋，石块突兀不平，可还是垒成房子样，有一个尖的屋顶。一般人家的猪窝都是敞开的，这里猪住的有尖顶的石头垒成的房子。开始还很疑惑，后来听人说，两边山上，活跃着野猪、野羊，怕是为防止这些野物攻击和糟蹋，才用大石块给家畜们盖着带屋顶的房子。顺路延伸着一条小水渠，要跨过水渠才能到达南面的住家，因地势狭窄，基本没有院落，南面的房屋要比北面破败，怕是这里的人家早已搬出山外了，几根窄窄的木条，疏落地搭在水沟之上，摇摇晃晃的，我走到一家门前，这里错落地搭着短木条，木条呈八字形摆设，每个木条上都钻有小孔，长出小小的木耳芽，院子虽窄，草木丛生，泥墙上有大的裂缝，木门边有一盆水，看来，这房子虽破败，还是有人家居住。

沟口地势狭窄，又有水沟，人们还是会利用地形创造条件，在水渠上搭一些木条，将麦秆放到木条上面，就是一个小的麦秸堆，用玉米秆搭建起厕所，用石块垒砌的狗屋，走在这里，是一个相对原始的农村生活画面，在今天这样阳光明媚的日子，伴随着狗吠、鸡鸣和鸟叫，这是一个相对平安和静谧的原始乡村风景画。在摄影者的眼里，这里是静谧的优美的，但静谧和优美遮不住贫穷和荒凉。

没有炊烟，没有人语，生活条件简单，每一家背后可能都有一个令人感慨的故事。

最有意味的，是这里人家的墓穴，两三户人家的房屋前面，有用石头筑成的圆拱形的美穴，前面是青石的墓碑，墓碑上刻有字迹，似是早已过世的先祖的永久居所。另一家房子的后面，山脚下，看到两桩并排的石砌的墓碑，字迹醒目，正中是已逝的先考先妣的姓名，字迹略大，下面是儿孙的名字，一溜带串的字迹较小的刻字，想象，那时的儿孙还是满堂的。在我的印象中，一般选择祖坟和墓穴，是离住家很远的附近的山上。在一般人的观念中，人死后是有魂灵的，免得先祖的魂灵烦扰附近的邻居，所以，生和死会有地域上的距离。可是在这里，却看到了生者和死者同居一处的景象，这是否说明，死者在生者的眼里，从未离开过；生者和死者以这样的方式同居一处，也说明，生和死都是顺其自然的，是一种道法自然的原始的生死观念的表现。

顺着小路往前走，地势逐渐开阔，路下面是一层一层较为平整的土地，种着的小麦已抽穗，玉米才出来两三片叶子，多是洋芋和玉米的套种，每一块地上都没有荒凉，看来这里的老百姓还是稀土如金的。从沟口到小牧童村，有大约四里地的样子，路上一个庄稼人，善言谈，得知如今的村子里只住着十几户人家，多是家里的老人，年轻人和孩子都奔到城里去了，年轻人到城里打工，孩子们到城里上学，看着在阳光中抽穗的麦子，想象这些驻守在村子里的老人们一个一个离开人世之后，怕是村子就更萧条了，怕是再也找不着关于这些乡村的记忆了。

地边锄草的一老人给我们讲，他今年六十二岁，刚从西安打工回来，看着他结实的身板，古铜色的脸颊，他的身体看上去比他的年龄要小好多岁。老人说他去年腊月底才回来，回来时，房子里的蒿草已有半人高，老人的院子里摆着几十根硕大的松木，家里有一个没有成家的大儿子，走进屋子里，全是灰烟，儿子在隔壁烧饭，烟就顺着墙缝钻得满屋子都是。

隔壁家的房子墙皮掉落了，院子里满是蒿草，怕是早已从这里搬出去了。没有人住，不论是房子和院子，会很快败落的。说起这里的生活，老人说，十天半个月人们都想不起要出山。仅就地理环境来说，这里是美丽的，也是幽闭的，虽离城很近，但环境贫瘠，人烟稀少，人们生活清贫，牧童骑在牛背上的故事，在现在这样的时代只是遥远的桃花源里的故事。

塘子村的钟声

水库的后面有一座山，山上有一座庙，庙里有一口常年经岁月冲刷愈显沧桑的铁钟，钟声浑厚，穿透深邃黝黑的深夜，到达我的枕边。听着这样的钟声，想象着一口古老的钟的模样，沉入梦中。

这个城市在十年以前，还是一个默默无闻的小乡镇，山清水秀。只是在近几年，才似暴发户一般突然游人暴涨。村子原叫塘子村，从山底下涌出的滚热的温泉，催生了村里的旅游经济，所以改名叫汤峪镇。如果赶在节假日到汤峪泡温泉，就如同冬日里在大澡堂子里泡澡，男女老少，济济一堂，到处的热闹，充塞着耳膜，早已没有了温泉沐浴的那份享受和闲适。从滚热的温泉中走出来，又遇到秋日夜晚的凉风，反倒加剧了头疼。躺在床上，听着远远传来的钟声，一声一声，穿透时空，远远赶来，来到我的枕边，送我如梦。

第二天一早，循着钟声，顺着山路行走。通往山庙的路是一层层的石阶，竖直陡立，本想着经过一个山峁，却是又一个山峁迎着，一路上，走得气喘，全身出汗，仍未见庙檐。想来，古时山庙都建在山峰险峻之处，要朝见，必要经历一番身体的劳顿。青石板铺成的石阶，有的被雨水冲刷得坑坑洼洼，但越是这样，越见证着山庙的古老。顺着山庙的石阶，可通往水库，是否山里的和尚每次取水，都要经过这层层的石阶，若是这样，每天一次的往返，也何尝不是一种修炼？

上得山来，庙其实很小，如同一人家的四合院，木门墩上坐着一个年逾古稀的老人，端着大的瓷碗在吃饭。门前确有一口大铁钟，已被雨水冲刷得铁锈斑驳。山庙建在峭壁之上，推着钟侧的木桩敲响铁钟，声不震聋，却传播悠远。门前有一座小塔，三层，和塔后的树木同高，圆拱的小石门，塔上的红砖墙也已黑锈斑驳，树枝拂过塔顶，树和塔就这样紧紧依偎在这高岗之上，往上是苍茫的蓝天，俯视是浩渺的绿水，庙塔就掩映在苍山渺渺之中。山庙，得山水眷顾，越发能涤荡俗人凡间的世俗杂念。

山庙的后面，是一条弯弯折折的小路，庙屋背后，一畦畦绿色虽在秋天却那么张扬，巴掌那么大的平地上，也种有平日田间常见的野蔬，想来，住在寺庙里的和尚，享受着村镇人如今享受不到的原生态的生活，在他们的日子里，恐怕也和那桃源里的人家一样，不知有汉唐吧！

顺着曲折的土路，一路逶迤，转弯处，即见绿意盎然。山坡上，树木枝枝挺立，虽不粗，但无旁逸斜枝，站得笔直，如同队队兵士；更使人诧异的是树下的那一层地衣，绿莹莹的，铺满地面。上面高耸的树枝上，树叶略显枯黄，已是秋日的景象；树下的地面上，像铺上了薄薄的绿茸茸的地毯，却是春色盎然。孩子们在这山坡之间张开双臂尽情奔跑，其实，陶醉的不只我们，还有驻足树木之间的翠鸟，阵阵鸣叫，如悦耳的音乐。

上山的路上，遇到一对老年夫妇，正拄着木质的拐杖下得山来，他们背着从山顶上舀得的老山泉水，趁清早，泉水清冽，老汉背了十斤，老太背了七斤，问：这么大老远的，上山来背水？回：喝惯了甘甜的山泉水，喝不惯自来水。一路上，看到芦苇枯了，繁草都结籽了。但却有那么一朵花，蓝格盈盈的，耀人眼目，长在枯草之间，走过几步，又看见同样的花，蓝紫色在太阳光下，更加耀眼。我只见过这秋的季节，是菊的天下，因它耐得起风霜。可是这小小的花瓣，本该在春天绽放的，却也能经受寒霜，或许这花已从春开到秋，散落在野草丛中，让阳光和风霜一起见证她的美丽。

下山的路走得要快很多，隔着一个山峁，仍能听到悠远的钟声飘扬。山下的房屋连成片，红砖的房檐，水泥的房顶，暴发户的城市迹象，与山上的世界恍若隔世。只是在想，这越来越扩大的城市，是否会挤走山上的清宁，但愿这从远古传来的钟声总会带给人田园般的安谧与宁静。

婆婆的老屋

年初回家，看到婆婆家隔壁的土房坍塌了一半，倒塌了一半的墙上隐约着“文革”时期的宣传图片，原本男女们手握红缨枪大干快上的飒爽英姿也被拦腰折断，透过半面墙能看到被烟灰熏黑了的房间的内墙，房子里坍塌的土炕，土炕上方的墙面贴着的年画随风飘摇，我想房屋坍塌许是年久失修的缘故，问起婆婆才知隔壁家要盖新房，房子拆到一半。

2001年我第一次去婆婆家，路过村里，看到的几乎都是土房，后来渐渐地对婆婆家的土坯房有了感情，没有太多的装饰，墙是土坯墙，支撑房子的檩子足有成年人的怀抱粗，仔细看，会看到墙壁上的麦秆和稻壳。旧时，人们盖房用的泥坯，要和上麦秆和稻壳增加柔韧度。关中平原属黄河流域，主产麦子，多是用麦秆和在泥里。这里属丹江上游，主产稻子，我也是第一次看到一粒粒的稻壳在墙上生长，惊异之下觉出这种建筑的美，这种美体现在老百姓日常的生活智慧里。

婆婆家院子很大，有上房五间，厦房三间，都是一明两暗的结构，中间的厅堂很大，两边的房屋较小。厅堂里一溜长的板柜，里面都是粮食。板柜中间供着毛主席的像。两边的房子四壁全是木板包裹，冬暖夏凉。窗是老式的木格子窗，每年过年，婆婆都会糊窗纸，四角糊上不同的色彩，有时还贴自己剪的窗花。最初的冬天，只一层窗纸，晚上风大的时候，在被窝里能听到呼呼的风吹窗纸的飒飒声。后来婆婆怕我们不适应，在窗上裱糊了一层塑料纸，暖是暖和了，可是，塑料纸糊在木格窗上总是不协调。后来，每每过年的时候，还是和婆婆一起糊窗纸，纸糊的窗纸透气性好。

我很是惊奇婆婆家的笸篮很多，且大小不一，夏收和秋收的时候，这些大小的笸篮都有了用武之地，大的可以放麦子，小一点的可以放面，再小的可以放菜和饺子。墙上钉着大大小小的钉子，这些笸篮不用的时候就挂在墙上，外墙上挂着大笸篮，内墙上则挂着各种放米放面的小笸篮，房檐下搭了一层木板，上面排放着整整齐齐劈好的柴火。厕所的隔壁，有一间小房子，放着所有的农具，犁、耙、镢头，各种铁锨，还有我叫不上名字的农具。在大门的门楼上，是一摞一摞的碗，我和孩子还上去看过这些碗，粗瓷的，孩子是想在这些碗里找一些古董，我曾端详过这粗糙的大碗，遥想这些几代人用过的碗，人已在土里化作尘埃，可碗里还依稀能映现那时的光景。

婆婆家的院子很大，院子里栽满了各种树木，柿树、核桃树、樱桃树、梨树、桃树、苹果树、枇杷树、无花果树，上房门前的棕榈树，已成长为大树，婆婆用棕榈树叶捆成扫帚，日日清扫土院。一开始去婆婆家，我很惊奇这么多果树品种，除了柿树、核桃树和无花果树，其他的果树都长得又直又高，果实却寥寥几颗，曾经劝婆婆把这些占地却不结果的树木砍了去，种上柿子树，因为孝义的柿饼很有经济价值，婆婆没同意，她好像觉得每一棵树都有每一棵树生长的权利。现在每回回去，看到不同的树木绽放不同的枝叶，竟觉得这些树在这样的院子里真是一种恩赐。院子给了树们生命的庇护，树们也使院子充满生气。婆婆喜欢在院子里经营各种花木和蔬菜，我也非常喜欢这样接地气、这样绿树成荫、这样飘满四时水果和菜蔬香味的老院子。

眼看着邻居的老房拆掉了，婆婆周围的人家一个一个都盖起了崭新的水泥预制板房，新房的大门都是三米高三米宽的大铁门，门楼贴着耀眼的瓷片，相形之下，婆婆的老屋显得矮小和破旧。婆婆不愿意修新房，其实是舍不得拆旧房。上百年的老屋，充溢着岁月流转的味道。每每从水泥丛林般的城市回到这绿树掩映的老屋，我的心都会非常的沉静，看着这院子里的一切，我都觉得非常的妥帖和亲切。老屋的存在，在我们，已经不仅仅是作为和乡土环境协调着的建筑美而存在，在急剧发展的时代我们可以在这老屋的庇护下躲避喧嚣，回味历史。等我们老去的时候，与老屋相伴，享受着缓慢的阳光从我们的指尖溜过，呼吸着院子里生机勃勃的自然的气息。

关于鸟

小时候，我家屋檐下住着燕子，老话说，燕子是福鸟，燕子搭窝是挑人家的，看着燕子在自家屋檐下飞来飞去，很是自豪。后来嫁到婆家，婆家的燕子窝也很大，婆家的老房子怕是有上百年的光景了，厦房里整日烧柴火，屋顶的木椽都成黑的了，没想这燕子竟将窝搭在了房顶的椽上，对于燕子在屋里飞去来回，婆婆竟是不嫌弃，每到春天，就会盼望燕子飞回，秋冬时，是两个燕子飞走了，春暖花开时，飞回来三个，甚至四个，燕窝也就越来越大。有时候，春天的阳光从门里直射进来，我和婆婆在阳光下逗弄我的孩子，婆婆手里纳着鞋底，孩子还小，坐在木制的婴儿车里，我给孩子哼儿歌，唱着"小燕子，穿花衣，年年春天飞回来……"头顶上，燕子妈妈也在和她的小儿女呢呢喃喃。孩子大了，再回去，婆婆说，年年等燕子，好几年了，燕子们怕是忘了它们这个家，房梁上的燕子窝还在，没有了燕子在屋里飞去飞回，心里有点空落落的。

有时候，不仅想念燕子，鸟的鸣叫也是一种念想。上大学时，宿舍在二楼，窗外是法国梧桐，叶子密布着，每天早晨，睁开眼睛，便是鸟的清脆的鸣叫，心情好时，觉得鸟声分外悦耳，想睡懒觉，那声音便分外聒噪。大学毕业好多年都没听到鸟叫，或是鸟在窗外叫着，我无心聆听。偶尔听到清脆的鸟鸣声，会怀念大学时光。如今，住得高了，难得听到鸟鸣，即使出门，到处都是人造的聒噪。内心烦躁的时候，尤其希望耳边能有片刻的清静，也想念那自然的鸟的叫声。

前年在孩子伯父家，看到一对鹦鹉，翠绿的翅膀，橘黄色的嘴唇，叫声很响亮，孩子一见就很喜欢，想要一只拿回家养，我告诉孩子，不要夺人所爱，孩子悻悻离去，回家后总是惦记那对鹦鹉。为了满足孩子愿望，一个月后再去他伯父家，家里却只剩下鸟笼子，笼中留有鸟儿未吃完的黄小米，看来，鸟在这里有着很好的待遇，孩子伯父说，有了鸟儿，便有了聒噪，放走了。放飞到天空自然是好事，可是久居在笼子里的鸟儿整日衣食无忧的，会习惯刮风下雨的日子吗？何况，窗子外面的世界有太多陷阱，令人防不胜防，何况鸟呢？

一年前吧，日日经过的小路上，无意瞥见电线上一只小鸟煽动着翅膀，叫声急切、尖锐。鸟儿拼命拍打翅膀，一只爪子却黏在电线上，无法挣脱，鸟的叫声愈加凄厉绝望，眼见着鸟儿无谓的挣扎，我却无能为力。鸟儿无心栖息，谁知竟是绝境。以后每每从此经过，都不敢看那鸟的残骸，先前还有几片羽毛在空中翻飞，日子久了，就什么都没有了。孩子伯父家的鹦鹉会比这只小鸟幸运吧。

如今，我周围的鸟越来越少了，其实是鸟的栖息地越来越少了，我希望看到这自然的精灵，就在这初冬的傍晚，看着匆匆行走的学生，感慨还是年轻好，我的青年时光飞走了，眨眼的瞬间，就这样感慨着，不觉已走到操场的后山。眨眼间，我初以为是从东店子村飘来的黑色烟雾，但这雾的移动速度太快，原来是一群鸟在操场上空飞旋，它们快速地俯冲，四下散开，又立刻升空聚拢，它们飞向东，飞向西，飞向南，飞向北，似是集体演练，又像群鸟集会。之前看过《迁徙的鸟》，影片中的群鸟飞翔，体现的是搏击长空的力量，有一种向更高天空飞跃的目标。眼下这群鸟，几百上千只，身形飞动，急切仓促，苍茫的天域下，群鸟叫声急切、吵闹，本是倦鸟归巢的傍晚，这一群鸟在天空里翻飞旋转，它们是在寻找归巢吗？一只鸟找不到归宿，盲目地拍打翅膀会引起我们的恻隐之心，一群鸟，在阴冷的天域下，四散飞奔，没有目标，我的内心里翻滚着寒凉与恐惧。这些鸟最后停在操场边的竹林里，叽叽喳喳，如能化作一只鸟，加入到它们的争吵中，倾听它们的声音，应是很好的事，如果它们能像《迁徙的鸟》中的那群大雁一般，最终找到自己的家，那就更好了。我愿那里绿树绕城，繁花似锦。

也没几个月的光景，这片竹林就不见了，代之而起的是一个小花园，那郁郁葱葱，如水般倾泻着、如波浪般涌动着的鸟儿们栖息、嬉耍的乐园没了，几个亭台，光秃的园子，从山坡上往下看，没有竹林的障碍，操场的景象是开阔了，可每次路过，没有竹喧和嘤鸣，还是觉得遗憾。

村子里的树

树是土地孕育的最强劲的生命。空阔的天地间，有了树，不仅人间有了一抹绿色，更有了生命的希望。诺亚方舟在茫茫大海中漂泊时，鸟衔来了树枝，就衔来了生命的希望。人们本着朴素的愿望，植树、育树，在贫瘠的土地上，树木若能生根发芽，人们就能将五谷杂粮种植于这块土地，人们栽下树种，植入希望，让荒凉的土地变成沃野。人们懂得树的价值，在广阔的平原，总有树木遮住人的视野，在险峻的沟坎，也有树木一枝独秀。

一

树木聚集的地方，日久便成为一个村子。

一进村子的巷道，家家门前屋后都有树木环绕，门内多植桃、杏、苹果和石榴，还有大叶子的棕榈树，门外多是槐树、榆树和椿树。村子里的树，自然比城里多。村子里的树一旦长成，人们是不轻易砍伐的。栽在院子里的树，也不轻易剪裁，树都依各自的天性自然长成。婆婆院子里的苹果树，从没有剪过枝，苹果树枝杈不仅没有分开，还长得老高，每年都用树钩采摘苹果。

老一辈的人，育树如同儿女般抚育，村子里的树大多比房子高。婆家厦子房后面有两棵椿树，椿树后面是邻居偏房的墙壁。两个墙壁之间不到两尺的距离，种着两棵树，一个人张开怀抱都难以抱住，我婆婆说，她嫁到这里来的时候，树是比房子高的，这两棵树算起来应比这间房的历史久远。树是端直着往上长，基本未开叉，或是家人在其将要开叉时锯掉了叉枝，避免房子受到树枝牵连，两棵树一味地向着阳光往上攀爬，在高于房檐一倍的地方肆意地敞开枝杈，冬天，落尽了叶子的树干枝杈，密密地扭结在一起。枝杈越多的地方，容易成为鸟儿天然的家园。这棵树上，一直以来，就住着两只喜鹊，窝很大，我曾很有兴味地观察过这两只鸟，一大早，就如同夫妻拌嘴般，叽叽喳喳，一只鸟立在枝杈上，另一只鸟仰头相望，或是一只鸟忽地飞走了，另一只鸟紧紧跟随，有时候，一只鸟飞到另一棵树上，与这棵树就相隔一个院子，另一只鸟在窝边脆声鸣叫，时间久了，你会觉得两个鸟在这两棵树上啾啾逗趣玩闹得不亦乐乎。每次回家，我就喜欢站在院子里仰头望，看两只鸟在树枝间飞去飞还，听着如同乐音一般鸟的鸣唱，心里涌动着温暖和幸福。树是鸟的家园，这两棵树为这两只鸟提供了美好的安乐窝。一般人家，两家相连，若有围墙，只砌一面墙足够，若在盖房时想着节省材料，会砍伐了树木，可是，就这两棵树和房子来看，盖房的人为了让这两棵椿树生长，将房基地往后挪了两尺，人让树，才会有树的生长，树带来了鸟儿，鸟儿在树上垒了窝，生儿育女，即便在冬天，万物萧瑟，这偌大空旷的院子里，也有生命的热闹。

二

婆婆家上房后面一棵树，其树梢比旁边的两层楼还要高，种在婆婆后门对面的人家院里，十多年前，那家儿子结婚时，我还去过他家，就在这棵树荫下，一村子的人，围坐在这里，见证一对新人的诞生。这是一棵香椿树，两个大的枝杈分开又在枝梢合拢，如同一个人的手臂张开合围成心字。我是在今年的除夕夜看见这棵树，幽深的天宇间，高于房顶的树木努力向上伸张，好像要脱离地面追赶游走着的月亮，我被这树的自然的造型感动，右手臂的树梢处，也垒有一个大大的鸟窝。婆婆说，这个鸟窝是今天秋季才开始垒的，两只鸟，每天衔着树枝穿过我家院子，在我家上房屋顶啾啾叽叽，冬天看来，这真是一个大的鸟窝，怕是能抚育四五个孩子吧。这家院子里栽有很多树，屋子的上房虽是土屋，也有砖雕的屋脊，两边两只欲飞的凤脊，还可显出此屋当年的荣光，如今，这人全家都搬到城里去住了，孙子也已经到城里上小学了。院子里长满了衰草，院墙颓圮，一副萧条的景象，只留有鸟的鸣叫。村子里的家连同树对这家人来说，已成历史。

人走树空。村子里的树在更多人的心里，是挥之不去的记忆。自从出生有记忆起，就有了关于树的记忆。乡里人种树，是随心所欲的，有了一棵槐树苗，正好又有一块空地可栽，十年八年，伴随着一代人的记忆，树木也有自己的记忆。有的树是人们有意识栽种的，比如门前的红椿和苹果树，寓意平安吉祥，比如院子里的枣树和石榴树，寓意多子多福。有的树是有种子就长出苗的，比如小孩不小心吐出的枣核、杏核和柿子核，在风调雨顺的季节里就发了芽、长了苗、结回的过程中，心情会豁然开朗，生活中的烦恼，心里面的郁结，就这样被涤荡了。电影是消遣也是放松，能被电影感动，算是生活中的意外收获，用笔记录下这些感动，也是让快乐持久的一种方式。我希望我的生活里多有这样的快乐，这样就能从繁忙的生活和工作中暂时得到解脱。

对于世界，我们是渺小的，我们无力改变周围的世界；对于他人，我们也是无奈的，我们无力改变周围的任何一个人；对于自己，有时候我们也很陌生，却是可以花一点力气去认识和相信的，在读书中认识自己，在生活中认识自己，在亲人和朋友的眼睛中认识自己，也可以在这样的文字中认识自己。

一直不知道如何面对这本书，或许等到我再多一些年岁，书中的观念和想法都会被我自己耻笑，但终于，还是要揭开面纱，我心有忐忑和不安，付梓之前我还是要感恩，感谢这些年的生活，虽有波折，但能使我坚持不泄气；感恩这些年始终在我左右不离不弃的老师和朋友，感谢陈敏、唐晴、姚小云、王为民老师对我的支持和鼓励。

2015 年 6 月